U0004747

# 動物記❷ 動物英雄

歐尼斯特・湯普森・塞頓◎著
(Ernest Thompson Seton)
王潔瑜　孫娜◎譯

晨星出版

【推薦序】

# 在全然不同的國度「探險」

自然作家　王家祥

「打獵時可以聽到狼的三種吼聲：拉長聲音的深吼，這是召集同伴的喊聲，它告訴同伴將有一頓豐盛的美餐，也就是獵物……再來是高亢的嗷叫，迴響著昂揚的氣勢……最後是刺耳的咆哮，伴隨著短暫的狼嚎……。」乍讀塞頓的文字，覺得他對野生生命與曠野了解的很深，彷彿有一種魅力可以緊緊勾引住我們的視覺，隨著他立刻飛往另一個全然不同的國度，在那個國度裡，可以確定的是，人、不全然是主角。

拜德藍德的貝利這匹獲勝的大黑狼簡直是個傳奇故事，追捕牠的獵人的狗群全死在牠的嘴下，牠讓我想起迪士尼的動物電影和明星；我小時候很喜歡看這一類的電影，每每爲動物主角的遭遇感動落淚。

「溫尼伯格的狼」這篇小說中的動物英雄尤其特殊，牠不是一隻生存在曠野的狼，「牠是一則怪異的傳奇，不喜歡鄉村，卻更喜歡城市，放過羊群，卻獵殺狗，還總是獨自出巡……」，「放著大片的樹林，廣闊的平原不住，卻非要選擇城鎮，在這裏每天都會遇到危險，每星期至少絕處逢生好幾次，牠恨人類、藐視狗，每天的生活都充滿戰鬥，對成群的雜種狗吼叫威脅，每天都有冒險的舉動，遠遠躲開拿槍的人，牠學會了辨識陷阱，還學會了辨識毒藥，至於怎麼學會的，我們就無從知曉了……」。牠是一隻獵人在狼窩裡捕獲，槍下留活口的小狼，牠的其他兄弟姐妹和母親都被獵人殺死了！獵人把牠帶回城鎮後賣給了別人，和新主人家裏的小男孩建立起了感情，不料小男孩卻生病死了！沒有比他的狼寶寶更悲痛的人了……。

塞頓的小說非常精彩，一點也不難讀；「在荒野的遊樂性很強」，「另一處全然不同的國度，在那裏，人只是配角」，透過他描述野生生活的文字，隨時可以抓住我們的靈魂，把我們帶往曠野，帶往沙漠或森林，冰原或極地，在荒野遊蕩，隨著作者說故事的不凡功力，在大自然中嘻遊，有時遭遇大風大雨、濃霧霜雪，有時卻又風和日麗，細膩繁複、寫景逼真，又有娛樂效果。

對於大自然的生命有興趣的人，讀塞頓的小說時，只要靜下心閱讀，會讀出許多哲理和意境，一點也不會無趣，然而若對曠野毫無概念的人來讀塞頓的小說，大概會覺得不可思議，一隻貓、一隻長腿野兔，或一隻麻雀、一頭山羊、一頭馴鹿，怎麼能寫出那麼多的細節和劇情？

就像養狗的人才能懂狗、了解狗的習性，不曾養狗的人無法理解狗主人對愛狗的照顧，甚至將狗當親人看待，愛狗死後還為牠設立牌位，更無法想像收養流浪貓狗的義工們的慈悲心，那種令人覺得不可思議的辛苦付出。

塞頓的小說以現代的眼光來看，就像我們常在discovery頻道觀賞的野生動物紀錄影片，文字的敘述換成影像的呈現，仍然需要大量的旁白做為劇情進展的說明，旁白之中不時可以嗅聞到文學以及詩的味道。只不過塞頓必須花費更多力氣來實地觀察，更多心血來細膩寫景；塞頓生活在十九世紀，那時代的人們還沒有攝影機可拍攝連續畫面的影像，讓人一窺野生世界的奧秘奇趣，也沒有越野吉普車可以輕易載人進入曠野，塞頓就像個現代的野生動物攝影家，只不過用的是紙和筆，能寫能畫，還會編劇，說故事，想必探險的功夫也是一流的，可以說是全方位的博物學家。

那時代還不流行分科，博物學家意謂著研究植物，也研究動物，還有考古學、人類學、地質學、登山學、探險學，譬如鹿野忠雄便僱請強壯的原住民背著笨重的老式相機深入高山與偏遠部落，拍攝了很多珍貴的人類學照片，爲了研究雪山冰斗，他爬山也是第一名，也可以說是臺灣登山學界的先鋒。

「住在貧民區裡的貓」讓我想起父親善待野貓的故事，父親總會在老家門前留一桶清水，給每天來喝水吃飯的一群野貓，這些野貓每天固定來我家兩次，每一隻來的時間不一定，大概中午會來喝水一次，尤其是夏天氣溫高，喝水的貓會呼朋引伴，多了好幾隻，晚上那一次則是來用餐，吃父親留給牠們的剩菜剩飯，這群野貓其實很小心人類，無論登門喝水或吃飯，與我們總保持著距離，小心翼翼。

剛回老家定居時，我並不特別注意那桶水的用意，常會把它拿來洗手，後來發現總有一些野貓在我出門時閃躲著我，原來我打擾了牠們喝水。

父親說：「叫那些貓去哪裏找水喝啊？」

的確！我的家鄉處在都市化的過程，當然沒能爲野貓野狗留下可以生活的小樂土，穿越小鎮的阿公店溪早就是一條臭水溝，昔日的農村田園幾乎都成了高樓大廈，從前常看見的灌溉渠道早已消失無蹤，留在城市裏的野貓想必在戶外找不到乾淨的水源，才會每天固定來這麼一處提供牠們喝水的地方報到。

與父親討論到小時候居住的果園環境，當時常在果園或農田裡遇見野貓，但卻從來不曾看見牠們群聚一處喝水，因爲那時溪水乾淨，四處有池塘和灌溉渠溝，晚上還可以發現螢火蟲飛來庭院，如今果園都成了住宅區和工廠，水溝理所當然是黑的，環境惡化到讓一隻野貓連找水喝都有困難。

當然啦！受害的不止是野貓吧！我在山上常常看見整條溪流的水被橫腰攔截，建一條涵管引進水庫裡，或直接建壩圍水，下游的溪流因此整個乾涸停滯，了無生氣，生態幾近崩潰。

這些動物主角在生存戰役中都是英雄，像長腿野兔「小戰馬」必須迎戰那些喜歡追逐牠的各種大小狗，追逐的過程寫的活靈活現，也讓我想起常在電視上看到關於野猴子入侵山上果園，損害農作物，弄得果農束手無策的報導，我記得其中有一位果農想出很稀奇殘酷的方法而上了鏡頭，他把一些雞雙腳一綁，倒吊在果園的樹枝上，讓雞發出淒慘的叫聲，期望能收到殺雞儆猴的功效，可是最後這位仁兄仍無奈地表示沒有用，他所有趕猴子的方法都試過了，聰明的猴子根本不怕這一套，礙於野生動物保護法，臺灣獼猴是特有保育類動物，不能捕殺，他開始求助政府，希望有關單位能出面解決這個問題。

這使我想起住在大甲溪埋伏坪的泰雅族作家瓦歷斯·諾幹對於猴群的壞印象，因爲猴子與他們老早就有族群衝突了，他描述說山上的猴群會拿石頭丟人類，還有一隻猴王站起來比小孩高，曾經把一個獵人整得半死，每當水果可以採收時，他們就得聚一批人上山去和猴群打仗，若非仗著人多勢眾還打不贏呢！

山上的野猴子聚眾吆喝起來的確是很嚇人的，要是你一個人落單獨行，最好遠離牠們，有一次我在能高越嶺道的登山口屯原附近，不巧遇見一群猴子們如入無人之境般，秋風掃落葉地襲捲整片泰雅族人栽種的水蜜桃果園，撞見我這個登山客還張牙裂嘴對著我咆哮，一點也不想畏罪潛逃，那難看的表情好像在對我說：「快滾！這裡本來就是我的地盤。」

其實想想兩造雙方都是利益衝突受害者，山上的農民誰不想多種一塊地的水果好賣錢增加收入，自然而然就得入侵動物們的森林棲息地，屯原再往上爬便是雲海保線所，已是非常原始的中高海拔森林地，人跡罕至路難行，水蜜桃果園和產業道路開墾延伸到這處偏僻的高山來，連我都覺得驚訝，難怪果園主人有時無法兼顧到他的邊界土地。

塞頓的故事吸引人依著劇情章節一直連續讀下去，也可以分開來隨意翻讀，因爲它的章節藏有詩意，充滿意境，隨時隨地進入，立刻進入另一個世界，譬如「一隻灰狼可以流覽清晨的風，就像一個人流覽報紙，獲得所有最新資訊一樣，狼可以流覽大地，獲得每一個生物的最新資訊……」。

可以確定的是，塞頓的文字和圖畫有一種奇特的魅力，可以帶領我們前往全然不同的國度，記住、在那裡，人可不是主角，不是支配者。

# 作者序

英雄就是具有不尋常的才能和成就的個體。無論對人還是動物，這個定義都適用。這本書裡記載了英雄們的故事，而英雄的故事，常能引起聽者的興趣。在這本書中，故事裡的每一個角色都源自一個眞正的動物英雄。

白馴鹿是混血兒。一九○○年夏，我在挪威看到一群馴鹿在附近的高地吃草，之後便寫下了一個關於馴鹿的故事。

山貓的故事是我根據在偏僻森林裡的經歷而寫的。

「小戰馬」傑克這隻長腿野兔獲得英雄桂冠至今還不到十年，成千上萬的卡斯卡多人都會記住牠及牠的英雄事蹟。

最純種的動物是傳信鴿阿諾克斯。阿諾克斯的血統和能力非常具有歷史性，一些信鴿愛好者亦經提供了很多的資訊。

現在我們可以在美國紐約自然歷史博物館中看到攻擊性很強的動物——「隼」

的巢。博物館的負責人告訴我，他們在巢中找到了以下這些鴿子記號：9970-S，1696，63，77，J.F.52，Ex.705，6-1894，C 20900。或許一些喜歡養鴿子的人可以看得出來，這些記號其實是說明了某隻被記錄爲「無法返回」的鴿子的命運。

——歐尼斯特・湯普森・塞頓
（Ernest Thompson Seton）

# 住在貧民區的貓

# 傳記一

## 1

「吃吧！吃吧！」從吝嗇巷傳來了尖聲喊叫。合姆城裡吹魔笛的人肯定在那裡，因爲所有鄰近的貓都跑了過去，而狗對此卻很冷漠，鄙視地看著這一切。

「吃吧！吃吧！」聲音更大了。緊接著，一個推著手推車的骯髒矮小男人進入了人們的視線。他的身後跟著一群貓，尖聲叫著，和這個男人的聲音幾乎一模一樣。每走五十碼，他的身邊就會聚集一群貓。於是，這個具有磁性嗓音的男人便會停下車，從車上取下一隻鐵叉，上面叉滿味道香濃的烤肝臟，再用一根長樹枝把鐵叉上的肉都撥下來。每隻貓都會搶走一塊肉，牠們低聲咆哮著，豎起耳朵監視著四周的動靜，在衝到安全地方之後便狼吞虎嚥地吃光自己的戰利品。

「吃吧！吃吧！」這些貓又來叼走了屬於自己的食物。這個肉商認識所有的貓，這隻是卡斯蒂戈隆的貓，叫老虎；這隻是鐘斯的布萊克；這隻是普瑞麗斯基的托克什爾；這隻是丹東太太的懷特；偷偷趴在那邊的是布蘭克邵夫的馬爾蒂；爬到手推車上的是索耶爾的老貓奧林奇・貝利。這個肉商其實是一個毫無經濟後盾、厚顏無恥的騙子，他記住了每一個人和他們的貓，比如，這隻貓的主人每個星期都支付給他一角銀幣，而那隻貓的主人卻沒有；因爲約翰・沃西欠款，所以他的貓只得到了一小塊肉。酒店主人的貓戴著項圈繫著緞帶，由於牠的主人很慷慨，所以牠得到了一塊特別大的肉。除了這些貴族貓之外，這兒還有其他貓，牠們是生活在貧民區裡的貓，比如這隻白鼻子的黑貓，牠勇敢地和其他貓一起衝到手推車旁，不料竟被肉商殘忍地趕走。唉！小貓無法理解，之前的好幾個月牠都可以從肉商那裡得到肉吃，爲什麼現在不可以了呢？太無情了！牠眞的無法理解，但是肉商知道，因爲這隻小黑貓的主人停止支付肉錢了。肉商的記憶力超強，因此，雖然他沒有做下任何記錄，卻可以記住每個人的付款情況，而且從未出過任何差錯。

那些貧民區裡的貓因爲沒有主人爲牠們支付肉錢，都只站在離手推車很遠的

地方不敢靠近，然而卻又經受不住誘人的美味和可能將要到來的好運的誘惑，因而遲遲不肯離開。在牠們之中有一隻瘦骨嶙峋的灰貓，沒有主人照料，牠憑藉著聰明才智過活。牠正在某個偏僻的角落裡等待著搶食的機會，牠一隻眼睛盯著手推車，另一隻眼睛則盯著可能會攻擊牠的狗。牠看到一群貓正喜滋滋地叼著美食悄悄溜走，卻尋找不到偷襲的機會。突然，一隻和牠一樣貧窮的大貓湯姆撲向一隻小貓搶奪食物，小貓丟下食物和湯姆拼殺。灰貓抓住機會，衝過去，叼起地上的肉撒腿就跑。

灰貓鑽過曼茲家邊門上的洞，又翻過後面的牆，然後才坐下來狼吞虎嚥地吃肉，感到非常滿足，之後牠便帶著骨頭從一條偏僻的小路跑回垃圾場，牠的家人正在垃圾場旁的一個破舊箱子裡等牠帶著食物回來。突然牠聽到一聲慘叫，便飛快地跑過去，牠看到湯姆正在殺害牠的孩子們。湯姆的個頭是灰貓的兩倍，但是灰貓毫不顧忌，奮不顧身地向湯姆猛撲過去，湯姆像大多數做了壞事的動物一樣，轉身就跑。窩裡只剩下一隻小貓沒死，牠長得很像牠的媽媽，只是顏色更花俏，灰色的毛上嵌著黑色的斑點，鼻子、耳朵和尾尖上都有一抹白色。接下來的幾天中，灰貓都極度傷心，但是漸漸地，牠不再悲痛，開始全心照料牠唯一倖存的孩子。毫無疑問，灰貓對孩子的悉心照料是爲了防止老貓湯姆的再次行兇，但是其他幾隻小貓的死卻使得母女倆因禍得福，不久，灰貓和孩子的生活狀況便明顯好轉了。牠繼續每天出去尋找食物。牠很少能從肉商那裡搶到食物，還好垃圾桶還在那裡，如果某天牠無法搶到肉，至少牠和孩子還能靠垃圾場裡的土豆皮充饑。

一天晚上，貓媽媽聞到一股飯菜香味從小巷的盡頭飄來。當誘人的美味出現時，貓媽媽總要去探究一番。貓媽媽順著唯一的一條小路跑了一個街區，才找到傳出美味的地方，這是一個碼頭。牠跳上碼頭，除了黑漆漆的夜色之外，沒有任何東西可以掩護牠。突然，牠聽到一聲低吼，轉身發現老敵人——碼頭的看守狗——已經阻斷了牠的去路。灰貓只有一條路可以逃生，那就是跳上身後的漁船，於是牠縱身跳了上去。香味正是從這條漁船上飄出來的，碼頭的看守狗無法再追

上去。可是，早上當漁船出海的時候，灰貓也不得不跟船走了，從此就再也沒有回來。

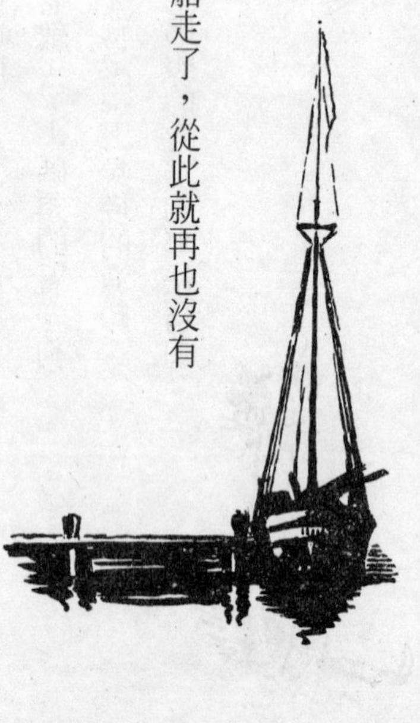

## 2

貓咪還在貧民窟裡等待媽媽回來，而牠的媽媽再也不可能回到牠的身邊了。一整天過去，牠餓極了。晚上，難以忍受的饑餓感驅使牠不得不自己出去尋找食物。牠從破箱子裡爬出來，小心翼翼地摸索著在垃圾堆中走著，只要看到能吃的東西，牠就走過去聞一聞，可惜牠最終發現，什麼都不能吃。走著走著，牠看到了一座木梯，樓梯通往傑普．馬里開的地下鳥窖。門開著一條小縫，牠徘徊地走進去，地下室裡四處瀰漫著臭味，牠看到籠子裡關著很多動物。一個黑人正懶散地坐在角落的箱子上，好奇地看著這隻陌生的小傢伙走進來。只見貓咪從兔子的旁邊走過，而兔子們並沒有注意到牠。牠朝著一個用柵欄圍起來的籠子走去，這個籠子裡關著一隻狐狸，狐狸低低的蹲伏在遠處的角落裡，尾巴上的毛非常濃密，眼睛閃閃發光。貓咪邊走邊聞，一直走到籠子前面，牠把頭伸到籠子裡又聞了聞，當牠探到裝食物的盤子裡時，狐狸一躍而起，抓住了牠。貓咪發出一聲驚恐的叫聲，狐狸猛烈地搖晃著牠，使牠的叫聲嘎然而止。這一晃幾乎要了牠的命，還好黑人衝過去把貓咪救了出來。黑人沒有武器，無法進入籠子，情急之下，他使足力氣打了狐狸的臉一巴掌，狐狸痛得丟下貓咪回到了角落裡。牠坐在那裡，眼神充滿了惱怒與恐懼。

黑人把貓咪從籠子裡拉了出來。看起來，牠是被這隻食肉動物晃暈了，痛苦之極。不過還好，牠並沒有受傷，只是有點兒暈眩。牠不停地在原地打轉，過了好一會兒才慢慢的恢復正常。當傑普．馬里回到家時，看到貓咪正趴在黑人的腿上喵喵地叫。對貓咪來說，被馬里看到眞的是太糟糕了。

傑普並不是亞洲人，而是道道地地的倫敦人，但是由於他的眼睛太小了，像一條縫一樣、歪斜地長在他肥胖而扁平的臉上，因此人們都不叫他的名字「馬里」，而是用他的姓「Jap」叫他，因爲jap有日本佬的意思。他對那些可以賣出好價錢的動物會特殊優待，卻不會注意那些沒有利用價值的東西，他清楚自己想要什麼。現在可以肯定的是，他並不想要這隻貧窮而可憐的貓咪。

黑人給貓咪吃了足夠的食物之後，把牠帶到一個很遠的街區，扔在一個旁邊放著廢物的院子裡。

3

貓在黑人那裡吃的那頓飯，相當於其他貓兩三天的量，因此牠現在精力非常充沛。牠繞著高高堆起的垃圾轉啊！轉啊！突然看到遠處一扇窗戶上掛著一個籠子，籠子裡有一隻金絲雀。貓咪從圍牆上向裡偷窺，看見了一隻大狗，於是便安靜了下來。牠找到一個隱蔽的地方，在陽光下甜甜地睡了一覺。

一陣輕微的呼吸聲把牠吵醒，牠睜開眼睛，看見一隻巨大的黑貓就站在眼前，黑貓的眼睛裡閃爍著綠光，從牠粗壯的脖子和矩形的大爪子可以辨認出來，牠就是湯姆，只是牠的臉上多了一道疤痕，左耳也被撕裂了。黑貓看來並不友善，牠的耳朵向後抽動了一下，尾巴搖擺著，發出一聲低沉的叫聲。貓咪向黑貓走過去，顯然牠已經忘記湯姆了。湯姆在一根柱子上磨牙，然後靜靜地離開了。貓咪最後一眼看到的是湯姆左右搖擺的尾巴，這個小傢伙完全不知道自己剛剛已經瀕臨死亡，就像當初闖入狐狸的籠子裡一樣。

夜幕降臨時，貓咪餓了。牠仔細地檢查著一些很長的透明線繩，選擇了其中最有趣的一根，並順著線繩走過去。在院子的一個角落裡有一箱垃圾，牠在垃圾裡找到了食物，還有一桶水，這對口渴的貓咪來說，無疑是個巨大的驚喜。

整個晚上，貓咪都在巡視這個院子，並瞭解佈局情況。第二天，牠像昨天一樣又在陽光下睡了一覺。時間就這樣慢慢地過去了。有時牠能在垃圾箱中找到一頓美食，可有時則什麼也找不到。有一次，牠看到湯姆也在垃圾箱那邊，就趕緊溜掉了。水桶通常就放在那裡，但有時也會被拿走。水桶被拿走時，牠就喝石頭上那些小水窪裡混著泥的水，而垃圾箱裡也經常沒有吃的東西。有一次，牠一連三天都沒有進食，只好沿著高高的圍牆搜尋，終於找到了一個很小的洞。牠爬了

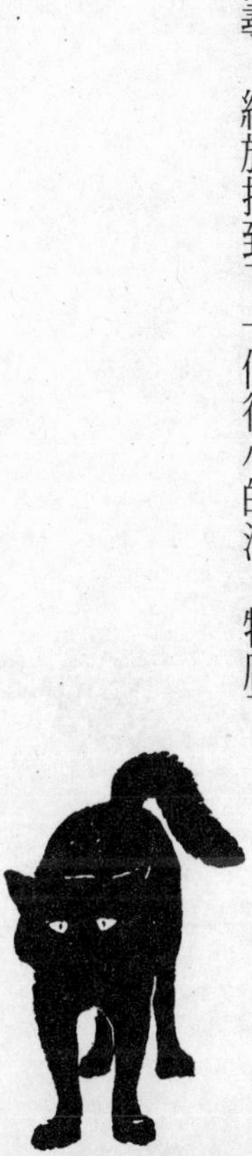

出去，發現圍牆外面原來是一條寬闊的街道。這是一個嶄新的世界，但在牠還沒來得及走遠時，一隻大狗就朝牠猛撲過來，牠差點兒就來不及鑽回到洞裡了。牠實在是太餓了，所以當牠找到一些土豆皮時，高興極了。隔天早上牠沒有睡覺，而是繼續尋找食物。一群麻雀在院子裡嘰嘰喳喳地叫著，牠們總是待在那裡。現在，牠們已經被一雙陌生的眼睛盯上了。痛苦的饑餓感激發了貓咪獵食的欲望，那些麻雀就是牠的目標。牠本能地蹲伏在地上，悄悄地向麻雀爬了過去，但是那些麻雀警覺性很高，在貓咪還沒來得及撲上去的時候就飛走了。後來的很多次捕獵都以失敗告終，這些經歷只讓牠越來越相信麻雀是可以吃的。

貓咪從洞裡爬出來已經五天了，卻依然沒有擺脫厄運，牠決定冒險到大街上去找食物，牠拚命地找著。在遠離避難口的一個地方，幾個小男孩用磚頭打牠，嚇得牠掉頭就跑，可是又有一隻狗也追了上來，此時貓咪的處境很危險，牠拚命地跑著，突然看到一棟房子前面有一排老式的鐵柵欄，就在那隻狗快要追上牠的時候，貓咪鑽進了圍欄裡。樓上一個婦女衝狗大喊。那些小男孩扔給貓咪一塊

肉，這是貓咪一生中吃過的最美味的食物。牠丟掉自尊，待在這個避難所裡。牠一直安靜地坐在那裡，直到夜幕悄悄降臨，然後就像幽靈一樣溜回了院子。

日子就這樣又過去了兩個月，貓咪漸漸地長大了，不僅在個頭上長大，力氣也大了不少，對周圍的近鄰也有了很深的認識。牠現在非常熟悉唐尼街，因為每天早上都會有一大排垃圾箱被放在這裡，這些垃圾都歸牠所有。這個天主教會的教堂對牠來說並不是教堂，而只是一個有很多上好魚肉屑的地方。牠很快就知道肉商那裡有吃的東西，因此也加入等待食物的行列裡。牠還遇到了碼頭的看守狗，看到兩三隻和自己一樣生活在貧民區裡的貓被狗殺害的慘劇。牠知道該如何提防那些狗，也知道該如何避免這種悲劇發生。同時，牠也為自己發現了一種新食物而感到高興，一個送牛奶員會把一些牛奶瓶放在樓梯和窗臺上，因此，無數隻貓都滿懷希望地在那裡等待著。一個極其偶然的機會，貓咪發現其中有一個牛奶瓶的蓋子是破的，便爬上去盡情地喝起來。當然，對牠來說，這些牛奶瓶都太高了，但是很多蓋子都是鬆動的，經過一番艱苦的努力，牠找到了幾個蓋子鬆動

的牛奶瓶。牠繼續發掘，直到到達了另外一個街區的中心，後來又到了更遠的地方，最後，牠再一次闖入賣鳥人地下室的後院。

這個放廢物的老院子從來都沒有住過人，在這裡，牠總覺得自己像一個陌生人，而現在，牠卻有了一種當家做主人的感覺。可是除了牠以外，還有一隻小貓也來到了這個院子，這讓貓咪很氣憤。牠逼近這隻新來的小貓，威脅地看著牠。正在牠們劍拔弩張之時，樓上潑下來一桶水，徹底熄滅了兩隻貓的怒火。牠們各自逃開，新來的小貓翻牆跑了，貓咪則恰恰躲在牠出生時住的那個箱子底下。這個地方強烈地吸引了牠，於是，牠又一次在這裡安了家。其實，這裡垃圾箱的食物比其他地方少，而且沒有水喝，但卻經常有迷路的老鼠在這裡出沒，有些還特別肥。抓到老鼠不僅可以讓牠飽餐一頓，而且還是牠戰勝的證據。

## 4

貓咪現在已經完全長大了，外貌驚人的像老虎，在淺灰色的毛上覆蓋著黑色的毛，鼻子、耳朵和尾尖上四個漂亮的白點是牠最明顯的特徵。牠非常擅於生存，但這次卻一連好幾天都沒有找到食物，而且依然抓不到一隻麻雀。貓咪很孤單，但是一股新的力量爆發了出來。

八月的一天，貓咪正躺在陽光下養神，突然一隻巨大的黑貓沿著牆頭朝牠這邊走來。牠一眼就看到了黑貓被撕裂的耳朵，認出來者正是湯姆，貓咪立刻藏到箱子裡。湯姆躡手躡腳地走著，輕輕地跳到院子盡頭的一個屋頂上，正當牠穿過屋頂時，一隻黃貓出現了。黑貓和黃貓怒視著對方並怒吼著。牠們猛烈地甩著尾巴，耳朵向後伏貼在背上，肌肉緊繃，向對方逼近。

「喵喵喵！」黑貓怒吼著。

「嗚嗚嗚！」黃貓回應著。

「嗚嗚嗚嗚！」黑貓邊吼邊向前挪動了半英寸。

「喵喵喵！」黃貓再次回應著，同時威嚴地向前竄了一英寸。「喵喵！」又向前竄了一英寸，揮舞尾巴，大聲吼叫。

「喵嗚喵嗚！」黑貓提高嗓門尖聲叫道，後退了一些，向對方顯示出牠堅持戰鬥到底的決心。

這時，周圍人家都被叫聲驚擾，紛紛打開窗戶，大家都不滿地抱怨著，然而兩隻貓的對峙依然沒有停止。

「喵喵喵！」黃貓低聲吼道，當人們的聲音越來越高時，牠的聲音更加低沉了。「喵！」又向前走了一步。

此時，牠們之間僅相隔了三英寸的距離，都側身站著，隨時準備撲向對方，可又都想等著對方先進攻。牠們靜靜地對恃了三分鐘，像雕塑一樣一動不動，只有尾尖還在不停地搖動著。

黃貓又開始低沉地吼叫：「喵喵喵！」

「喵喵喵！」黑貓也尖聲叫著，企圖用尖叫聲嚇倒對方，但卻又向後退了一點點，而黃貓則上前了半英寸。這一步使牠們的距離更近了，牠們的鬍鬚都已經挨到一起，黃貓又向前邁了一步，牠們就面貼面了。

「喵喵喵！」黃貓低聲叫著。

「喵喵喵！」黑貓尖聲叫著，但卻又向後退了一些，而黃貓卻逼得更近了，牠像惡魔一樣向黑貓撲了過去。

啊！牠們是多麼兇殘地撕咬著對方啊！尤其是黃貓。

牠們是多麼緊地抱住對方啊！尤其是黃貓。

牠們翻滾著，一會兒黑貓在上，一會兒黃貓在上，而大多數情況是黃貓占上風，滾著滾著，牠們滾下了屋頂，趴在窗戶上觀戰的人們都歡呼起來。兩隻貓掉到了垃圾堆上，在下落的過程中，牠們依然沒有鬆開對方，互相撕扯抓拉著，黃貓更爲兇狠了。當牠們落地時仍在搏鬥，占上風的還是黃貓。當牠們都已經傷痕累累的時候才停戰，黑貓的傷勢尤其慘重！黑貓流著血爬上牆頭，哀號著逃走了。人們互相轉告著，奧林奇·貝利戰勝了凱萊的尼格這個消息。

可能是黃貓太聰明了，也可能是貓咪沒有藏好，反正黃貓在箱子中發現了牠，或許是親眼看到了黑貓和黃貓的那場拼殺的緣故，貓咪並沒有逃跑。黃貓在

搏鬥中的勇猛表現贏得了貓咪的芳心，牠和黃貓因此成為了非常要好的朋友，牠們並不一起吃住，因爲貓一般是不會這樣做的，但是牠們很親近。

## 5

九月份已經過去，十月份一轉眼也消逝了。這時，貓咪家裡發生了一件事。如果奧林奇·貝利能夠回來的話，牠就能看到五隻小貓正蜷縮在媽媽貓咪的懷裡，這對貓咪來說是一件多麼高興的事啊！牠和其他做了媽媽的貓一樣，非常的開心和滿足，牠很愛牠的孩子們，溫柔地舔著牠們，以前牠是絕對不會做這種事的。

孩子們的出生給貓咪無趣的生活增添了不少色彩，但也增加了負擔。現在，牠所有的精力都放在尋找食物上。當孩子們長到六個星期大的時候，就可以爬出箱子了，於是牠們總是趁媽媽不在家的時候爬出去玩，這些麻煩的小傢伙成群結隊地出去瘋跑，這在貧民區裡已經是眾人皆知的了。某天，貓咪出去獵食的時候，曾遇到狗三次，馬里家的那個黑人看到，便用石頭打那些狗，幫貓咪把狗趕走，那時貓咪已經餓了兩天了。不過，從那以後，形勢就開始好轉了。第二天早上，牠找到一個沒有蓋子的奶瓶，裡面裝滿了牛奶，牠還從一隻靠肉商過活的貓那裡搶到了食物，後來又找到了一個大魚頭，前後不過兩個小時的時間。塡飽肚子之後，牠安靜地休息了。突然牠看到一隻棕色的小生物，便又爬了起來。其實牠並不知道那是什麼東西，但由於牠已經捕捉並吃掉過幾隻老鼠，因此牠一看到這個小生物就知道是可以吃的東西，很顯然貓咪把牠當成一隻短尾巴大耳朵的大老鼠了。貓咪謹愼地跟在牠後面，可是看來牠的謹愼是不必要的，因爲小兔子只是坐起來，看上去還很高興。牠沒有逃跑，貓咪撲過去抓住牠，但因爲不餓，所以牠把戰利品扔給孩子們。兔子的傷勢並不嚴重，牠一點兒都不害怕，由於無法爬出這個箱子，牠就和小貓們待在一起，當小貓吃晚餐時，牠很快就決定加入牠們的行列。貓咪卻大惑不解，出於動物的本能，牠捕獲了獵物，但由於不餓而沒有吃掉牠，這既救了兔子的性命，又給了貓咪一次展現母愛的機會，而兔子卻變

成了自己家庭中的一員。從那以後，兔子就肩負起保護小貓的職責，當然，牠也和小貓們一起吃飯。

就這樣，兩個星期過去了。小貓們在媽媽不在家的時候玩得更高興了，而兔子依然無法跳出這個大箱子。馬里看到後院的小貓們，便要黑人殺死牠們，一天早上，黑人來到後院，用一隻廿二毫米口徑的步槍殺死了這些小貓。當貓媽媽叼著一隻老鼠從碼頭回來時，黑人正在朝小貓們開槍，一隻又一隻的小貓被擊中，掉進木頭堆的縫隙中。當他瞄準貓咪正要開槍時，看到了牠嘴裡的老鼠，這讓他改變了主意，他認爲一隻會抓老鼠的貓還是有保留價値的。這隻老鼠挽救了牠的性命。貓咪穿過木頭堆來到住處，但令她奇怪的是小貓全都不在家，而兔子是不吃老鼠的。貓咪照料著兔子，並時常召喚著孩子們。黑人順著貓咪的叫聲，悄悄地爬到了牠的住處，當他往箱子裡看時驚呆了，因爲箱子裡有一隻老貓、一隻活著的兔子和一隻死了的老鼠。

貓咪耳朵伏貼的怒吼著。黑人離開了，但沒過一會兒，箱子就被一塊木板蓋住，並搬回了地下室的鳥窖裡。

「嗨，老闆你看，這不正是我們丟了的那隻兔子嗎？你本來打算偷來烤著吃的。」

他們把貓咪和兔子小心地放進一個籠子裡，並以「快樂家庭」的身份進行展覽，但是幾天後，兔子就病死了，展覽也只能結束。

自從貓咪被關進籠子以後就從未開心過，雖然有吃有喝，但牠更渴望自由，現在的牠即使出去後被餓死，也希望得到自由。在被囚禁的四天中，牠被洗得乾乾淨淨的，與眾不同的毛色也顯露了出來，馬里因此決定餵養牠。

# 傳記二

## 6

傑普・馬里因爲在地下室賣廉價的金絲雀而聲名狼籍。他很窮，黑人和他住在一起是因爲他喜歡和別人一起吃住，而且接受平等待遇，這在美國是很少能夠接受的。他說自己是一個非常誠實的人，但其實他根本就沒有良心。所有的人都知道，他收留那些偷來的貓狗，然後再把牠們歸還給牠們的主人，而從中得到的報酬就是他的主要的收入來源。這六隻金絲雀幾乎已經瞎了，然而馬里還是相信牠們可以賣出好價錢。當他因一些微不足道的成功而洋洋得意時，他就會說：「嗨，告訴我，薩米，我的孩子，你要學著用我這樣的眼光看待問題。」他也不是沒有野心，但是他的野心很不堅定、很薄弱，而且只是偶爾才會出現，有時候他也希望自己能成爲一個著名的培育動物的專家。的確，他曾做過一件瘋狂的事情，那就是爲在紐約市舉辦的貴族貓和寵物展覽會提供了一隻貓。之所以這麼做

有三個目的：第一，滿足他的野心。第二，免費得到一張參加展覽會的票。第三，「好吧，你是知道的，當一隻貓眞正的成爲貓時，牠就是有價値的了。」這是一個上流社會的展覽會，這裡我們不得不介紹一下馬里送去的出展者，由於那隻小貓不是純種波斯貓而被藐視地拒於門外。報紙上的尋物啓示專欄是馬里唯一感興趣的東西，他已經看到一條「爲獲得皮毛而飼養動物」的資訊，並將其收藏起來，這條資訊貼在他家牆上。在這條資訊的啓發之下，他開始殘忍地用貓咪做實驗。首先，他用藥水給牠洗澡，以殺死牠身上的兩三種爬蟲。當那些小蟲子都死了之後，他又用香皂和熱水給牠徹底地清洗了一遍，雖然貓咪又咬又抓，還不停地慘叫，但他一點也不在乎。貓咪極爲憤怒，但是當牠被帶到火爐旁邊的籠子裡烘乾時，牠覺得溫暖舒服極了，毛也開始變得鬆軟柔順。馬里和黑人對這個結果非常滿意，同時，貓咪也應該很滿意。但是這只是準備工作而已，接下來就要拿牠做實驗了。據報紙上說，多吃油膩食品，並讓動物的皮毛暴露在寒冷的天氣裡是使皮毛變得完美的最好辦法。冬天就要到了，傑普·馬里把關著貓咪的籠子

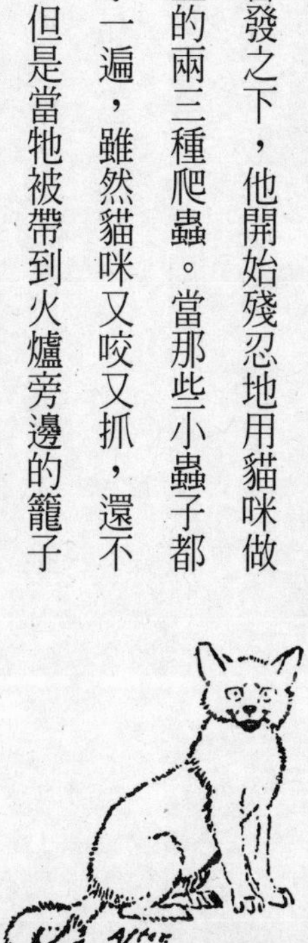

放到院子裡，只有下雨和大風直吹的時候才把籠子放回到屋子裡，他只給貓咪吃油很多的油渣餅和魚頭。一個星期以後，貓咪發生了變化。牠迅速地發胖，毛色也光滑了許多，這是因爲牠每天除了吃飯和梳理自己的毛之外，什麼都不用做。牠的籠子被清理的很乾淨，寒冷的天氣和油膩食品見效了，貓咪的皮毛越來越濃密，越來越有光澤，以至到冬至的時候，牠就已經變成一個極其漂亮的貓了，牠的皮毛豐滿而精美，就拿牠的斑紋來說，就已經是稀世珍品了。

馬里對實驗結果非常滿意，於是，他又開始夢想今後的輝煌道路。爲什麼不把這隻貓送到即將舉辦的展覽會去呢？而之前的那次失敗經歷讓他變得更加注意細節。他跟他的助手說：「我不會這樣做的，薩米，你知道的，我不會把牠當做流浪貓展示，我們可以想辦法使牠的身份符合紐約人的要求。現在，高貴的迪克，或者高貴的薩姆，那是指誰？但這就可以啊！他們可以成爲這隻貓的名字。我說，薩米，你的出生地在那裡？」

「安娜勞斯坦島，先生，那是我的出生地。」

「哦，我來看看，高貴的安娜勞斯坦！在這場展覽中唯一具有高貴血統的安娜勞斯坦，你看這不是很妙嗎？」他們大笑了起來。

「但是我們要先有一張家譜。」因此一張經過公認的、極長的假冒家譜就這樣問世了。一個陰暗的午后，薩米戴著一頂借來的大禮帽來到展覽會的門口，把貓咪和家譜交給了展覽會的負責人。有一點是薩米很引以爲豪的，那就是他曾是第六大街的理髮師，他可以在五分鐘之內就裝出一副很高傲的樣子，而這是傑普・馬里用一輩子也辦不到的。毫無疑問，他們因此而得到了參加貓展覽會的資格。

馬里終於可以參加貓展覽會了，他因此格外得意，但是依然無法擺脫對上層社會的敬畏。開幕式那天，當他到達展覽會門口時，被馬車隊和列隊的壯觀氣勢嚇呆了。看門人目光尖銳地盯著他，但還是讓他憑票進去了。很顯然，他是把馬里當做某個參觀者的馬伕了。大廳裡鋪著天鵝絨地毯，兩旁是出展的動物。馬里沿著邊偷偷摸摸地走著，看著各種各樣的貓，留意著披著藍帶和紅帶的貓。他向

四周窺視著，但是不敢向別人打聽自己貓的情況，因爲他害怕聽到，若是自己耍的小把戲被揭穿，這些華麗時尙的人會說些什麼。他已經穿過所有外面的走廊，看到許多獲獎者，卻沒有看到貓咪。裡面的走廊更加擁擠，他小心謹愼地順著走廊尋找，但依然沒有看到貓咪，於是他斷定裁判已經發現貓咪是冒牌的，而取消了牠的參賽資格。不過沒關係，他有門票，而且現在他知道哪裡可以找到昂貴的波斯貓和安哥拉貓。

在中心走廊的中間展列的是一大群上層社會的貓。通道被繩子圍了起來，兩個員警在那裡守著，以防止人群湧進去。馬里在人群中擠著，他太矮了，所以根本就看不到裡面發生了什麼，儘管那些穿著長袍的富人們都爲了不碰到他的破舊衣服而躲開他，他仍然無法看到中心走廊裡展列的動物，不過他從各種跡象中猜到展覽會的精品就在那裡。

「哦，牠眞漂亮！」一個高個子女人說。

「牠是多麼的與眾不同啊！」另一個人答道。

「牠的高貴氣質是由牠良好的生活環境培養出來的，這是騙不了人的。」

「我好希望能夠擁有這麼一隻絕美的動物啊！」

「太高貴了！太安詳了！」

「我聽說牠的家世很好，可以追溯到法老王時代。」貧窮骯髒的馬里聽到人們的對話後，很奇怪自己爲什麼會把那隻貧民區裡的貓送到這裡來參展。

這時，展覽會的主管從人群中擠到中心走廊中間，他說：「夫人，對不起，打擾一下。『運動元素』裡的畫家在這裡，他想給展覽之星作畫，這是急事。您可以往邊上站過來一點兒嗎？好的，非常感謝！」

「哦，主管先生，難道您不能說服他出售這隻漂亮的貓嗎？」

主管答道：「嗯，我不知道可不可以。聽說他是一個很有錢的人，不太好說話，但是我會試一下，我會的，夫人。我從他的僕人那裡得知，他根本不願意展出他的珍寶。這位，就是您，請您讓開一下。」當這個骯髒的矮小男人急切地擠到畫家和一隻貴族貓的中間時，主管衝著他大聲地吼叫。然而這個破爛不堪的人想知道那些名貴的貓在哪裡。他走到離籠子很近的地方，向裡面看了一眼，他看到一張佈告上寫著：『紐約市上流社會的貓和寵物展覽會』的最高榮譽獎和金牌得主是純種且有家世的高貴的安娜勞斯坦，牠是由著名的培養動物專家傑普・馬里引入並展出的。（非賣品）」馬里屏住呼吸，又仔細地看了一遍佈告。是的，沒錯，在天鵝絨地毯上，高高在上的鍍金籠子裡，由四名員警保護著的正是他的貧窮的貓咪，貓咪的毛是亮黑色和淺灰色相間，牠微閉著雙眼。貓咪看著忙亂的場面和大驚小怪的人們，覺得無法理解，而且對此厭惡至極。

## 7

傑普・馬里圍著籠子打轉，一連好幾個小時地看著佈告，品嚐著榮譽的滋味，這是他以前從未感受過的，就連做夢都極少能有這種感覺。但是，他明白，不讓人們知道他才是明智的作法，他的「僕人」必須替他解決所有的問題。是貧民區的這隻貓咪使展覽會舉辦得如此成功。牠的主人看到牠的價值每天

都在不斷上升。他不知道這些貓都被標了什麼價錢。

當他的「僕人」同意展覽會的主管，以一百美元出售安娜勞斯坦的時候，他認爲那已經是最高記錄了。

這就是貧窮的貓咪從展覽會被帶到位於第五大街的一個公寓裡的原因。最初，牠表現得很野性，拒絕被撫摸，這讓牠的新主人感到莫名其妙，然而，牠的這種表現卻被新主人認爲是由於牠具有貴族身份，所以不喜歡過於親密的舉動。牠爲躲避一隻哈巴狗而跳到餐桌上，這種行爲則被理解爲是因爲牠錯誤地認爲接觸其他動物會把自己弄髒，而這個觀念在貓咪的思想裡已經根深蒂固了。牠攻擊主人的寵物——一隻金絲雀也被原諒了，因爲主人以爲牠在家鄉亞洲已經養成了專制的習慣。牠掀掉牛奶桶蓋子的貴族方式尤其得到了讚賞。牠不喜歡新主人爲牠準備的眞絲邊的籃子，還有牠經常撞厚玻璃板窗戶的行爲很容易解釋，那就是，這個眞絲籃子太普通了，而牠以前豪華的家裡根本就不用這種厚玻璃板。牠把地毯弄髒表明了牠東方人的思維方式。牠幾次在圍著高牆的後院裡試圖抓住麻

雀，但最終失敗，這就更向牠的新主人證明，牠因爲從小在貴族的家庭中生活，因而已經失去了捕食的能力，而牠常常在垃圾箱裡打滾的舉動，則被推定爲因出身名門而顯得有點兒古怪，但是這是可以諒解的。牠被新主人飼養並嬌慣著，牠受到人們的炫耀和讚美，但是牠並不開心。牠非常想家！牠不停地抓著繫在脖子上的藍帶子，並把它拽了下來，牠在玻璃窗前跳來跳去的看著窗外的那條路，因爲這條路看上去好像通往外界，牠躲避著人們和狗，因爲他們總是對牠很有敵意且殘忍。牠坐在那裡注視著窗外屋頂和後院的小動物們，牠希望能改變一下，成爲牠們之中的一員。

但是，牠被嚴格地看管著，從來都不被帶出去玩，以至於當垃圾箱被放在屋內的時候，那些曾經在垃圾箱旁邊玩耍的快樂時光又回來了。然而，三月的一個晚上，當這些垃圾箱被陸續推出去給來得很早的清掃工時，高貴的安娜勞斯坦逮到機會，從房門溜出去，跑得無影無蹤。

牠的逃跑自然引起了很大的騷亂，但是貓咪不知道也不關心與此有關的任何

事情，牠唯一的念頭就是回家。本來牠是可以直接順著正確的方向回到格萊莫西山莊的，但是牠卻在到達山莊之前經歷了各式各樣的小冒險。那麼，牠現在是什麼樣子呢？牠不是在公寓裡了，牠已經切斷了生活的來源。牠又開始饑餓了，然而牠卻有一種很奇特的感覺，那就是快樂。牠在一座花園裡躲縮了一會兒，陰冷的東風刮著，帶給牠一個特別友好的訊息——人類稱之爲令人討厭的碼頭的氣味——但是對貓咪來說，這卻是來自家鄉的歡迎的訊息。牠沿著一條很長的街道，筆直地向東跑去，穿過前花園的圍欄，像雕塑一樣瞬間就停了下來，或者尋找最黑暗的角落穿過街道，最終到達了碼頭和海邊，可是這個地方很陌生。牠可以向北走或向南走。某樣東西使牠向南走去，牠在碼頭和狗，手推車和貓，蜿蜒的海灣和筆直的木柵欄之間躲避著，一兩個小時以後，牠看到了熟悉的景色，聞到了熟悉的味道，在太陽升起之前，牠緩緩地爬到了家，牠疲倦極了，腳也受了傷。舊圍牆沒有變，圍牆上的舊洞也沒有變，牠從圍牆的洞裡鑽了進去，又翻過一堵牆，便到了位於烏窖後面的垃圾院子——是的，就是到了牠出生的那個餅乾箱子

那兒。

哦，要是第五大街的那戶人家在牠出生的東方看到牠的話，會怎麼樣啊！

休息了很長一段時間以後，牠靜靜地從餅乾箱子上下來，爬到通往地窖的樓梯處，開始像以前那樣尋找食物。門是開著的，黑人站在那裡。他衝著裡面的賣鳥人喊道：

「嗨，老闆，快過來。這不是那隻高貴的安娜勞斯坦嗎？牠回來了！」

馬里及時地跑過來，看見貓咪正在跳牆。他們以一種最誘惑人、最甜言蜜語的聲調高喊：「貓咪，貓咪，可憐的貓咪！回來啊，貓咪！」但是貓咪並沒有被他們假裝的好意打動，而是消失了，牠去到以前常去的地方尋找食物。

高貴的安娜勞斯坦曾使馬里發了一筆橫財，使他的地窖變得更加舒適，也增加了一些被囚禁的動物。現在最重要的就是重新掌握貓咪的主權。貓咪沒有理會不新鮮的肉和其他的誘惑，但是貓咪在再次來臨的饑餓感驅使下，爬向籠子裡的大魚頭時，在一旁守候的黑人拉動繩子，蓋上了蓋子，一分鐘之後，安娜勞斯坦

再次成為地窖裡俘虜中的一員。那段時間裡，馬里一直關注著報紙上的「尋物啓示」專欄。就是這個，「廿五美元的獎賞」等等。那天晚上，馬里先生的僕人給第五大街的那家公寓打了電話，告訴他們有關丟失貓咪的事情。「高貴的安娜勞斯坦又回到了牠主人的家，馬里先生非常樂意歸還這隻高貴的安娜勞斯坦。」馬里先生當然不能接受獎賞，但是他的僕人可以隨意接受任何報酬，而且他明白地表示希望得到事先提到的報酬，甚至更多的東西。

從那以後，貓咪被看守得更加仔細了，但是牠非但不討厭挨餓的日子，反而很喜歡那種悠閒帶給牠的快樂感覺，從此牠變得更加的野性和不滿。

## 8

春天把紐約變得更漂亮了。骯髒的英格蘭小麻雀們正在牠們的水溝裡玩耍著，小貓們則整夜都在那裡咆哮著，而第五大街的那戶人家正在考慮要去鄉下的家裡住一段時間。他們整理行李，鎖上房門，來到他們的避暑別墅，距離他們城裡的家大概有五十英里遠。貓咪被放在一個籃子裡，也被帶到了那裡。

「這正是牠想要的：新鮮的空氣和變化的景色可以使牠忘記以前的主人，牠會開心的。」

籃子被舉起來，放進一個隆隆作響的馬車裡。新的聲音和經過的氣味被捲進去並保留了下來。在這過程中，馬車轉了個彎，接著是許多腳步的嘈雜聲，籃子搖晃得更厲害了。接著短暫的停了一會兒，然後又轉換了方向，再後來就是一些咔嚓聲，一些叭叭聲，一陣長而刺耳的汽笛聲，然後就是非常大的前門的門鈴聲，接下來又是隆隆聲，颼颼聲，還傳來一股令人不愉快的味道，而且越來越難聞，那不斷增長的、令人討厭的氣味讓貓咪透不過氣來。一股致命的、令人痛苦的有毒惡臭氣味，再加上喊叫聲，淹沒了可憐小貓的嗚咽聲。正當牠忍無可忍時，搖晃停止了。牠聽到咔嚓聲。光線流瀉進來，空氣也湧了進來。緊接著，一個男人的聲音響起：「所有的人都是去一二五大道的。」不過，這在貓咪聽來當然僅僅是人類的吼叫聲而已。隆隆聲快要停止了——最終確實停止了。後來，火

車又重新充滿了吵鬧聲，並且又搖晃了起來，但沒有那種有毒的氣味了。一聲很長、很空洞、很急促的聲音，伴隨著一陣令人愉快的碼頭氣味快速傳了過來，之後便是不斷的搖晃、轟鳴、刺耳聲、暫停、咔嚓聲、劈啪聲、氣味、震動、搖晃、更多的氣味、更多劇烈的和輕微的震動、氣體、煙霧、急促煞車聲、門鈴聲、搖晃、嚎叫、轟隆聲，還有一些新的氣味、敲擊聲、拍打聲、風浪聲、隆隆聲、更多種氣味，但是所有這些都表明火車沒有改變方向。最後，當火車停止時，一縷陽光從籃子蓋上的縫隙射在貓咪身上。這隻高貴的貓咪再次被放進一個和以前一樣的老式馬車裡，然後馬車轉了個彎。輪子在地上摩擦的刺耳聲音和喀嚓喀嚓聲很快就響起了，還多了一種以前沒聽過的可怕聲音──狗的咆哮聲，聲音又大又急促又可怕，而且離牠很近。籃子被舉起來，貧窮的貓咪已經到了牠鄉下的家。

每一個人都表現出過分殷勤的和善。他們想要取悅這隻高貴的貓咪，可是不知何故，他們中沒有任何人這麼做，可能只有小貓在廚房裡遇到的那個高高胖胖的廚師例外。貓咪幾個月以來一直都沒有遇到過像胖廚師這樣散發著貧窮味道的人，高貴的安娜勞斯坦就這樣被他吸引了。當廚師意識到待在這裡的那隻貓咪感到害怕的時候，牠說：「當然啦，牠看起來有點兒害怕。一隻貓當然要舔爪子啦！這是在牠的家啊。」因此，她靈巧地抓住了這隻無可匹敵的皇室之貓，放在自己的圍裙裡，並做了一件可怕的事情——褻瀆聖物，她用鍋底的油塗在貓咪的腳底板上。貓咪當然很憤恨，牠討厭這裡的每樣東西，但是當牠被放下來時，牠開始舔爪子，牠發現塗上油脂後舒服極了。牠花了一個小時舔著四隻爪子。廚師耀武揚威地宣佈，現在牠就可以舒服地待著了。牠依然待在那裡，但是牠對廚房、廚師和垃圾桶表現出一種極其令人驚訝和厭惡的偏愛。

雖然這戶人家對小貓的這些明顯的怪癖感到很苦惱，但是他們很高興看到高貴的安娜勞斯坦變得更加滿足、更加隨和。一兩個星期之後，他們給了牠更多自由。他們保護牠，不讓牠遇到任何危險。他們訓練狗要尊重牠。這裡的任何人，大人或者小男孩都不可以朝這隻著名的、來歷不凡的貓咪扔石頭。牠想吃什麼就

可以吃什麼，但是牠依然不開心。牠正在尋求很多東西，但牠並不知道那是什麼。牠什麼都有了，是的，牠什麼都有了，但是牠還想要其他的什麼東西。吃的和喝的東西都很充足，是的，但是當你可以在盤子裡喝到所有你想喝的東西時，你會發現牛奶的味道是不一樣的。而當你因爲饑餓和口渴，就不得不從罐子裡偷東西吃，如果不是這樣得到的東西，就沒有那種特殊的味道，牛奶也就不再是牛奶了。

是的，這棟房子後面的院子裡有一個垃圾場，在它的旁邊和周圍也都有，這是一個很大的垃圾場，但是它的四周都種滿了有毒的、受到污染的玫瑰花。馬和狗也都散發著難聞的味道，整個院子就像一片令人厭惡的、毫無生氣的沙漠，到處都是令人討厭的花園和草地，看不見任何煙霧。牠是多麼的憎惡它啊！在這塊恐怖的地方，只有一個無人注意的角落裡有一叢充滿甜蜜氣息的灌木叢。牠喜歡在樹葉中打滾；它是這地方一塊陽光明媚的場所；但是只有一點，自從來這之後，牠從未找到過爛魚頭或是看見過眞的垃圾桶。總之，這裡是牠所知道的最不可愛、最沒吸引力、最沒味道的地方。如果牠得到自由的話，一定會馬上就走。自由在幾周後就要來臨了，但是，與此同時，與廚師的親密關係成了牠的桎梏；但是在經過了這個無法令人滿意的夏天之後的某一天，一連串事情發生了。它們再次撥動了這位貴族囚犯貧窮的本性。

一大堆從碼頭卸下來的毛織品被運到了這棟鄉間大宅。貨物本身並沒有什麼大不了的，但是它藏有碼頭最刺激而可愛的痕跡，以及貧窮的氣味。鼻中的氣味撥動了牠記憶的琴弦，牠的過去像具有強大魔法般地呈現出來。第二天，廚師因爲這批貨而惹上一些麻煩。那天晚上，這棟房子裡最小的男孩子，一個令人厭惡的、對貴族無正確態度的人，要在牠的尾巴上綁上錫罐，而此舉毫無疑問是應當亮出爪子，以表示對他的憎惡的好時刻。這個下賤美國人的哭聲引來了他的母親。貓咪奇蹟般地躲過了她的書本攻擊，飛竄著溜上樓。通常，被通緝的老鼠會跑到樓下，狗則直著跑開，而貓會向上跑。牠藏在閣樓裡，逃過了搜索，直到夜裡才出來，然後牠滑下了樓梯，試了試那些紗門，發現其中一個沒上鎖，接著逃

向了八月夜晚的漆黑中。對人類來說的黑色，對牠而言只不過是灰色的。牠悄然越過令人厭惡的灌木叢和花圃。最後一次竄過曾經是這片花園中較有吸引力的一小片灌木叢，勇敢地走上了牠春天來時的路。

牠如何才能按照一條牠根本沒看過的路回去呢？所有動物都有一定的方向感；人類的方向感很差，馬的就很強，但貓有一項天賦，這種神秘的導航指引牠向西走去，這種感覺既不清晰也不確定，是一種因爲這條路比較好走而產生的衝動。一個小時後，牠已經走了兩英里，到達了哈德遜河。牠的鼻子告訴這條路程是正確的。牠的嗅覺一點一點地回來，就像一個人在一條陌生的街道上走了一英里也不會記起一點特徵，但當他再次看到這條街時，就會記起「啊！是啊，我以前見過這個地方。」所以雖然貓咪用來導航的主要是方向感，但是牠的嗅覺使牠再次確定，「是的，你是對的，去年春天我們曾經過這兒。」

河的另一邊就是鐵路。牠無法涉水渡河，只能向南或向北走。這時牠的方向感明確的告訴牠，「向南走。」貓咪於是沿著鐵路和柵欄間的小徑小跑起來。

# 傳記三

## 9

貓能飛快的上樹或是爬牆，但是長時間的穩速小跑，尤其是路途遙遠、時間長久的奔跑不被認爲是貓的長項，而是狗的長項。儘管旅途感覺不錯，路也對，但是遠離了玫瑰地獄兩英里的牠已經花費了一個多小時。牠累了，還有點腳痛。牠正考慮著要不要休息，這時，一隻狗向柵欄這邊跑過來，衝牠的耳朵發出了可怕的吠叫，使牠全身都處在恐懼之中。牠沿著路儘快的跑著，邊跑邊回頭看那隻狗是否已經鑽過柵欄。沒，還沒！但牠也沿著柵欄跑，可怕的咆哮著。這時貓咪跳到了安全的另一邊。狗的叫聲變成了低低的隆隆聲，一種怒吼的隆隆聲，像可怕的雷聲一樣。一個亮光在閃耀著，貓咪回頭瞥了一眼，不是那隻狗，而是一隻有著閃亮紅眼的又大又黑的動物。牠痛苦的叫著，有一院子貓叫那樣的響，且噴著口水。牠用爪子使盡全力轉身，動作從沒這樣快過，但還是不敢跳過柵欄。牠

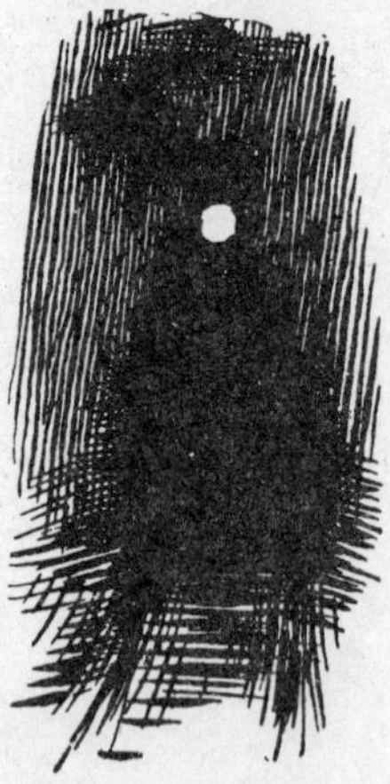

簡直跑得像狗一樣飛快，但是沒有用。這個追捕牠的龐然大物雖然趕上牠，但是在黑暗中看不到牠，越過了牠之後消失在黑暗中。此時貓咪蜷在地上大口的喘著氣，而從狗開始叫時，牠已經離家又近了半英里。

這是牠第一次遇見這種奇怪的龐然大物，但僅僅是在牠看來如此；因為牠的鼻子覺得牠似曾相識，並且告訴牠，牠是回家路途的又一個路標。但是貓咪對牠這種動物已經消除了不少恐懼。牠瞭解到牠們非常愚蠢，而且如果牠悄悄溜到柵欄底下，靜靜地躺著就不會被發現。黎明前，遇到了好幾隻這種動物，但每次都安然無恙的逃過了。

太陽升起時在回家路途上牠經過了一處小小而美好的貧民窟，而且非常幸運的在一處灰堆上找到未經過消毒的食物。牠在馬房附近待了一天，那裡有兩隻狗和幾個小孩子，在他們中間，牠差點結束了牠的旅程。這裡太像家了；但牠並不想留在這裡。牠被久遠的渴望所驅使，第二天早上又像以前一樣出發了。牠一整天都看到一隻眼的動物經過，漸漸的習慣了牠們的存在，所以那晚走的很平安。

第二天牠住在穀倉裡，並且抓到了一隻老鼠。這個晚上和前一晚一樣，除了牠遇見了一隻狗，將牠往回趕了一大段路。有好幾次牠被路的轉彎所誤導，迷了好大一段路，但總能及時返回向南的路途。白天牠在穀倉中躲躲藏藏，躲避狗和小男孩；夜晚牠沿著路跛行，因爲牠逐漸患上了腳痛；然而牠一直走著，一里接著一里，向南再向南，沿途遇到狗、男孩、那種咆哮的龐然大物，然後還有饑餓，一次又一次。然而牠向前，向前，再向前，牠的鼻子不時的使牠興奮，向牠肯定的彙報著，「這肯定是我們去年春天經過時聞到的味道。」

## 10

這樣一星期過去了，貓咪到達了哈萊姆橋，這時牠已是又髒又疲倦，脖子上的絲帶也沒了。雖然這裡充滿了美妙的味道，但牠並不喜歡那座橋的外觀。所以前半夜牠一直在岸上走來走去，除了其他的橋，沒發現任何往南邊走的方法或有趣的事，當然這得除去發現這裡的男人像男孩子一樣危險這件事。牠不得不回到這座橋；不僅僅是因爲它的氣味聞起來熟悉，還因爲每當一隻眼動物一次又一次的跑過這座橋時，都會有一種隆隆吼叫聲，而這正是去年春天旅途時的感覺。後半夜的寂靜瀰漫開來，牠跳上長長的橋欄杆，在水上方悄悄的走。當牠還沒走到全橋長的三分之一時，對面就有一個一隻眼動物衝著牠雷般的吼叫。牠嚇壞了，但是由於瞭解牠們的愚蠢與瞎眼程度，牠滑到一根較低的柱子上，蜷縮著躲藏在那裡。當然這個愚蠢的怪物越過牠向前開去了。所有的事都進行的不錯，但是怪物又回來了，或是另一個很像它的東西忽然噴著口水出現在牠後面。貓咪跳躍著走在長長的征途上，向家那邊的岸上前進。如果不是第三個紅眼怪物在那邊對著牠尖叫的話，牠本可以到達對岸的。牠嚇得跑得飛快，但是被夾在兩個怪物之間。牠別無選擇，只好絕望的跳下了木欄，跳到牠也不知道是什麼的東西裡。牠往下掉，向下再向下，然後「噗通」一聲水花四濺，掉進了深深的水裡。因爲是八月份，所以水不涼，但是，哦，太可怕了！當冒出水面時，牠驚慌的叫著並且咳嗽。牠環顧四周，看看怪物們是否追在牠後面游著，同時拍打著游向岸邊。牠

從來沒學過游泳，然而牠在游著，而原因只是貓游泳時的姿勢和動作與行走時是一樣的。牠掉進一個牠不喜歡的地方；很自然，牠當然要「走出來」，結果就是牠游到了岸邊。哪個岸邊？對家的思念永遠不會落敗：南岸對牠來說是唯一的岸，離家最近的岸。牠抖掉所有的水珠，爬上泥濘的岸邊，穿過煤堆和灰堆。這時牠又黑又髒，對一隻貓來說是不貴氣到極點了。

一等所受的驚嚇退去，這位具有高貴血統的貧民覺得跳下來的感覺也不錯。就算牠不算以智取勝這三個怪物，至少牠那充滿親切勝利感的跳水就是光榮了。

牠的鼻子、牠的記憶和牠的本能方向感使得牠在此走上征途；但是這個地方遍佈著那些雷般的咆哮者，秉著審慎的態度，牠轉過身，循著那充滿麝香味的返家提示沿著河岸走著；這樣，牠漸漸擺脫了那不可言喻的恐懼感。

三天來，牠見識到各種各樣的危險，以及東河碼頭的複雜性。有一次牠上錯了一條渡船，那條船把牠帶到長島；但是牠一早就又乘船回來了。到了第三個晚上，牠來到一片熟悉的土地上，在第一次逃跑的那個晚上，牠曾經經過這兒。從

那兒開始，牠的行程確定而快速。牠知道要往哪兒走，並且知道怎樣到達那裡。牠現在甚至知道更多的顯著特徵。牠越走越快，越走越高興。用不了多久，牠就可以蜷縮在牠的故都——老垃圾院子裡了。牠再轉個彎，看到了街區。

但是——天啊！垃圾院子不見了！貓咪簡直不敢相信自己的眼睛；但是牠不得不相信；因爲太陽還沒升起來呢。曾經，街區中的房子或是挺立或是傾斜，悠閒而散亂，而現在這裡卻是一大片破敗而荒蕪的空地，遍佈著石頭、雜物和坑洞。

貓咪繞著它走了一大圈。通過方向感和人行道的當地色彩，牠知道自己就在家裡，這裡曾住著一位養鳥人，而且曾經是老垃圾院子；但是所有的一切都消失了，完全不留痕跡，甚至連它們慣有的氣味都帶走了，而這個令人全然絕望的事實使牠心力交瘁。愛家是牠的主要情感。牠放棄了一切來到了一個再也不存在的家，此時牠堅定的小小心靈沮喪極了。牠在一堆堆的垃圾前徘徊，既沒有找到吃的，也沒有得到安慰感。廢墟蔓延了幾個街區，直到水邊。這不是火災造成的；

貓咪曾見識過一場火災。這更像是一群紅眼怪物的傑作，而且貓咪也對在此升起的大橋一無所知。

當太陽升起的時候，貓咪尋找著遮蔽物。一個相鄰的街區幾乎沒什麼改變的矗立著，這位高貴的安娜勞斯坦就撤退到了那裡。牠瞭解一些那裡的情況，但是當牠到達那兒的時候，令牠大吃一驚的是，那裡令人不愉快的擠滿了像牠一樣被從老地方趕出來的貓咪們。而當垃圾桶被運出來時，每桶都圍著好幾隻貓。這意味著此地正在發生饑荒，而貓咪在這裡待了幾天後，被迫縮小範圍，在第五街安置牠的家。牠到了那裡才發現此街已被關閉且棄置不用了。牠大概等了一天；結果發生了一段與一個穿藍外套壯漢的不愉快經歷。隔晚，牠又回到擁擠的貧民窟。

九月和十月就這樣虛度過去了。許多貓死於饑餓或因爲太過虛弱而沒能逃脫天敵。但是貓咪年輕而強壯，所以牠還活著。這片廢墟街道開始發生巨大的變化。雖然第一天晚上牠看到的這個街道非常安靜，但是現在這裡整天擠滿著吵鬧的工人。一棟在牠來之前就已開工的高樓十月底峻工了。窮貓咪在饑餓的驅使下，偷偷摸摸的走近一個被放置在外面的桶子。非常不幸的是，這桶子不是裝垃圾的；而是當地的一個新鮮事物：清潔桶。眞是令人難過的失望啊！但是它令人感到舒服——桶把的觸感有些熟悉。當牠正在研究的時候，那個黑人電梯男孩又出來了。除了他的藍衣服，他整個人的味道確定了牠對桶把的好印象。貓咪退到了街道上。他盯著牠。

「牠那樣子根本不像高貴的安娜勞斯坦了！嗨，貓咪，貓咪，貓咪！過來，貓咪，哈，我猜牠很餓啦。」

是餓啦！牠已經好幾個月沒吃過一頓像樣的飯了。黑人走進樓裡，再出來時拿著一些他自己的午餐。

「嗨，貓咪，貓咪，貓咪！」感覺是不錯啦，但是貓咪對這個人還是有疑慮。最後那人把肉放在人行道上，然後走回門裡。窮貓咪小心的上前來；嗅了嗅那塊肉，叼起它，像一隻安詳享受戰利品的小母虎一樣飛奔而走。

## 傳記四

### 11

這是一個新時期的開始。現在每當貓咪餓到緊要關頭時，都會來到這棟樓的這扇門前，而對這個黑人的好感也與日俱增。牠以前從來沒瞭解過那個人。他看起來總是充滿敵意。現在他成了牠的朋友，牠僅有的朋友。

這星期是牠的短暫幸福時間。接連七天都有大餐；就在最後一頓大餐時牠發現了一隻美味多汁的死老鼠，眞實存在的東西，簡直就是天上掉下來的禮物。雖然牠這輩子從來沒有捕殺過一隻成年老鼠，但是牠叼起老鼠，想跑出去埋了牠作爲儲備糧。當一個老天敵——碼頭狗——出現的時候，牠正在經過新樓前的馬路。貓咪很自然的向後撤，退到牠朋友的那道門那兒。就在牠靠近門時，黑人爲一個穿著體面的人出來而開了門，同時瞧見了這隻貓和牠的戰利品。

「喂！你看那貓怎麼那樣！」

「是啊，先生，」黑人答道，「那是我的貓，先生；牠是捕鼠能手，先生！牠還沒洗乾淨呢，先生；所以才會看起來這麼瘦。」

「啊，別讓牠餓著，」那個地主模樣的人說，「你難道不能餵牠嗎？」

「賣肉的經常來，先生；一周十五先令，先生。」黑人說道。他完全意識到他的「這個想法」受到了額外的十五先令的委託。

「好吧。我會出錢的。」

## 12

「賣肉啦，賣肉了！」肉商充滿吸引力的，讓貓們盼望已久的吆喝聲傳來，老人的手推車出現在吝嗇巷，貓們擠了過來，像以往一樣，等著收他們的應得物。

需要記住的是黑貓、白貓、黃貓和灰貓，最重要的是要記住牠們的主人。手推車來到靠近這棟新樓的街角處第一次停了下來。

「嗨，你們，讓開，你們這些公共垃圾。」賣肝老人喊道。然後老人揮棒，讓這隻藍眼睛、白鼻子的小灰貓擠上前來。牠得到了大得不同尋常的一塊，因爲薩姆聰明的把獲利均分；而窮貓咪帶著牠的「每日所得」退回了這棟大樓的掩蔽處，現在牠已正式隸屬於這裡了。牠現在進入了人生的第四階段，有著牠以前從未夢想過的幸福前景。一開始什麼都和牠作對；現在所有的事情都順著牠來。我們暫且不知旅途是否開闊了牠的眼界，但牠知道牠想要什麼，然後就去爭取。牠實現了牠長期以來的雄心壯志，抓住了兩隻麻雀，不是一隻，當時牠們正在簷槽上打得你死我活。

沒有理由假設牠又抓到了另一隻老鼠；但是當黑人能找到一隻時，他留了下來，當然是爲了表演，他恐怕牠的養老金受到危害。死耗子一直被留在大廳裡直到出資者出現；然後耗子被掃走了。「啊，這隻貓，先生；牠擁有安娜勞斯坦的高貴血統，先生，是捕鼠能手。」

從那時起，牠就有了好幾個同類。黑人認爲黃貓湯姆是牠們中一些貓的父

親。毫無疑問，黑人是對的。他那完美而明確的道德心使得他給了牠很長的時間，他很瞭解等這位貴族安娜勞斯坦再回來只是早晚的問題。毫無疑問，他爲了某些可敬的雄心而攢著那些錢。牠學會了忍受電梯，甚至乘著電梯上上下下。讓黑人印象深刻的是，有一次當牠聽到賣肝老人來的時候，牠正在頂樓，牠按下按鈕，成功的讓電替帶牠下來。

牠現在有了閃亮的毛髮，又變美麗了。牠不僅是四百隻能進入賣肝老人的貓圈中的一隻，而且還是牠們中被公認的養老金之星。賣肝人肯定是尊敬牠的，就連當鋪老闆的妻子那隻嬌生慣養的貓的地位也不如貴族安娜勞斯坦。除了牠現在的盛況、牠的社會地位、牠高貴的名字和不眞實的家譜之外，牠生活中最大的樂趣就是黃昏時溜出去窮逛，而現在，像牠以前的生活一樣，牠是眞心願意地做一隻小小的窮髒貓。

# 阿諾克斯

## 一隻生活在屋頂上的鴿子的編年史

# 1

我們穿過西十九街大馬房的側門。當我們爬上梯子進入頂樓時，乾草散發出來的香甜氣息遮掩住了打掃良好的畜欄的淡淡味道。南邊的牆被打通了，熟悉的「咕咕，咕咕」聲隨著翅膀的「呼呼，呼呼，呼呼」聲變化著，告訴了我們正處在鴿樓裡。

這裡是有名的眾多鳥類之家，今天有一場由五十隻年輕鴿子參加的比賽。我是一個毫無偏見的外人，所以被閣樓主人邀請來當這場競賽的裁判。

這是一場年輕鳥兒們的訓練比賽。牠們曾被父母帶出去一次或兩次，進行短距離飛行，然後被放飛，回到鴿樓。現在牠們將首次在沒有父母陪同的情況下被放飛。起始點是新澤西州的伊莉莎白郡，這是牠們第一次在毫無幫助的條件下進行長途旅行。「但是，」訓練人評論道：「這就是我們除去資質差的鴿子的方法；只有最棒的鴿子能成功，牠們正是我們所希望的。」

這次飛行還有另一個意義，對那些能回來的鴿子來說這也是一場比賽。閣樓中的每個人及幾個鄰近的行家，分別對一隻或其他隻信鴿感興趣。他們為得勝者募集了一筆錢，而我則被授予了決定誰能取得這筆錢的重要責任。並不是第一隻回來的鴿子贏，而是第一隻進到閣樓裡的鴿子贏，因為一隻僅僅回到了鄰家，卻沒有馬上回家報到的鴿子，做為傳信者來講根本不合格。

歸航鴿一直被叫做郵遞員，因為牠能傳遞消息，但是在這兒，我發現觀賞鳥——一種擁有荒謬肉垂的生物——是沒有名字的；而負責傳遞消息的鴿子則被叫做傳信鴿，或叫做歸航鴿——一種永遠會回家的鳥。這類鴿子沒有任何特殊的顏色，也沒有任何那種在鳥類表演時充當主角的鳥們所擁有的奇特裝飾。牠們不是養來做裝飾的，而是養來做為體現速度與智力天賦的。牠們必須清楚家的方位，能夠無誤的返家。現代人們相信牠們的方向感是在其耳骨的迷宮裡確定的。沒有任何生物能夠擁有比好的傳信鴿更好的位置感和方向感，而這個事實的唯一證據，是牠們每邊耳朵上方的巨大突出部分和牠們用來完成遵從高貴的愛家動力的裝備——華麗的翅膀。現在，這些年輕鳥兒們的智力和體力才能將被測試。儘管有很多的目擊者，但我想最好還是關掉所有的鴿門，準備好等第一個到後就關上。

我永遠忘不了那天的感動。我被告知：「牠們十二點開始，應該十二：三十到這；但是看外邊，牠們像旋風一樣過來了。牠們進來時，你要看清楚。」我們排列著站在閣樓裡面，每人都留神注意著縫隙或是半關的鴿籠門，並且焦急的掃視著西南邊，這時，一個人喊起來：「看——牠們來啦！」牠們像一朵白雲一樣衝進人們的視線，低空滑行過城市的屋頂，繞著高大的煙囪飛著，前一秒才剛剛看見牠們，下一秒牠們就回來了。像白色的閃電，像猛衝的的小齒輪，牠們出現的太突然、時間太短，以致於雖然我有所準備，但是顯然沒準備好。我站在唯一的門邊，一隻呼嘯的藍箭射了進來，翅膀拍打著我的臉，飛過去了。我幾乎還沒關上這個小門時，就聽見一個聲音喊道：「阿諾克斯！阿諾克斯！我就說過牠會第一。哦，牠真可愛；才三個月大就得了冠軍——牠真是個可愛的小東

西！」而阿諾克斯的主人高興得手舞足蹈，他的鳥贏了比得到獎金更令他高興。牠喝下一些水，然後轉到食槽一邊，人們或坐或跪，確實尊敬的看著牠。

「看那雙眼睛、那翅膀，而且你們看見過那樣的胸部嗎？哦，牠眞是堅韌啊！」牠的主人向那些因被打敗而沈默著的人們嘮叨著。

那是阿諾克斯第一次鋒芒畢露。做爲一個好的閣樓裡的五十隻鴿子中的佼佼者，牠的未來肯定是光明的。

牠被授予高質傳信鴿榮譽勳章的銀製腳環。上面刻著牠的編號，2590C，這個數字對今天全世界的歸航鴿來說，象徵著很大的榮譽。

那次從伊莉莎白郡開始的考核飛行中，只有四十隻鴿子飛回來。通常是這樣：一些鴿子較虛弱，被落在後面；一些較笨，迷失了方向。而通過這種簡單的飛行選擇測試，鴿子主人們不斷改進牠們的血統。在沒回來的十隻中，其中五隻再也沒被看見過，另外五隻在那天晚些時候回來了，但是不是一起到的，是分散著到的；最後一隻閒逛者是一隻又大又笨的藍鴿子。閣樓裡的人這時喊道：「傑

克打賭的那隻老笨藍鴿子到了。我根本沒想到牠會回來，我也並不在意，因爲在我看來牠有點突胸。」

這隻大藍鴿，當牠從巢中孵出來時也叫做「角隅藍」，從一開始就展現出無窮的活力。雖然處於同樣的年齡，但牠長得較快、較大，順便提一下，也較漂亮，不過專家們並不注意這個。牠似乎完全注意到了自己的重要性，並且早早的就開始欺淩牠的小堂弟們。牠的主人預言牠將幹出一番大事業，但是比利這個看管人極端質疑牠的脖子長度、牠的大嗉囊，牠的身姿和牠的過大身體。「鳥無法趕在風的前面。牠們的長腿是沉重的負擔，而牠那樣的脖子無法支撐。」比利在早上清理鴿樓時，以貶抑的口吻咕噥著說。

2

這場測試後，信鴿練習定期的進行。到家的距離，每天增加二十五到三十英里，而方位也不斷變換，直到信鴿們瞭解紐約周圍方圓一百五十英里的土地。原來的五十隻鴿子減少到了二十隻，因爲這種嚴格的訓練不僅除掉了體弱和不適合的，而且還除掉了那些臨時有病和出意外的，或是開始時犯了錯誤吃太多的。在那次飛行中有許多的好鴿子，牠們是寬胸、亮眼、長翅膀的生物，能夠進行最快速度的飛行。牠們來進行這場高難度冒險，是因爲牠們註定成爲人類應急時刻傳遞消息的工具。牠們的顏色大多是白色、藍色或褐色。牠們沒有統一標誌，但是每個被選中及被選剩的都有著最棒的信鴿血統、明亮的眼睛和突出的耳朵；牠們中最好的和最上等的——幾乎一直是他們中第一的——就是阿諾克斯。在休息時，牠沒有什麼可以用來辨認的特徵，因爲現在所有隊員都有了那個銀質腳環，但是阿諾克斯在空中顯示了牠的能力。當有蓋大籃打開，「開始」的命令發出時，阿諾克斯第一個動作起來，高飛到牠認爲能夠摒除周圍影響的高度，勘探出回家的路，然後上路，不爲食物、水或同伴停留。

儘管有比利不幸的預見，那隻大藍鴿還是擠身於被選中的二十隻鴿中。牠經常會回來時遲到，而且從來沒當過第一名。有時牠比別人晚到好幾個小時，但很明顯的，牠不餓也不渴，明確的現象表明牠在途中是個閒逛者。但是牠仍會回來；現在牠戴著腳環，像其他鴿子一樣，這神聖的徽章和上面的號碼代表著可能到來的榮譽。比利輕視牠，把牠和阿諾克斯進行對比，但是牠的主人就會回答道：「給牠一次機會吧；『小時了了，大未必佳』，而我注意到最好的鴿子一開始總是最慢的。」

不到一年，小阿諾克斯又創造了一項紀錄。訓練中最艱苦的就是跨海訓練，因爲沒有陸地上的任何路標；而在海上最艱苦的時候就是霧天，因爲連太陽都被遮掩住了，沒有可以用來導航的任何東西。即使記憶、視力和聽力都無法使用，傳信鴿還有一項本領，這就是牠的力量所在，天生的方向感。只有一種事物能夠破壞牠的信念，那就是恐懼，因此在優秀的雙翅間擁有一顆小小而勇敢的心是必要的。

已經得到兩枚勳章的阿諾克斯，在這次訓練過程中被送上一艘開往歐洲的蒸汽船。牠們將在看不見大陸時被放飛，但是一場大霧瀰漫開來了，阻止了訓練的開始。蒸汽船帶著牠們繼續往前走，想讓下一艘船送牠們回去。當發動機壞了十小時之後，海上的霧開始變得更濃，船在海上飄浮著，像浮木一樣無助，只能鳴笛求救，而到目前爲止，考慮到結果，船長也一樣動搖了。

然後大家想到了鴿子。斯達白克，2592C，首先被挑了出來。求救訊息被寫在防水的紙上，捲起來，繫緊在牠下邊的尾部羽毛上。牠被拋到空中，然後消失了。半小時後，第二隻鴿，大角隅藍，2600C，也被繫上一封信。牠飛起來，但是幾乎是立刻就回來了，落到繩索上。牠現在是一隻恐懼的鴿子的寫照；什麼也不能促使牠離開船。牠是那麼恐懼，以致於很輕易的就被抓住，不光彩的被扔回了籠子。

現在第三隻被拿出來了，一隻小小的矮矮胖胖的鳥。船員們不認識牠，但他們往下看注意到牠的腳環上有名字和號碼，阿諾克斯，2590C。這對他們來說沒什麼意義，但是抓著牠的那位長官注意到，牠的心臟不像上一隻那樣狂跳。紙條

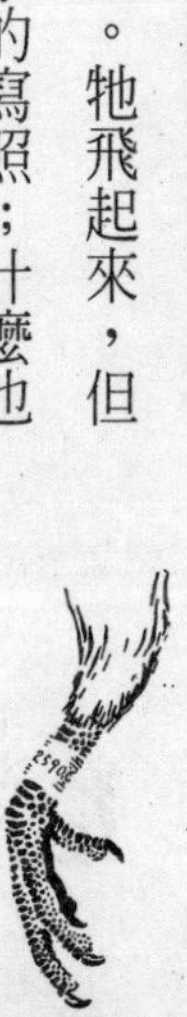

被從大藍鴿身上取了下來。上面寫著：

我們的推進桿壞了，現在在離紐約兩百一十英里的地方；我們在霧裡無助漂泊。儘快派一艘拖船來。我們每六十秒鳴一次長笛接著鳴一聲短笛。

——船長

上午十點，星期二

這封信被捲了起來，包上了一層防水膜，寫上這艘蒸汽船所屬的公司，然後被綁在阿諾克斯尾巴下方的羽毛上。當牠被拋到空中後，牠繞著船盤旋了一圈，然後上升一些再盤旋一圈，接著又盤旋了更高更大的一圈，最後飛出了人們的視線；牠飛得更高了，直到完全看不見也感覺不到這艘船。

現在牠略去了所有的感官，只依賴剩下的唯一一項，他完全不懼怕能令牠致命的「恐懼」這個暴君。現在阿諾克斯確實飛得準確的就像指北針一樣，絲毫不

猶豫，絲毫不懷疑；在牠離開籠子不到一分鐘的時候，牠加速著直飛，像一束光一樣衝向鴿樓，那裡是牠的出生地，地球上唯一讓牠感到滿足的地方。

那天下午比利正在值班，他聽到了飛速扇動翅膀的鳴哨聲；一隻藍色飛鳥閃電般進入了鴿樓，衝向了水槽。牠大口大口的喝著水，這時比利喘息著說：「啊，阿諾克斯，是牠，牠這個小美人。」然後，做爲養鴿者的快速習慣，他拽出錶，記下了時間，下午兩點四十。他瞥到鴿子尾巴上綁的繩子。他關上門，將抓鳥網迅速向阿諾克斯的腦袋套去。過了一會兒，他的手上已經拿著那卷紙了；不到兩分鐘，他正加速趕往這個公司的辦公室，因爲他期待著豐厚的小費。在那他發現阿諾克斯在霧中跨海飛行了二百一十英里，只花了四小時四十分。而在一小時內拖船就已經出發援助那條不走運的船了。

在霧中跨海飛行二百一十英里，只用了四小時四十分！這是個傑出的紀錄。它被適時的記錄在歸航俱樂部的名冊上了。秘書用橡膠郵票和不掉色墨水，在阿諾克斯的雪白右翅根蓋下了這項功績的紀錄，以及日期和證明人。

斯達白克，那第二隻鳥，再沒聽說過。毫無疑問，牠在海中迷失了。角隅藍被拖船運了回來。

## 3

那就是阿諾克斯的第一次公開紀錄；但是別的事情相繼而來，在那個以阿諾克斯爲中心人物的老鴿樓裡，許多古怪的場景被演出著。一天，一輛車被趕到了馬房；一位白頭髮的紳士從馬車裡出來，爬上佈滿灰塵的樓梯，在閣樓裡和比利坐了一整個早上。他的眼睛從金邊眼鏡的上方窺視著，首先是瞥了一大堆文件，然後視線繞過城市的屋頂，等待著，觀察著什麼東西？那就是在一個離這不到四十英里的小地方的消息——一個對他來說極端重要的消息，一個成就或毀滅他的消息，一個在電報前就必須得到的消息；電報意味著在兩頭都至少會耽誤一個小時。四十英里內什麼東西會比電報還快呢？在那時候，只有一種東西——一級的

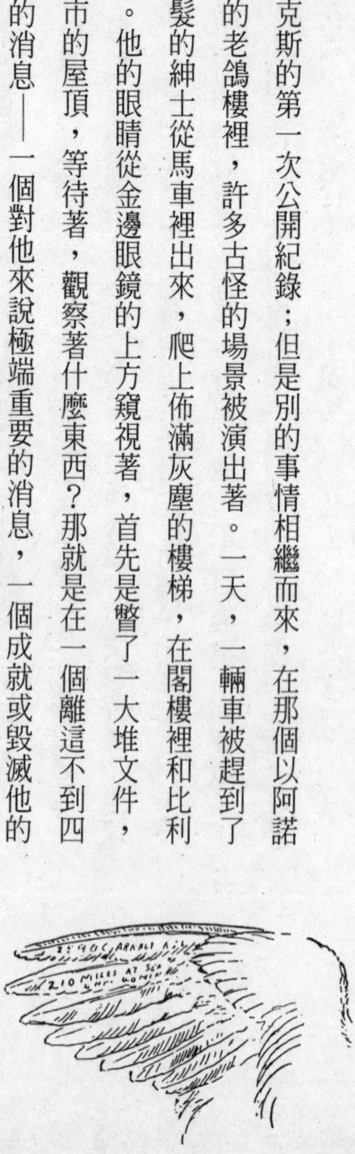

傳信鴿才能做到。如果他能贏的話，錢對他來說根本不算什麼。在他看來，擁有七項抹不掉的紀錄的阿諾克斯是他的傳信員的最好選擇。一個小時過去，又一個小時過去了，第三個小時到來了。這時，伴著翅膀拍動的嗖嗖聲，藍色的流星閃電般的衝進鴿樓。比利關上門抓住他。他熟練的剪斷繩子，把信卷交給了那位銀行家。老人臉色變得死白，摸索著打開信卷，然後他的臉色又恢復了正常。「感謝上帝！」他氣喘吁吁的說。然後他就趕著去參加會議了，他是以主人的身份出席的。小阿諾克斯救了他。

銀行家想買下阿諾克斯，因爲他隱約感覺到應該尊敬和珍視牠。但是比利實在是太明白了。「有什麼用呢？你不能買到傳信鴿的心啊！你頂多是把牠像囚犯一樣關著。世界上任何東西都不能使牠放棄老鴿樓——牠出生的地方。」因此，阿諾克斯仍留在西十九街二一一號。但銀行家並沒有忘記牠。

在我們的國家裡，有這樣一群卑劣的人：他們認爲鴿子是一種可以獵取的鳥，因爲牠可能遠離家門；或者他們射殺鴿子，因爲很難憑此給他們定罪。許多

偉大的信鴿在傳遞生命或死亡的訊息時，被這樣的卑劣小人擊落，並被殘忍地做成了肉餅。阿諾克斯的哥哥阿諾夫就是在執行一次緊急求醫的任務中被殺害的，翅膀上還保留著牠曾三次打破記錄的標誌。當牠摔落在兇手的腳下時，牠漂亮的翅膀伸展開來，顯露出牠的光榮功績。看到牠腿上拴著的銀質標記後，兇手陷入了深深的自責中。他設法將信送到了醫生那兒，並把這隻犧牲了的鳥兒送還給信鴿俱樂部，聲稱那是他偶然「發現」的。鴿子的主人來向他詢問情況，在仔細盤問下，他不得不承認是他射殺了信鴿，但他這麼做是因爲他的一個窮苦、臥病在床的鄰居非常想吃鴿肉餡餅。

聽完兇手的自白，養鴿人悲憤交加。「我的鳥兒，我漂亮的阿諾夫，牠曾二十次完成重要的送信任務，三次打破記錄，兩次挽救了人類的生命，而你卻爲了一塊肉餅把牠殺死了。我本可用法律來懲罰你，但我卻不願採取這樣卑劣的報復行爲。我只想請求你，如果有一天你又有一位生病的鄰居想吃鴿肉餡餅，請直接到我這裡來，我們會爲他免費提供專供食用的雛鴿。但是，如果你還有一點良

知，就請你永遠永遠不要再射殺，或允許他人殺害我們偉大的、無價的信使。」

這個悲劇正好發生在那位銀行家鴿房事件的同時，銀行家正爲此而對鴿子滿懷感激。他是位很有影響力的人物，於是阿諾克斯的英勇行爲直接促成了奧爾巴尼市鴿子保護法的通過。

## 4

儘管角隅藍（2600C）仍屬於信鴿，但比利卻從來沒有喜歡過牠，他認定牠是一個沒用的東西。汽船事件似乎證明了牠的確是一個懦夫；當然，牠確實是一隻會欺淩弱小的混蛋。

一天早上，當比利走進來時，一大一小兩隻鴿子之間正進行著一場爭鬥，牠們在地上扭成一團互相撲擊，翎羽紛飛，塵土飛揚，場面混亂至極。分開牠們之後，比利發現小的是阿諾克斯，大的則是角隅藍。阿諾克斯鬥得很英勇，但還是被打敗了，因為角隅藍的體重差不多是牠的兩倍。

比利很快就弄清了牠們爭鬥的起因——一隻擁有最藍的信鴿血統的漂亮母鴿。由於那隻藍色的大雄鴿總是以強淩弱，所以牠和阿諾克斯之間的關係一直很糟糕，但卻是那隻漂亮母鴿卻導致牠們以命相搏。比利無權扭斷角隅藍的脖子，但他竭盡所能地幫助了他鍾愛的阿諾克斯。

鴿子的配對有點類似於人類的婚姻。相互接近是第一步：強行將兩隻鴿子放在一起一段時間，然後順其發展。比利將阿諾克斯和那隻漂亮的母鴿鎖在一個獨立的小房間裡待了兩個星期，並確保這兩周內角隅藍和另一隻母鴿被鎖在另一個小房間裡。

事情的發展正如他所期望的那樣。那隻漂亮的母鴿被阿諾克斯征服了，而角隅藍也征服了和牠在一起的那隻母鴿。於是，兩個鳥巢建了起來，一切似乎都預示著「今後快樂的生活」。然而，角隅藍是高大英俊的，牠總是在陽光中昂首闊步，脖子周圍散發出彩虹的光芒，這足以讓最安分的母鴿為之動心。儘管阿諾克斯長得也很強壯，但牠身材矮小，除了那雙慧黠的眼睛，牠實在算不上特別英俊。而且，牠經常離家執行重要任務，而角隅藍卻整日無所事事，只是待在鴿房中展示牠那沒有任何榮譽標誌的翅膀。

道德家們總是用比人類低等的動物，尤其是鴿子，做爲愛和忠誠的典範。這沒有錯，但是，唉！這其中也有例外，罪惡絕不是人類專有的名詞。

阿諾克斯的妻子最初是爲角隅藍的英俊所深深打動，後來當牠的丈夫不在家時，可怕的事情就發生了。

一天，阿諾克斯從波士頓回來，愕然發現角隅藍把自己的妻子丟在那角落上的家裡，卻侵佔了本屬於牠的家和牠的妻子，於是一場殊死搏鬥由此開始。牠們的妻子是這場爭鬥僅有的兩個觀眾，但牠們卻始終保持著漠然的旁觀者姿態。阿諾克斯用牠屢立功績的雙翼英勇作戰，但它們實在不能算得上是好武器，因爲那上面已有了二十個因打破記錄而記上的榮譽標誌。牠的喙和腿都太短小了，身體也漸漸失去了血色，牠那弱小卻堅毅的心臟無法彌補體重不夠的缺陷。戰鬥形勢

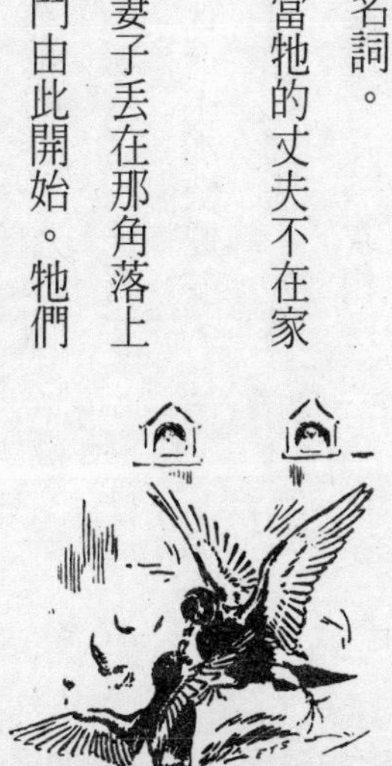

對牠很不利。然而，牠的妻子卻漠然地坐在巢裡，似乎這和牠毫不相關。若不是比利及時趕到，阿諾克斯可能就戰死了。比利氣憤得直想扭斷那隻藍鳥的脖子，但那隻只會欺負弱小的混蛋卻識趣地逃走了。比利細心照顧了阿諾克斯幾天。一周後，牠恢復了健康，十天後牠就又開始執行任務了。同時，牠和以前一樣在自己的家裡生活，並沒有表現出任何情緒。顯然牠已經原諒了背叛牠的妻子。那個月中，牠又創了兩項新紀錄：一是僅用八分鐘完成了給十英里遠處送信的任務；二是只用了四個小時從波士頓飛回。對家的熱愛促使牠不停地在途中加快速度，但如果妻子在牠心中佔據了很重要的份量的話，這實在是一個可悲的歸途，因爲牠發現牠再次和那隻藍色大雄鳥在調情。儘管牠已經很累了，但還是又一次和角隅藍進行了決鬥，同樣，要不是比利干涉，牠又可能會被鬥死。比利分開了牠們，把角隅藍關進一個小籠，決心要設法除掉牠。與此同時，從芝加哥到紐約之間距離九百英里的「不限年齡賭金獨贏制障礙賽」開始了。阿諾克斯六個月前就報名參加了比賽。在牠身上下的賭注越來越高，因此儘管牠的家庭出現了問題，牠的朋友還是覺得牠不能退出比賽。

鳥兒們被用火車運送到芝加哥，並根據牠們各自的弱點從不同地點被放飛，最後出發的是阿諾克斯。牠們沒有浪費任何時間，就在芝加哥市外，這些一流的飛行者中有幾隻已聚在一起，循著相同的無形路線向前疾飛。一般來說，信鴿根據自己的方向感都是以直線飛行，但當牠們循著熟悉的路線返程時，卻是以記憶中的地面標誌爲根據。大部分經過訓練的鳥兒都熟悉經過哥倫布和布法羅的這條線。但阿諾克斯不但知道哥倫布這條線，牠還知道經底特律的路線，因此在離開密西根湖之後，牠就以直線飛往底特律。這樣一來，牠便彌補了牠晚出發的的弱勢，還領先了許多英里。底特律、布法羅和羅徹斯特熟悉的塔樓和煙囱在牠身下一個接一個掠過，錫拉丘茲也已近在眼前。現在已是傍晚時分，牠已經在十二個小時內飛行了六百英里，無庸置疑地處在領先地位。一般來說，鳥兒在飛行中都會感到口渴，阿諾克斯此時也不例外。牠迅速地掃視了身下這個城市的屋頂，發現一個鴿房。於是牠像往常一樣，盤旋兩三圈後降低飛行高度，跟隨著回巢的鴿

子落在鴿房上，在水槽邊貪婪地飲水——這本也是所有鴿子愛好者們樂意爲信鴿提供的。這個鴿房的主人站在那兒，看見了這隻陌生的鴿子。他靜靜地挪了挪位置，站到一個可以仔細觀察牠的角度。他的一隻鴿子對阿諾克斯這個陌生的來客表現出短暫的排斥，於是阿諾克斯以鴿子的方式傾斜著展開一隻翅膀以示抵抗，這也顯露出牠翅膀上長長的榮譽記錄。這家主人是一個鴿子愛好者。阿諾克斯翅膀上的標記引起他的興趣，他拉動繩子，關上了鴿房的門，幾分鐘後，阿諾克斯便成了他的俘虜。

這個搶劫者展開阿諾克斯有著許多標記的翅膀，一個接一個地看下去，他看到了那銀質標記（那本該是金質的）上刻著的名字——阿諾克斯，驚喜地叫道：「阿諾克斯！阿諾克斯！哦，我早聽說過你，你這個漂亮的小東西，能抓到你眞是太好了。」他從牠的尾部取下牠帶著的訊息，把牠打開，上面寫著：「阿諾克斯於今晨四點離開芝加哥，飛往『不限年齡賭金獨贏制障礙賽』目的地紐約。」

「六百英里只用了十二個小時！以這種速度計算，牠又創了一項新記錄。」

這個偷竊者輕輕地、幾近謙恭地將這隻不斷掙扎著的鳥兒安全地放入一個墊著軟墊的籠子裡。「好吧！」他說，「我知道要想讓你留在這兒是不可能的，但我可以給你配種，得到你的一些子女。」

於是，阿諾克斯和其他幾個俘虜一起被關進一個寬大舒適的鴿房。儘管那人是個小偷，但他卻是一個信鴿愛好者，他竭盡所能地保證他的俘虜們的舒適和安全。他讓牠們在那間鴿房裡待了三個月。起初阿諾克斯什麼也不做，整天只是在鐵絲網上上下下，四處打量，想設法逃跑。但在第四個月裡，牠似乎放棄了這種努力，於是一直留心觀察的看守開始實施他計畫的第二部分，他放進了一隻嬌羞的年輕母鴿。但阿諾克斯似乎並沒有被打動，甚至對牠並不禮貌。一段時間後，看守拿走了那隻母鴿，把阿諾克斯單獨關了一個月。然後，他又放進另一隻母鴿，但牠的運氣和前一隻一樣糟糕。就這樣反反複複持續了一年，各種各樣漂亮的母鴿被放在阿諾克斯身邊，但牠不是表現出強烈的反感，就是輕蔑地對牠們視而不見。牠還不時表現出逃走的渴望，使出兩倍的力量，在鐵絲門上下奔走，或是用盡全身的力氣去撞門。

當阿諾克斯開始每年一次的換毛時，牠的看守將牠那些記滿了榮譽的翅膀上的羽毛視若珍寶的保存下來，並在每一片新生的羽毛上重新記上那些標誌著阿諾克斯光輝功績的標記。

兩年時光緩緩流過，看守將阿諾克斯放進一個新的鴿房，並且又放入了一隻母鴿。巧合的是，牠非常像阿諾克斯家中那個不忠誠的妻子。實際上，阿諾克斯也注意到牠了。有一次，看守覺得他好像看見那隻了不起的俘虜稍稍注意了那隻漂亮的母鴿，而且，是的，他的確看見那隻母鴿在築巢。看守以爲阿諾克斯和母鴿之間的關係已非同一般了，於是，他兩年來第一次打開了鴿房的門，阿諾克斯自由了。

牠遲疑了嗎？牠猶豫了嗎？不，一點也沒有。門一被打開，牠就急射而出，展開牠美麗而光榮的翅膀，一個盤旋也沒做，便飛離了令牠厭惡的牢房，遠遠的，遠遠的飛走了。

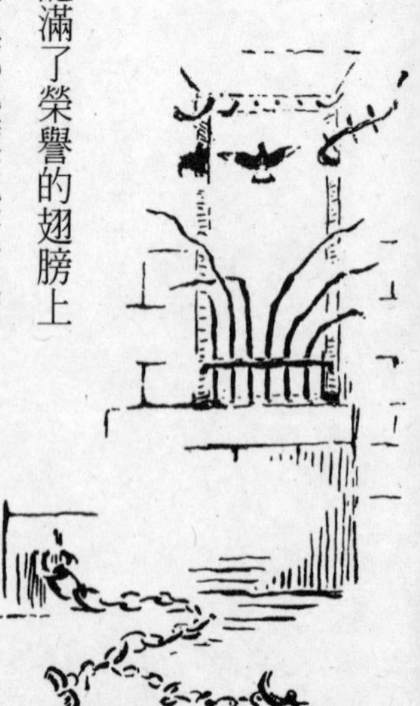

# 5

我們無法窺透鴿子的心理；我們也許不能準確想像鴿子對家的熱愛和渴望，但我們可以肯定地說，這隻偉大的鳥兒所表現出的不可遏制的、天生的和人類培養的對家的深愛，值得我們送給牠最華麗的語言、最美麗的頌歌和最高的榮譽。無論你怎麼看待這種愛（你可以把它看成是人類爲了自己的利益而故意培養出的鴿子本能），無論你找什麼理由來削弱它的偉大，無論你如何剖析它、闡釋它，只要那顆弱小卻勇敢的心還在跳動，只要那單薄卻堅強的翅膀還能拍動，這份愛就依然存在，如湧如潮，永不熄滅。

家啊！家啊！溫暖的家！從來沒有哪個人對家的熱愛比阿諾克斯更甚。愛的天性使牠忘卻了家曾給牠帶來的痛苦和煩惱。幾年的牢獄生活，後來的愛情，以及對死亡的恐懼都無法削弱牠對家的愛。如果阿諾克斯會唱歌的話，牠一定會和興高采烈的英雄一樣高歌一曲。牠在天空自由地盤旋、翱翔，那份激情溢於言表，讓那載滿榮譽的雙翼也相形見絀——高點，再高點，牠那灰白色的軀體在藍天中畫出一個漂亮的、漸大的上升狀螺旋，帶著許多標記的羽翼閃動著白色的光芒，直到它們看上去像個噴火器——上升著、噴射著、傾吐著牠對家的熱愛，對牠那唯一的家和那背叛了牠的妻子的忠誠；它們彷彿在說：閉上眼睛吧！堵上耳朵吧！忘記（我們相信牠的確做到了）周圍的一切，拋開這過去兩年的生活，告別那已流逝一半的青春，只要恣意在藍天翱翔，像聖者那樣回歸自我，把自己交給靈魂最深處的指引者。牠就是一名船長，而導航員、海圖和羅盤則全都統一於牠軀體深處的本能。離樹梢一千英尺的空中，風聲颯颯，阿諾克斯正箭似的迅速向東南方飛行。牠身體兩側的白色火焰逐漸消失在低空，錫拉丘茲的那個虔誠竊賊再也沒有見到阿諾克斯的身影。

山谷中，吐著白汽的火車正疾馳而下。它本來遠遠的跑在阿諾克斯的前面，但阿諾克斯追上它、並超過了它，就像一隻飛行的野鴨越過一隻游水的鼯鼠。牠高高地飛越過山谷，又低掠過冰積平原上的一座座山丘，體驗了那裡微風拂過松

枝的輕柔。

不遠的橡樹上築著一個鷹巢，一隻鷹在上空安靜地盤旋翱翔，牠盯緊了這隻信鴿，準備將牠當做今天的食物。阿諾克斯既沒有改變牠的方向，也沒有改變飛行的高度，甚至連拍翅的頻率都沒有一點改變。鷹在前面的山岩縫隙中等待著，阿諾克斯從牠面前飛過，就像一隻壯年的鹿在路上安然地經過一頭熊。家啊！家啊！家佔據了牠腦海中全部的位置，督促著牠不顧一切的向前疾飛。

飛啊！飛啊！飛啊！快速拍打的雙翼並沒有因爲眼前這條熟悉的路而放慢速度。一小時後，卡次啓爾地形就近在眼前了。兩小時後，牠已經飛過了那片土地。不斷掠過眼前的熟悉的故土爲牠的雙翼增添了更多力量。家啊！家啊！牠心中默默地吟唱著對家的渴望，好似一個即將渴死的旅行者遙望著遠處的棕櫚樹，牠明亮的眼睛中彷彿已蒙上了曼哈頓的暮藹。

在離卡次啓爾山頂不遠處棲息著一隻獵鷹。牠在獵捕類中有著最快的速度，並有著足以自傲的力量和雙翼，能找到一個可以與之抗衡的獵物對牠來說是一種快樂。許許多多的鴿子曾被牠抓捕回巢。牠總是呼嘯而來，飛撲而下，存儲著力量等待著最佳時機。啊！牠對那攻擊的時刻眞是再熟悉不過了！俯衝，俯衝！就像一支飛擲而出的標槍；沒有任何野鴨和鷹能逃脫牠的利爪，因爲牠是一隻獵鷹。哦！信鴿，快轉身離去吧！繞過那危險的山峰，保住性命啊！牠轉身了嗎？不，牠毫無懼意！因爲牠是阿諾克斯。家啊！家啊！家啊！那是牠唯一的期盼。面對危險，牠只是加快了速度，獵鷹卻飛低了一點，爲什麼？——爲了躲避那迅捷的身影，躲避那一閃即過的白色——等牠重新回到原來的高度時，卻發現獵物已經消失了。阿諾克斯如離弦之箭一般從山谷中呼嘯而過，由一隻白翼的鳥兒變成了一個帶著閃動光環的圓點，又迅速變成了視野中一個不起眼的小點，逐漸消失。牠的身下是可親的哈得遜山谷和熟悉的公路，牠已經有兩年時間沒見過它們了！現在正值正午時分，牠降低了飛行高度，欣賞著徐徐的北風吹過河面所蕩起的陣陣漣漪。家啊！家啊！家啊！已經可以看見城市的塔樓了！家啊！家啊！牠飛過雄偉的波基普西輻式大橋，沿著河岸飛著，浮光掠影地欣賞著。風漸漸變大

了，於是牠開始沿著河岸低飛。天哪，牠飛得太低了！是什麼惡魔在這六月的天氣裡引誘著一個獵槍手埋伏在山邊啊？又是什麼魔鬼將他的目光引向了那在藍天中北飛的白色鳥兒？哦，阿諾克斯，阿諾克斯，向下看啊！別忘了那個年老的槍手！太低了，太低了，你太接近那座山丘了。你飛得太低了啊！——遲了！火光一閃——砰！死神的召喚降臨到了牠的身上；牠受傷了，快死了，但卻沒有掉落下來。折斷了的、帶著榮譽標記的羽毛，從拍動的雙翼中向地面飄落。牠曾創下的飛越海洋的紀錄上的「〇」字散落了，剩下的不再是二一〇英里，而是廿一英里了。啊，多麼可恥的掠奪啊！阿諾克斯胸上有一塊暗紅色的血漬，但牠仍然保持著前進的方向。家啊！家啊！向著家的方向飛啊！危險在一瞬間已經發生了，牠卻依然像之前一樣，義無反顧地朝著家的方向飛去，但牠那驚人的速度變慢了，再也不能是每分鐘一英里了，牠凌亂的羽毛在風中發出令人難受的聲音。牠胸上的血跡洩露了牠無力的原因，但牠依然飛著，向前筆直地飛著。家啊！家已經就在眼前了，牠幾乎已忘卻了胸口的痛。當牠俯瞰澤西城陡峭的懸崖時，已經可以憑藉牠的好視力清楚地看見市裡高高的塔樓了。飛啊，飛啊——羽翼會折斷、眼睛會閉上，但對家的愛意卻越來越強烈了。

牠飛過高高的擋風柵欄，飛過波光粼粼的水面，飛過鬱鬱蔥蔥的樹林，飛過鷹隼的窩巢，飛過那冷酷的鷹隼棲息的地方。鷹彷彿帶著黑色面罩的攔路劫匪，凝視著這隻漸漸飛近的信鴿。阿諾克斯對鷹一點也不陌生。牠知道在那鷹巢裡，有著許多因信鴿被捕殺而未送出的訊息，很多帶著榮譽標記的羽毛從那裡散落。但阿諾克斯以前就和牠們周旋過，現在，牠又像以前一樣的面對著牠們了——飛著，向前飛著，快速地向前飛著，但卻有異於以往——那致命的槍傷使牠耗盡了體力，減慢了速度。牠飛著、飛著，鷹瞅準了時機，如兩支弩箭一般疾射而出，牠們以強壯的身體、閃電般的速度向這隻孱弱而疲憊的小生命發動進攻。

還有什麼必要描述接下來的那場戰鬥呢？還需要描繪那隻一心企盼著回家，卻不得不在家門口閉上雙眼的小生靈的絕望嗎？一瞬間，一切都結束了。鷹發出勝利的呼聲。牠們歡呼著、翱翔著，飛回巢裡，利爪中擒著牠們的獵物——聰慧的小阿諾克斯的屍體。那兩隻兇惡的強盜棲息在岩石上，嘴邊和爪上沾滿了英雄的鮮血。那無與倫比的羽翼被殘忍地撕碎，光榮的標記寂寞地散落在四周。它們默默地躺在那裡，經歷著陽光和風雨，也眼看著兇手的窩巢被侵掠，兇手得到應有的懲罰。沒有人知道那隻出類拔萃的鳥兒的命運，直到有一天，有人在那個鷹巢的塵土和垃圾堆裡發現了一些銀質的標記，其中的一枚銀環便是那隻偉大的信鴿的神聖標誌，上面刻著這樣的重要標識：

阿諾克斯，2590C。

# 拜德藍德的貝利

## 獲勝的狼

# 1 黑夜裡的吼聲

打獵時可以聽到狼的三種吼聲：拉長聲音的深吼，這是召集同伴的喊聲，牠告訴同伴說將有一頓豐盛的美食，也就是獵物，但這隻獵物很強大，發現牠的狼不能單獨對付，需要同伴幫牠贏得這頓美食；高亢的嗥叫，迴響著昂揚的氣勢，是狼遇到強烈氣味時發出的叫喊聲；最後是刺耳的咆哮聲，伴隨著短暫的狼嚎，似乎是三種吼聲中最不強烈的一種，然而，牠卻是獵物末日來臨時的鑼鼓聲，因為這是「包圍」的喊聲——就這樣結束了嗎？

我和凱嬴騎著馬，走在拜德藍德一個孤立的小山丘上。我們的身後跟著一群獵狗，有好幾種類型。牠們有的安靜地跟在後面，有的在旁邊來回奔跑。太陽已經下山了，但離辛梯納山還很遠。這兒的小山是黯淡的，山谷則是黑暗的。在這離得最近的陰暗中，猛然滾動出一個拉長聲音的深吼。立刻，所有的人都本能地辨認出來了——和諧而優美的聲音。然而，其中卻有一種聲調，把刺骨的寒風送上脊骨，使人不由自主地打了個冷顫——儘管牠現在已經喪失了所有對人類的威脅。我們聽了一會兒。凱嬴打破了沈默：「那是拜德藍德的貝利，是牠的聲音嗎？牠今天晚上要出來吃牛肉了。」

## 2 從前的日子

在最早的時候，狼追逐著成群的水牛，牠們捕食生病的、弱小的和受傷的那些水牛。當水牛群被消滅掉之後，狼很難生存。但就在這個時候，定居在這裡的人們帶來了大量的羊，也因此解決了狼的生存問題，因爲羊取代了水牛的位置，成了狼捕食的對象。這導致了人與狼之間的戰爭。每殺死一隻狼，牧民們都提供獎勵。每一個失業的牛仔都準備有專門用於捕狼的陷阱和殺狼的毒藥。一些殺狼能力較強的人，就把這做爲他們唯一的工作，他們也因此而有了一個名字——獵狼人。凱嬴雷德就是這樣的一個人。他很安靜，說話溫和，目光卻很敏銳。他很

熟悉動物的生活習性，這對於他應付野馬和狗有很大幫助。還有狼和熊，他有很特別的、對付牠們的能力。雖然在後兩種情況下，這種能力也僅僅只是猜測判斷牠們在什麼地方，怎樣接近牠們才是最好的辦法等等。有許多年，他都是一個獵狼人。有一次，在他跟我說話的時候，他說了一句讓我非常吃驚的話：「在我的經驗中，從來沒有一隻灰狼會主動向人發動進攻。」

在其他人睡覺的時候，我和凱嬴總是坐在帳篷的篝火旁邊。我們曾經談過許多東西，慢慢地，我從他的口中瞭解到一點關於拜德藍德的貝利的事情。

「我曾經看見過牠六次。下一次一定會是在星期天。我敢和你打賭。」他這樣對我說完之後，就沉沉地睡著了。

我靜靜地坐在黑夜裡，沉思著。就在這片土地上，這片讓這個故事發生和結束的土地上，迎著夜風的私語和山狗的吼叫，偶爾被英雄拉長聲音的深吼所中斷，我聽到了這個故事的內容，而這個故事和其他故事一起在許多個領域裡閃爍——這就是辛梯納山那隻大黑狼的故事。

## 3 在峽谷裡

時間追溯到一八九二年春天的時候，一個獵狼人在辛梯納山的東邊獵狼。這座大山很久以來，就是老平原人最顯赫的土地標誌。在五月份，毛皮的價格不高，但獵到狼後贏得的獎金卻是很高的。每殺死一隻狼，就會獲得五美元的獎金，如果殺死的是母狼的話，獎金就會加倍，也就是十美元。有一天早上，這個獵狼人沿著一條小溪往下走，突然看見小溪對面有一隻狼，牠正向小溪走過來，可能是想喝水。他輕而易舉地就射中了牠。殺死這隻狼後，他才發現這是一頭母狼，正在哺乳期間。很明顯，牠的家就在附近。因此，在接下來的兩三天時間裡，他都在附近搜索，尋找那些小狼。但是，他始終沒有找到狼穴，一點兒線索都沒找到。

兩個星期以後，這個獵狼人走在毗鄰的一個峽谷裡。當他往下走的時候，突然看見一隻狼從一個洞裡出來。他的來福槍是隨時都準備好的，於是他就立即向

狼射擊。狼死了，他把狼的頭皮割下來，掛在那已經穿成一串的頭皮串上。這是一頭母狼，他可以掙得十美元。然後，他搜索著找到了狼穴，發現了那些小狼。讓他吃驚的是，這個狼穴裡的小狼不像其他普通狼穴那樣，有五隻或六隻小狼，這裡有十一隻小狼。更特別的是，這十一隻小狼有兩種大小，其中五隻小狼比另外六隻小狼的個頭要大些，年齡也要大一些。很明顯，這是兩個截然不同的家庭，這兩個家庭只有一個母親。他一個一個地把這些小狼殺死，迅速地延長著他的頭皮串——那是他的戰利品，是用被他殺死的一隻隻狼的頭皮串起來的。在這段期間，他心中的疑團也解開了。毫無疑問，這兩個家庭中的一個，就是兩星期前被他殺死的那隻母狼的孩子。事實是明擺著的：小狼在洞中等待著牠們的母親，而牠們的母親則已經被他殺死，永遠都不會回來了。牠們悲傷地哭泣著。隨著饑餓的加劇，牠們的哭聲越來越響了。另外一隻路過這兒的母狼聽到了牠們的哭聲。牠的心是很溫柔的，因爲牠自己的小狼也才剛剛出生。於是，牠就照管起這些小狼來，把牠們帶回到自己的家裡，獨自支撐著這兩個家庭。而那個拿著來

福槍的人，他殺死了這隻母狼，使這個溫柔的故事嘎然而止。

許多獵狼人都曾經在找到狼穴的時候一無所獲。老狼，或者可能是小狼，牠們經常在洞內挖有更小的洞，遠離走廊。當有敵人闖進來的時候，牠們就躲進這些小洞裡。鬆散的土地把這些小洞隱藏的很好，這樣的話，小狼就可以逃跑了。當這個獵狼人從這個狼穴裡走出來的時候，他不知道，那些小狼中最大的那隻小狼仍在洞中。他曾經在那兒等了兩個小時，這是最明智的選擇。三個小時後，太陽下山了，在那個洞裡，有一種輕微的抓撓聲音。起初是兩隻灰色的爪子，然後是一個小小的黑色鼻子，慢慢地從一個鬆軟的沙堆中露了出來。這個沙堆就在這個狼穴的旁邊。最後，這隻小狼從牠藏身的地方爬了出來。獵狼人對那個洞的襲擊驚嚇了牠，此刻，牠對於自己眼前的情形很迷茫。

現在，牠的體重已經是出生時的三倍，牠的頭已經長大了。牠回到洞裡，躺在牠身邊的一些東西，聞起來像是牠的兄弟姐妹，但是，牠們讓牠感到噁心。當牠聞牠們的時候，心裡非常害怕，就偷偷地溜到一邊，鑽進深草叢中。而此時，一隻夜鷹正飛過牠的頭頂。整個晚上，牠都蜷縮在這個灌木叢中。牠不敢走近那個洞，也不知道自己能到什麼地方去。第二天清早，兩隻禿鷹就衝向了牠的兄弟姐妹們的屍體。這隻小狼跑進灌木叢，開始尋找牠最隱蔽的藏身處。牠四處遊蕩，最後沿著小溪，走到一個寬闊的峽谷中。突然，草叢中竄出了一隻狼。是隻母狼，很像牠的母親，但畢竟有些不同，是個陌生人。老狼跳起來撲向這隻小狼，這隻漂泊的小傢伙本能地倒在地上。毫無疑問，老狼按照自然界適者生存的規律，把這隻小狼當作獵物。但是，牠立刻就聞到小狼身上的氣味，放鬆了已經撲上去的兩條前腿。牠低頭看著這隻小狼，看了好一會兒。小狼驚恐地趴在牠腳下。殺死這隻小狼的那個衝動，或者至少是給牠一個驚嚇的想法，都莫名其妙地消失了。牠身上有一股濃烈的小狼氣味。牠自己的孩子正和牠一樣大小，牠的心被觸動了。當牠有足夠的膽量抬起鼻子聞牠的時候，牠沒有生氣的表示，只是發出了一聲短短的、半帶著同情的吼聲。此刻，儘管如此，牠已經聞到了一種牠最最需要的東西。自從前天獵狼人襲擊牠家的時候起，牠一直都沒有吃到東西，牠迫切需要一個母親來照顧。當這隻老狼轉身離開時，牠笨拙地用自己的小腿跌跌撞撞地跟在牠身後。如果這隻母狼離牠的家比較遠，這隻小狼可能很快就會被丟在後面了。但是，離得最近的那個空穴就是這隻母狼的家。所以，在這隻母狼到家後不久，小狼就來到了牠的洞口。

陌生人就是敵人。老狼從洞裡衝出來保衛家園的時候，又一次遇到了這隻小狼。小狼身上的氣味又一次感動了牠，牠不能狠下心來把牠趕走。小狼表現得非常溫順，把自己放倒在地上，顯示出完全服從的樣子。牠知道牠幾乎就要得到自己最想要的那些好東西了，牠的鼻子已經告訴牠說，裡面有好吃的東西，這個母親不會傷害牠。母狼轉身走進洞裡，把自己的一窩小狼圍起來。那隻小狼堅持著要進來。牠一點一點地向前移動。牠向那些洞裡的小狼靠近，那隻母狼想把牠趕走，就生氣地向牠怒吼。可是，每一次，當牠對那隻小狼發出警告的時候，小狼都表現出對牠絕對服從的溫順，而牠可憐的幼年氣息又使牠立刻產生了憐憫之心。於是，牠的憤怒消失了。就這樣，小狼來到了牠的孩子們中間，自己吃起了那美味可口的食物，那可是牠急切需要的東西。於是，牠讓自己適應這個家庭，成爲牠們的成員。幾天以後，牠已經非常適應這個家庭，甚至已經幾乎讓這個母親忘記了牠是別人的孩子，是個陌生人。然而，牠在許多方面都與牠的孩子不同：年紀大了兩個星期，身體更強壯，在脖子和肩膀上有明顯的標誌，這個標誌在後來長成了一片黑色的鬃毛。也因此而有了一個綽號，黑鬃毛。

小黑鬃毛爲自己找到了一個養母，這是牠一生中最大的幸福。因爲牠的這位養母，也就是這隻黃色的母狼，牠不僅是一個優秀的獵手，擁有大量的聰明才智，而且還具有現代觀念。牠有許多非常嫻熟的技藝：捕捉美洲草原土撥鼠的時候會用引誘的辦法；獵食羚羊時則選用接力賽的辦法；而對於一匹野馬，牠則先割斷牠的腿；如果是想吃到一頭公牛的話，就先從側面進行包圍。所有這些本領和經驗，牠一部分是通過自身的本能學習掌握，一部分則是受到了比牠更有經驗的親戚的教導。冬天到來的時候，狼聚集起來，形成狼群，這也是牠們互相學習和交流經驗的最佳時機，牠也因此掌握了許多新本領。可是，牠還是一隻具有現

代觀念的狼。牠已經明白所有的人都帶著槍，而且他們的槍是不可抗拒的，唯一可以避免他們的辦法，就是在太陽出來的時候，不要讓他們看見；到了夜晚，他們就對牠沒有傷害能力了。牠對人類設下的陷阱也相當瞭解，而實際上，牠自己曾經上過一次當。那一次，在牠逃跑的時候，還丟了一隻腳趾頭。儘管如此，丟掉一隻腳趾頭對牠來說還是非常有利的，因爲從那以後，雖然牠還不是很瞭解陷阱的本質，但牠已經完完全全地被改變了。在驚恐中，牠有一個明確的觀點：鐵是危險的東西，不管花費什麼代價，都要避開牠。

還有一次，牠和另外的五隻狼計畫進攻一個羊圈。但到了最後時刻，牠卻退卻了。因爲牠突然發現一些變化：羊圈前新裝上了成排的金屬線。其他的幾隻狼衝向羊圈，意外地發現牠們搆不著那些可愛的羊，自己卻掉進了死亡陷阱。

於是，牠就明白了新的危險是什麼。雖然牠未必就清楚地瞭解這個模糊的概念，但在牠本能的衝動中，有了一個新的、絕對的觀點，那就是：對任何陌生的事物都不能輕易相信。尤其是在一兩次恐怖的經歷後，牠更加堅信這一點。而實

際上，這也被證明是牠最後一道保護自身安全的屏障。每一年，牠都成功地養育牠的孩子，這地方的黃狼數量也因此增加了許多。槍枝、陷阱、人，還有他們帶的新引進的獵狗，這隻黃色的狼都已經瞭解到了，但是還有一種教訓等在牠面前——實際上是一個很可怕的教訓。

大概是在黑鬃毛的異母姊妹一個月大的時候，有一次，牠的養母很奇怪地回來了。牠的嘴裡流著泡沫，腿哆嗦得很厲害。牠蹒跚的走到洞口，倒在地上，全身痙攣，非常恐怖。但過了一會兒，牠又恢復過來了，睜開眼睛，慢慢站起來。牠一步一步地挪進洞裡，下巴哆嗦著。牠想去親吻孩子們，但當牠舔到了牠們的時候，牠的牙齒輕輕地咯咯作響。牠抓起自己的前腿，使勁地咬著，以免去咬牠的孩子們。但是最後，牠越來越虛弱，越來越安靜。小狼們都非常害怕，躲到旁邊較遠處的小洞裡。母狼失去知覺的時候，牠們又回來了，在牠身邊爬著，像往常那樣尋找著乳頭。母狼終於恢復過來了，牠病得很厲害，一直持續了兩三天。在這幾天裡，牠身體裡的毒藥通過乳汁，給孩子們帶來了巨大的災難。牠們都病倒了，病得相當厲害，只有最強壯的才能夠活下來。牠們必須接受力量的考驗。而當這場考驗結束的時候，洞裡只剩下兩隻狼了，也就是那隻老狼和這隻長著黑色鬃毛的小狼，那是牠過繼過來的那隻小狼。於是，這隻小黑鬃毛就成了牠唯一需要負擔的孩子，牠把所有的力量都奉獻給了牠，爲牠提供了最豐富最充足的營養，而這隻小狼也很快地復原了。

狼能非常快地學會某些東西。牠們最強烈的感覺就是對氣味做出的反應。從此以後，這隻小狼和養母就有了新的經驗，也就是對馬錢子堿（劇毒藥物）的氣味有了絕對的敏感。一聞到這種氣味，母子倆就立刻充滿了恐懼和憎恨。

## 4 狼最初的訓練

這隻小狼，吃著從前由七隻小狼分享的美味，沒有理由不快點長大。到了秋天，在媽媽打獵的時候，牠就跟著外出打獵了，而牠的身材也已經長得和媽媽一樣高大了。現在，牠們被迫轉移到其他地方去。因爲小狼的數量增加起來，人們加強了對牠們的捕殺。辛梯納山區，也就是這個有許多僻靜小平原的多岩石地方，總是被力量強大、佔據主導地位的生物所佔有，其他弱小的動物必須遷移。和這些弱小的種群一起遷移的，還有這隻黃狼和牠過繼過來的養子，也就是那隻黑色的小狼。

從某種感覺上的意義來說，狼沒有語言。牠們的溝通方式可能很有限，是幾種吼叫、咆哮和咕噥，這只能表達最簡單的情緒。但是，牠們有好幾種其他方式可以表達思想，還有一種非常特別的資訊傳遞方式——狼中心。在牠們的活動範圍內，分散著許許多多公認的「中心」，這些「中心」可以是石頭、是交叉小路的一角，或者是一個水牛頭骨——實際上，任何一條主路上的一個較顯眼的物體，都可以被當作「中心」使用。一隻狼在那裡呼叫的時候，就像一條狗在一個電報點那樣，或者是像麝鼠在某一小塊泥漿處那樣，把牠身上的氣味留下來，並且根據這個地方的情況，瞭解有什麼其他動物最近來過這裡，做過什麼事情等等。牠可以知道牠們是什麼時候來的，去什麼地方了，還能判斷出牠們當時的情況：是否被追捕、是否饑餓、是否已經吃飽了，或者是不是病了。通過這個登記系統，一隻狼就可以知道牠的朋友在什麼地方，也知道牠的敵人在什麼地方。小黑鬃毛跟著黃狼，逐漸認識了這些地方，也學會了這些「中心」的使用方法，還瞭解了許多孤立的站點的用處。而牠的養母，雖然不是有意識地對牠進行教育，卻也是以一個母親的身份實實在在地教導著牠。在牠自然本能的支持下，牠的楷模就是這位老師。就像人類在遇到危險的時候會拚命保護自己的孩子一樣，這隻黃狼對這隻小狼，也就是牠的養子，至少在某些情況下和這類似。牠對待黑鬃毛，完全像對待自己親生的孩子一樣。

小黑狼逐漸掌握了狼生活的一些基礎知識：和獵狗作戰的方式是奔跑，在奔跑的時候進行戰鬥，永遠都不要格鬥，只要猛咬、猛咬、猛咬。要向粗糙的地方跑，因爲在粗糙的地方，馬不適合奔跑，自然就不能把騎在牠們身上的人帶到現場。

牠學會了不去打擾山狗。因爲牠們在狼外出打獵的時候，總是跟在狼的後面，以便去撿那些狼吃剩下的東西。狼不能捉住牠們，牠們也不會傷害到狼。

牠知道，對於已經落在地上的小鳥，牠必須立刻衝上去，不浪費一丁點時間。而那些瘦小、黑白相間、有著濃密尾巴的動物，牠必須遠遠離開牠們。因爲牠們的肉不好吃，牠們身上的氣味也特別難聞。

毒藥！噢，自從牠養母的所有孩子、也就是牠的弟妹們在洞中都被毒死的那天起，牠就永遠都無法忘記了。

現在，牠已經知道，如果要去進攻羊群的話，第一個動作就是分散牠們。孤立的一隻羊很傻，很容易捉到。而想讓一群牛圍起來，就得先驚嚇其中一頭小牛。

牠還知道，向一頭公牛發起攻擊時，通常需要從後面開始；襲擊一隻綿羊時，要從前面發起攻擊；而要想殺死一匹馬，就需要先從中間開始進攻，也就是說，從側面發起進攻。牠還清楚地知道，永遠永遠都不要向人類發起進攻，根本

不要攻擊人，永遠都不要面對人。但是，在這些經驗中又添加了一個更重大的教訓，而在這個教訓中，母親有意識地教牠認識了一個隱蔽的敵人。

## 5 陷阱的教訓

一個獵狼人用烙鐵烙死了一頭小牛。兩個星期後，獵狼人把死牛放在一片空地上。現在，牛肉的味道正處在最佳狀態，非常適合品嚐，是最理想的美味：既不是太新鮮，也不過於成熟。當然，這是從狼的食物觀點來說的。風把牛肉的資訊帶到了很遠的地方。那天晚上，黃狼和小黑鬃毛出來吃晚餐。剛開始，牠們還不知道要到什麼地方去。後來，牛肉的氣息像熱浪一樣湧了過來，牠們聞到了，就迎著風跑去。那頭小牛被放在一片空地上，在月光下可以看見這一堆牛肉。如果是一條狗的話，牠可能會立即向這個小牛的屍體跑過去；如果是一隻舊時代的狼的話，可能也會這樣做。但是，這隻黃狼絕對不會這樣做。持續不斷與人類的

戰爭，使牠產生了永久的警惕性，牠對什麼都不相信，對誰都不信任，除了牠自己的鼻子之外。牠放慢了速度，走到一個方便的觀察點上，停了下來。牠使勁地擺動自己的鼻子，嗅了很長時間。牠根據吹來的風，進行最嚴格的成分分析，判斷出附近和可能的所有因素。牠用自己最好的測試方法檢驗著，再次把所有的鼻膜打掃乾淨，再次對風進行檢查。這一次檢查，是用最可信賴的鼻孔進行的，結果和上一次一致。首先是豐盛的保持原味的小牛味道，占百分之七十。其次是草、臭蟲、木頭、花、樹木、沙土，以及其他牠不喜歡的東西的氣味，占百分之十五；牠的孩子和牠自己的氣味，絕對的、但也是被忽略的一項，占百分之十；人類足跡的氣味，占百分之二；煙的氣味，占百分之一；沾上了汗水的皮革氣味，占百分之一；人類的身體氣味（在某些測試樣本中不可辨認），占百分之零點五；鐵的氣味，有一點痕跡。

老狼把身子縮了縮，但又用擺動著的鼻子使勁地嗅了嗅；年輕的小狼模仿著牠的動作，也進行了測試。老狼開始向後退，退到了相當遠的距離之外。小狼站

在那裡，捨不得離開。牠低低地吼了一聲，命令小狼走開。小狼不情願地跟著牠。牠圍著這堆誘人的美味轉著，突然嗅到了一個新的氣味——山狗尾巴上的氣味。立刻，山狗身上的氣味也跟著飄了過來。是的，一隻山狗鬼鬼祟祟地到了附近的橋邊。現在，當黃狼走到另一邊的時候，牠實驗測試的樣本突然改變了。在這個風的樣本中，小牛的氣味幾乎已經完全消失了；各種各樣的氣味，普通地方的氣味和讓牠討厭的氣味，已經取代了原來樣本中的氣味。人類足跡的氣味還和原來一樣，而皮革的氣味卻沒有了。但是鐵的氣味卻足足占到了百分之零點五。人類身體上的氣味，則增長到了百分之二。

牠震驚了，身體僵硬，鬃毛也豎了起來。牠立刻把這個恐怖的消息告訴了小狼。牠堅硬的姿勢和豎起的鬃毛等，都是害怕的表示。

牠繼續圍著這堆牛肉轉。再一次測試是在高處的一個地方。人類的氣味加重了，更加強烈，而在牠向下走的時候，又減弱下來。然後，風把牛肉的氣味吹了過來，牠又聞到了另外幾隻山狗的氣味，也聞到了幾種鳥的氣味。於是，牠的懷

疑開始減弱，縮小了與牛肉之間的距離。從迎風面，牠開始向那個誘人的盛宴接近。牠甚至已經直接向前走了幾步，卻突然感覺到了帶著汗水的皮革發出的響聲，而且氣味很濃，與煙和鐵的氣味混合起來，像兩股雜色的沙線。牠把所有的注意力都集中在這上面，已經前進到離牛肉很近的地方了，只需要兩次跳躍，就可以吃到這可口的美味了。在眼前的空地上有一小片皮革，告訴牠人類也接觸過這頭小牛。牠立刻就能吃到小牛肉了。現在，鐵和煙的氣味在完全佔據優勢的牛肉味掩護下，像一條蛇穿過一大群牛時留下的足跡一樣，已經微不足道了。鐵和煙的氣味太微弱，以至於那隻小狼已經有些迫不及待了。年輕的牠還很急躁，現在牠又很想吃東西，就碰了一下母親，準備衝出去享受這頓美味。牠是一點時間都不願再耽擱下去了。老狼的嘴巴咬住牠的脖子，一下子就把牠拋了回來。牠還沒有來得及站穩，一個石頭滾了過來，正好碰在牠的腳上，又向前滾去，叮噹一聲撞在另一塊石頭上，停了下來。隨著這一個特別的叮噹聲，黃狼立刻感覺到危險的氣味已經大大地增加了。牠慢慢地從那個豐盛的晚餐前向後退，小狼則不情願地跟著牠。

牠們謹愼地觀察著四周，看見山狗正在向牛肉逼近。很明顯，山狗最留心的是牠們兩個，儘量避免和牠們相遇。黑鬚毛看見牠們前進時的確也很謹愼，但和牠母親相比，就大不相同了——牠們簡直像是毫不在意地向前衝。牛肉的氣味又湧了過來，非常強烈，現在也更加美妙，因爲山狗開始跳上去吃起來了。但是，就在牠們剛剛撕下一塊肉片的時候，突然響起了一個尖利的叮噹聲，同時也聽見了一隻山狗痛苦的嚎叫聲。立刻，寂靜的夜晚被驚醒了，到處都是咆哮聲和火的閃光。密集的槍聲散落在小牛和山狗身上，牠們痛苦地嚎叫著，如同被咬傷的狗一樣。一隻山狗被殺死了，另外一隻在陷阱中掙扎。這個陷阱是一個獵狼人設下的，他一直在這個地方都很活躍。空氣中原本就有讓人憎恨的味道，而此刻，這種氣味加倍了。除此之外，又添加了更加恐怖的氣息。黃狼慢慢地走下山谷，帶著牠的孩子逃跑了。在逃跑的路上，牠們看見一個人從河對岸衝了過來，而這個河對岸的旁邊，就是黃狼的鼻子向牠警告有人類氣味的地方。牠們看見這個人殺死了被捕獲的山狗，又重新設置陷阱，以便捉住更多的獵物。

## 6 黃狼的開始時期

生活遊戲是一場艱苦的遊戲，因爲我們即使有可能獲勝一萬次，但一旦我們失敗，哪怕是僅僅一次，所有我們曾經贏得的東西都將不復存在。曾經有幾百次，幾千次，這隻黃狼冷冷地蔑視著那些陷阱；又有多少隻小狼曾經被牠培訓過，做出過多少同樣的事情呀！牠們總能從陷阱和獵槍中倖免於難。在牠生活裡所有的危險當中，牠最清楚的就是陷阱。

已經是十月份了。小狼的個頭已經比牠的母親高很多了。獵狼人凱贏曾經看見過牠們一次，一隻黃狼，身後跟著另外一隻狼，牠的腿很長，顯得很笨拙，個頭很大，腳步很輕，脖子很厚實，略小的尾巴顯示出牠還是一隻小狼。通過觀察牠們走過之後在塵土和沙石上留下的腳印，他知道那隻老狼失去了一個右腳的前腳趾，而那隻小狼的個頭則非常的大。

先把小牛用烙鐵燙死，然後再設下陷阱誘捕狼的那個辦法，就是這個獵狼人凱嬴想出來的。他想捉到狼，想賺更多的錢，卻失望地發現捕獲的是山狗。現在正是用陷阱捕狼的好季節，況且，這個月的毛皮最好，價格也最高。一個年輕的獵狼人在設陷阱的時候，經常是把誘餌繫在陷阱上，而一個有經驗的獵狼人卻不這樣做。擅長設捕狼陷阱的人，會把誘餌放在一個地方，而把陷阱設在十或者二十英尺遠的地方，但這個地方，應該是狼在轉向時有可能穿過的地方。一個好的設陷阱方式是讓三到四個陷阱隱藏在一片空地的四周，再把一些碎肉片撒在中間。先把陷阱隱藏在看不見的地方，然後用煙把這個地方燻一下，燻了以後，手和鐵器上的血污就被去掉了，留下的氣味也非常小。有時候他們不使用誘餌，只用一小片棉花，或者是幾根羽毛。這些東西有可能引起狼的注意，羽毛還能激起狼的好奇心，吸引牠們在那片致命的陰險地上圍著這些東西轉。一個優秀的獵狼人還經常變換他的捕狼方法，這樣的話，狼就不能瞭解和掌握他的方法，他就容易捕到狼了。狼唯一的自保方法就是永遠保持警惕，以及不信任所有的氣味。牠們知道那些氣味是人的氣味。

這個獵狼人凱羸，滿載著最強大的鋼鐵陷阱，在「棉木」區開始了他秋天的工作。

一隻老水牛的腳印穿過了小河，向小山上爬去，爬到平坦的高地。所有的動物都使用這些路徑，狼和狐狸，以及牛和鹿，這是一條主要的大路。在離那條滿是碎石的小溪不遠的地方，有一個棉木樹樁，上面標記有狼的符號。獵狼人知道可以用牠來做什麼。這是一個非常有利於設陷阱的地方。陷阱不能設在那條通道上，因爲有不少牛在這兒，但是在二十碼以外的地方，有一個平坦而多沙的地方，很適合設陷阱。他就在這個方圓十二英尺的地方設下了四個陷阱。他在每一個陷阱附近撒上兩三片肉，或者是三四片白色的羽毛。他把這些撒在中間的草上，就這樣完成整個設置。當太陽、風及沙土驅散和掩蓋了這裡曾經沾染上的人類足跡時，隱藏在這片沙地上的危險，是人類的眼睛絕對不會看穿的，也幾乎沒有什麼動物的鼻子可以發現這些隱藏著的危險。類似這樣的陷阱，那隻黃狼已經經驗過上千次了，而牠身材巨大的兒子也已經通過無數次了。

牛群向這裡走來，想喝水，因爲天很熱。牠們排隊走下這條路，就像以前的水牛曾經做的那樣。一隻小小的黃昏鳥匆匆忙忙地從牠們面前飛過。燕八哥騎在牛身上，草原土撥鼠也對著牛喋喋不休，這是牠們一貫對待牛的禮節。

牛群從那片高地上走下來，這片高地上有著灰綠色的岩石、的灰綠色的平頂。牠們向前走的時候，態度很嚴肅、很莊重，也很坦誠，直接向小溪走去，非常使人難忘。某些愛嬉鬧的小牛在大路旁玩耍的時候，也變得更冷靜。牠們走在母親身後，來到小河平坦的地方。領著這支隊伍的老母牛在通過「設置的陷阱」旁邊時，懷疑地用鼻子嗅了嗅。但牠離陷阱很遠，否則牠有可能抓住那些鐵器，對著那些帶血的碎牛肉片，憤怒地大聲吼叫，直到每一個陷阱都被彈起來，不能再對牠們有傷害。但是，牠帶著牠的隊伍走到河邊，開始喝起水來。牠們都喝飽

了以後，就躺到最近的岸邊睡覺去了，直到傍晚。後來，牠們的肚子就開始咕咕地叫了起來，這是牠們吃飯的鐘聲在響。牠們醒了過來，開始往回走，向那片可愛的草原走去，那裡有長得最豐美的草在等著牠們。

一兩隻小牛曾經撿起幾塊碎肉。一些青蠅、肉蠅等，嗡嗡嗡地在旁邊飛著。只有那個將要落山的太陽，看見了那片沒有被生物觸動過的沙地的面具。

一隻褐色的沼澤鷹飛來了，掠過小河平坦地方的上空。此時，太陽也開始了牠的色彩遊戲，天空佈滿晚霞。山鳥衝進厚密的草叢中，輕而易舉地避開了陷阱笨拙的襲擊。現在對老鼠來說雖然還太早，但是當牠溜過這片空地時，敏銳的目光立刻注意到陷阱旁飄動著的羽毛，立刻掉轉了奔跑方向。牠還沒有到達之前，那些羽毛已經在牠們討厭的空地上露了出來。現在，牠看見了那些碎肉片。一點兒都不狡猾、一向正直的牠，立刻撲向那些碎肉。牠剛開始吃第二塊碎肉，突然叮噹一聲，塵土被掀了起來。那隻準備抓住牠的沼澤鷹被陷阱的夾子夾住了腳趾頭，虛弱地在這個強大的、用來捕狼的陷阱裡掙扎著。牠的傷不嚴重，所以用寬大的翅膀一次又一次地拍著，想逃出這個陷阱。但這是沒有用的，就像一隻麻雀掉進入老鼠陷阱中一樣，一點兒辦法都沒有。太陽的遊戲已經結束了，它強烈的色彩騙局也完成了，沼澤鷹最後的歌唱開始沉寂下來。牠死了，就像死在燃燒著的西方一樣，夜幕降臨到這個驚人的空地上，牠成了那個大象陷阱中的老鼠。在這個高而平坦的山丘上，響起了一個深沉而飽滿的狼叫，另一隻狼回應著牠。這兩個聲音既不長，也不是無休止地重複。兩個聲音都是出於本能，而不是根據需要發出的。一個聲音是一隻普通的狼召集同伴時的喊聲，另一個回答聲音是由一隻非常大的公狼發出來的。在這種情況下，牠們不是一對，而是一對母子，也就是黃狼和黑鬃毛。牠們一起跑下那條水牛路，在小山上的「中心」前停下來。當牠們到了那個舊棉木樹樁前，又停了一下。在那隻掉進陷阱中的鷹拍動翅膀時，牠們正向河邊走去。老狼轉過身來看了看小狼，發現一隻受傷的鳥躺在地上。牠正想立刻衝上去。太陽和沙土很快就把所有路上的氣味都燃燒掉了，牠也因此而沒有得到任何警告。牠跳起來，向那隻垂死的鳥衝了過去。牠的下巴對那隻鷹猛牠砍了一下，立刻就去掉了牠的麻煩。但幾乎就在同時，突然響起一個讓牠感到恐怖的聲音，牠的牙齒咬在鋼鐵上，牠立刻就意識到危險。

牠丟下鷹，立即從危險的地方向後彈起，卻掉進第二個陷阱。這個死亡陷阱緊緊地夾住牠的腳和半條腿。牠使出全身力氣想跳出來，卻把一隻前腳放進了一個鋼製的、早已埋伏好的夾子裡了。在這之前，從來都沒有一個陷阱如此狡猾，而牠自己也從來都沒有這麼毫不猶豫地衝上去。恐懼和憤怒充滿在這隻老狼的內心，牠使勁地拖著、拉著，卻被鐵鏈拉得更緊。牠拚命地咬著這些鏈子，咆哮著、怒吼著。如果只有一個陷阱和它埋在地下的木頭，牠還有可能拖動牠們；可現在是兩個陷阱，牠就無能爲力了。牠用盡全身的力氣掙扎著，但這只是使那些無情的鐵齒更深地陷入到牠的腳內。牠瘋狂地猛咬，把那隻死鷹撕成碎片。牠咆哮著，用一種發狂的、短促的怒吼。牠咬著那個陷阱，咬牠自己，牠對自己痛恨得要死。牠撕扯著自己被夾住的腿，瘋狂地咬著自己的側身，在瘋狂中牠用嘴巴猛砍自己的尾巴。牠把自己所有的牙齒都擊碎在鋼鐵上，使自己流血的、滿是泡

沫的嘴巴上沾滿了碎肉、粘土和沙石。

牠掙扎著，直到無力地倒下來，翻騰著，或是躺著，像死了一樣。當牠有了足夠力氣的時候，就再次站起來，繼續用牠的牙齒研磨那些鐵鏈。

就這樣，黑夜慢慢地流逝。

黑鬃毛在幹什麼呢？牠在哪兒？當牠的養母中了毒藥後回來時的那種感覺，此刻又回到了牠的身上。但是牠簡直是更加害怕。牠似乎充滿了戰鬥的仇恨，也夾雜著一點兒抱怨和委屈。牠逃跑了。在牠靜靜地躺在那裡的時候，牠又回來了。牠想再次撤退的時候，牠跳了起來，向前衝，對著牠咆哮著。然後就又在陷阱裡恢復體力。黑鬃毛不理解這是爲什麼，但是牠知道，母親處在極大的危險中，原因似乎與那天牠們到小牛跟前去探險，驚嚇了牠的那次情況類似。

黑鬃毛整個晚上都在閒逛，害怕走近母親，不知道該做些什麼，像牠母親一樣毫無辦法。

第二天清晨，一個牧羊人在尋找自己丟失的羊時，從臨近的小山上發現了牠。他向那個獵狼人發出信號，獵狼人就從帳篷裡出來了。黑鬃毛看見了新的危險。牠雖然個頭很大，但畢竟還是隻小狼，牠不能面對人類。在獵狼人走過來的時候，牠逃跑了。陷阱中的母狼滿身傷痕，血跡斑斑。獵狼人騎馬來到這隻可憐的黃狼跟前。他舉起槍，很快就結束了母狼的掙扎。獵狼人看了那條路和那些符號，又聯想到以前曾經看過的那些資訊，他猜想，這就是那隻帶著一隻巨大小狼的母狼，也就是辛梯納小山的母狼。

黑鬃毛聽見那一聲叮噹響，那是在牠匆忙跑開藏起來的時候聽到的。牠幾乎不能知道那意味著什麼，但牠再也不能看見牠慈善的養母了。從那之後，牠就必須獨自面對這個世界了。

## 7 小狼贏得了自己的領地和榮譽

毫無疑問，狼的本能是牠生命中的第一個嚮導，也是牠最好的嚮導。但一個優秀的母親卻是牠一生中最偉大的起點。這隻長著黑色鬃毛的小狼就曾經擁有一個非常優秀的母親，從而使牠繼承了牠的聰明才智和所有其他有利條件。牠天生就有一個機警的鼻子，這個鼻子發出的警報，絕對值得信任。在認識鼻子的能力方面，對於人類來說還很困難。實際上，一隻灰狼可以瀏覽清晨的風，就像一個人瀏覽報紙，獲得所有最近的資訊一樣。狼可以瀏覽大地，獲得每一個生物的最新資訊，那些生物已經在那裡走動了很長時間。牠的鼻子甚至可以告訴牠，哪個生物逃跑時走的是哪一條路。總體來說，就是進行一個陳述，記錄下所有最近路過這裡的動物的詳細資訊，牠是什麼時候來的？去什麼地方了？等等。

鼻子的能力使黑鬃毛佔了最好的優勢。所有能對這種事情進行評判的裁判員，都可以根據牠這個寬闊而又濕潤的鼻子，明白爲什麼小黑鬃毛會有如此強的能力。除此之外，牠的身材非常高大魁梧，這使牠具有超強的力量和極大的承受能力。最後，牠從很小的時候就學會了不信任，對所有陌生的東西，牠都表現出極大的不信任。膽怯、謹慎，或者是好猜疑等等，不管你把這叫做什麼，這一點對於牠來說，比牠的聰明更有價值。所有這些有利條件，加上牠非凡的體力和龐大的身軀，使牠的生活獲得了很大的成功。辛梯納山區可能註定了是狼的地盤，黑鬃毛和牠的母親曾經在那裡被人趕了出來。但那是一片很容易發現的土地，黑鬃毛不停地向那個方向走去，一心想回到牠出生時的那座大山。牠剛回到那裡的時候，有一兩隻老狼非常討厭牠，兇狠地把牠趕走了好幾次。然而，每一次被趕走後不久，牠都會再次回來。而當牠再次面對厭惡牠的那些狼，和牠們進行智力和體力的較量時，牠都會比上一次做得更好。當牠長到十八個月大的時候，就已經打敗了所有的競爭對手。牠就在自己出生的這個地方，再次爲自己開闢了領地，成了這裡的國王。在這裡，牠生活得簡直像一個搶劫大王。牠向附近草料豐富的領地徵收貢品，還在滿是岩石的僻靜地方找到一處安全的住所。

獵狼人凱嬴經常在這個地方打獵。不久前，他看見了一排腳印，每一個都有五英寸半長。很明顯，留下這排腳印的狼個頭非常大。凱嬴粗略地估算了一下，這隻狼的體重應該這樣計算：每一英寸長的腳印，可以折合成狼體重的二十到二

十五英鎊，或者是身高的六英寸高。因此，這隻狼站起來時，從地面到肩膀的高度應該有三十三英寸，體重大概是一百四十磅左右。毫無疑問，這是他所見過個頭最大的一隻狼。凱嬴曾經住在山羊村，現在，他用山羊一樣的話說：「你敢打賭，牠不是那隻老貝利嗎？」因此，通過零星的機會，黑鬚毛的敵人們認識了牠，又被他們起了個新名字，叫做「拜德藍德的貝利」。

凱嬴對於狼召集夥伴的呼聲很熟悉，那個呼聲通常持續的時間很長，音調也很圓潤。他也能聽出貝利的聲音。牠的聲音有一個特別的地方，重音很含糊，凱嬴很容易把牠同其他的狼區別開來。凱嬴以前曾經聽到過牠的聲音，那是在棉木峽谷中。他追尋著牠的聲音，最後終於瞟見牠一眼。他驚奇地發現，這隻身材巨大的狼長著黑色的鬚毛。他很受震撼，因為這就是他曾經用陷阱套住的那隻憤怒的老黃狼所帶的那隻小狼。

這些內容，也是他在晚上的篝火旁告訴我的。我知道在早些時候，所有的人都能設陷阱捕殺狼或用毒藥毒死狼；我知道在那些流逝的日子裡，單純的狼一隻

隻死掉；我也知道新生的狼有了新的狡猾，牠們向人使用的各種方法挑戰，而牠們的數量也在穩定地增長著。這個獵狼人還告訴我說，潘如富和他的各種獵犬已經在這方面進行過許許多多的探索：獵狐犬身材瘦弱，不能作戰；灰獵犬在看不見獵物的時候，一點兒用處都沒有；丹麥犬身體笨重，不適合在粗糙的地方奔跑；最後，他把各種獵犬組合起來，另外又加上一隻哈巴狗，牠不管什麼時候都跟著狗群，可以在最後的決戰中領導其他狗。

他講的打獵故事中也有捕捉山狗的，通常都很成功，因爲山狗喜歡尋找平地，用灰獵犬很容易捕捉。他也講那個獵狗群的故事，講牠們聯合起來殺死一些小灰狼，不過，似乎每次都要死掉一條狗，那就是領導狗群的哈巴狗。但總體來說，他的注意力主要集中在一隻體型龐大的黑狼身上，也就是那隻「該千刀萬剮的辛梯納山上的大黑狼」，牠的威力令人震驚。凱贏做過許多次嘗試，想把牠捉住或是逼上絕路——所有這一切都以失敗告終。因爲這隻狼太頑強了，能長時間地堅守著自己的陣地，讓人非常惱火，牠自己卻無動於衷。牠長期盤踞在對牠非常有利的岩石上，每一年都有更多的狼在牠的教導下，更加狡猾和難以對付，像牠一樣讓人無法容忍。

我如饑似渴的聽著這些故事，像渴望財富的人聆聽有關珍寶的故事一樣——因爲這就是我的世界。實際上，在我們所有人的心中，這些事情是最重要的。因爲潘如富狗群現在正躺在我們帳篷裡的火堆旁，我要和他們出去尋找拜德藍德的貝利。

## 8 黑夜裡的吼聲和清晨的大腳印

九月末的一個夜晚，當最後一片晚霞從西邊熄滅的時候，山狗們開始了合唱般的叫喊。我們突然聽見了一個音調從深沉急劇上升的狼嚎。凱嬴拿出他的笛子，轉過頭來說：「那就是牠，那就是老貝利。牠站在比我們高的某個地方，已經觀察我們一整天了。現在已經天黑，我們的槍沒有用了，牠要來這兒搗亂

了。」

兩三條獵狗警覺地跳了起來，脖子上的毛都直了起來，牠們清楚地知道這不是山狗。牠們衝向黑夜，但沒有走遠。很快地，牠們吵鬧的聲音變了，變成痛苦的喊叫聲。不到片刻工夫，牠們就跑回來，躲到篝火旁的藏身處。一條狗傷得很厲害，肩膀上被撕了一個大口子，牠再也不能打獵了。另外一條狗的腰上被咬了一口，傷口似乎不是很嚴重，但是第二天早上，獵人們就把牠埋葬了。

獵人們氣急敗壞，發誓要立即報仇，天剛濛濛亮的時候，就已經出發上路了。山狗還在唱著拂曉時分的歌，但當陽光強烈起來的時候，牠們就躲進山林中不見了。我們搜索著狼的大腳印，希望獵狗能擔當起這項任務，把牠找出來。但是牠們似乎是找不到牠，要不就是不願意把牠找出來。

儘管如此，獵狗群還是發現了一條山狗，在幾百碼遠的地方就把牠殺死了。我想這是一個勝利，因爲山狗捕殺小牛和綿羊。可是，不知爲什麼，我突然有了一個關於所有這一切的想法：「也許勇敢的獵狗是可以殺掉小山狗，但昨天晚上，牠們不能對付那隻大狼。」

年輕的潘如富彷彿是在回答一個沒有人提出的問題：「說說你們的看法吧！夥計們，我相信老貝利昨天晚上帶了一大群狼。」

「你不是只看見了一隻狼的腳印嗎？」凱嬴粗聲粗氣地說。

就這樣，整個十月無聲無息地溜走了。我們每一天都辛苦地騎著馬尋找可疑的大腳印，而帶著的這些獵狗要不是跟不上那些大腳印，就是害怕跟上去。一次又一次，我們得到的都是被那隻狼傷害的壞消息。有時候，有牧童報告說看見過他；有時候，我們發現的卻是我們自己牲口的屍體。這些屍體中有一些是我們毒死的，雖然我們帶著獵狗還使用毒藥是很危險的，但我們還是冒險進行了嘗試，卻仍然一無所獲。這個月快要結束時，我們已經受盡了折磨，身心疲憊。我們的馬也疲憊不堪，腳上都磨出了繭，而我們的人數也從十個減少到七個。儘管如此，我們總共也才殺死一隻灰狼和三隻山狗。拜德藍德的貝利卻殺死了我們至少十二頭牛和獵狗，每一隻都至少值五十美元。一些人決定放棄，準備回家。凱嬴利用他們回家的機會，托人帶了一封信，請求支援，包括牧場上所有閒散的狗。

我們讓馬休息兩天，又嘗試了一些辦法，準備進行更艱苦的打獵。第二天傍晚，新補充來的獵狗到了，是六隻漂亮的獵狗。於是，獵狗工作隊的成員增加到了十五隻。

現在的天氣冷多了。清晨，讓這些獵狼人高興的是地上鋪滿了白雪。毫無疑問，這預示著勝利。寒冷的季節適合獵狗和馬奔跑；那隻大狼離我們不遠，因爲前天晚上我們聽到過牠的聲音；我們在雪地上跟蹤，因此牠一旦被發現，就不能爲難我們——對牠來說，逃跑是不可能的。

黎明時分我們起床，但就在我們要上路的時候，三個人騎著馬來到我們的帳篷。是潘如富他們又回來了。天氣的變化讓他們改變主意，他們知道，有雪的話，我們可能會比較好運。

「現在要記住，」在我們大家正在上馬的時候，凱嬴說，「這次打獵，我們要的只是拜德藍德的貝利，其他的一切都無所謂。殺死牠，我們就能消滅掉牠所有的部下。牠的腳印是五點五英寸。」

每一個人都在自己隨身攜帶的物品上，準確地標出了五點五英寸的長度，有的是在皮製的獵槍手柄上，有的是在手套上，這個準確的長度有可能被用來測試發現的腳印。

還不到一小時，我們就聽到西邊的一聲槍響，這是一個信號。一聲槍響意思是「注意」，在數到十的時候停頓一下，然後是兩聲槍響，意思是：「來吧！」凱贏把獵狗都召集起來，逕直向遠處小山上的那個身影走去。我們的心都咚咚直跳，充滿希望，我們不會再失望了。開始的時候，我們看見的是一些比較小的狼的腳印，但後來，我們看見大腳印了，將近有六英寸長。年輕的潘如富大聲笑著，放馬向前衝去，彷彿是去獵一頭獅子，而這個最令人愉快的時刻已經被推延了很長時間。這排腳印很清晰，而且可以斷定是剛剛留下的。在這排腳印的盡頭，一定會有那隻我們最希望看到的大黑狼。對於獵人來說，再也沒有什麼能比這更讓人振奮的事了。要知道，我們爲了尋找牠，已經費盡心機備受折磨，搜索了很長時間都一無所獲。凱嬴的眼睛閃著光彩，牠盯著這些腳印，高興的簡直說不出話來了！

## 9 最後停止追捕

這次騎馬打獵是最糟糕的一次。我們花費了很長時間搜索這隻狼，比預期的時間要長得多，而且小事故也接連不斷，因爲這隻狼在一分鐘之內就可以留下無窮無盡的腳印，就像那天晚上咬傷我們兩條獵狗時一樣。在這個地方，牠曾經圍著那個「中心」散步，閱讀資訊；在那個地方，牠曾經停下來檢查一個舊的頭骨；在這兒牠曾經走開，小心地搖著鼻子檢查風中的氣息，確信有一個廢舊的鐵罐子；在那兒，牠最後爬上一座小山，坐了下來，大概是發出召集同伴的呼聲，因爲另外兩隻狼從不同的方向跑到牠旁邊，牠們下到河邊比較平坦的地方，那是牛躲避暴風雨時用的。在這兒，三隻狼都仔細觀察了那個水牛頭骨；在那兒，牠

們排成一隊奔跑著；到了遠處，牠們又分開了，分別向著三個不同的方向去，是去會合——是的——就在這兒——噢，什麼樣的場面呀！牠們把一頭牛撕開了！牛死了以後牠們卻不吃，把死牛扔在那兒，一口都沒有吃。好像是不合牠們的胃口！眞讓人生氣！牠們走了還不到一英里，就又殺死了一頭牛。就在不到六個小時之前，牠們曾經飽飽地吃了一頓。在這兒，牠們的腳印又散開了，但是離得不遠，雪清楚地告訴我們說，牠們都躺下來睡覺了。獵狗脖子上的毛又豎了起來，牠們在那些地方又聞到了什麼東西。凱贏曾經牢牢地把獵狗拉在手中，而此時，牠們都異乎尋常地興奮起來。我們跟著來到一個小山上。在這兒，那三隻狼曾經轉過頭來對著我們所在的方向看，然後又以全速逃跑——牠們的腳印也明白地這樣說——現在，很明顯，牠們正從那座小山上觀察著我們，離我們不遠。

獵狗隊成員待在一起，而那些灰獵狗因爲沒有看見要追捕的目標，就只是在狗群中間閒蕩，或者是和馬一起跑在後面。我們盡可能跑快些，因爲狼正在全速奔跑。剛上了平頂的山地，又下到深深的峽谷中，我們騎在馬上，緊緊地跟著獵

狗。這已經是我們所能夠挑選的，最粗糙的路了，只有最粗糙的路才有可能找到牠。一個峽谷接著另一個峽谷，一個小時又一個小時，仍然是三隻狼的腳印持續向前延伸；再追尋一個小時，還是沒有變化，除了無休止的攀登、下滑，再努力，穿過灌木叢，越過大石頭。那些在遠處叫著的狗是我們的嚮導。

我們現在追逐的情況是，向下可以到山谷中的小河，那裡的雪非常少。我們就跳著，攀爬著，下了小山，不計後果地向前奔跑。這個峽谷非常危險，這裡的岩石也非常光滑，我們覺得不能再堅持下去了；在低窪處最乾燥的平地上，獵狗隊被分開了，一些向上走，一些向下跑，剩下的直接向前跑。噢，凱羸正在詛咒著所有的一切！他立刻就知道分散獵狗意味著什麼。狼散開了，因此也就分開了獵狗群。三條獵狗追一隻狼是沒有機會獲勝的，四條獵狗也不能殺死牠，如果是兩條獵狗的話，必然會被牠殺死。然而這是我們第一個看到的讓人鼓舞的信號，因爲這也意味著那些狼已經被逼迫得很緊了。我們飛馬向前去制止那些獵狗，爲牠們選擇出那唯一需要跟蹤的大腳印。但這並不那麼容易。這兒沒有雪，卻有無

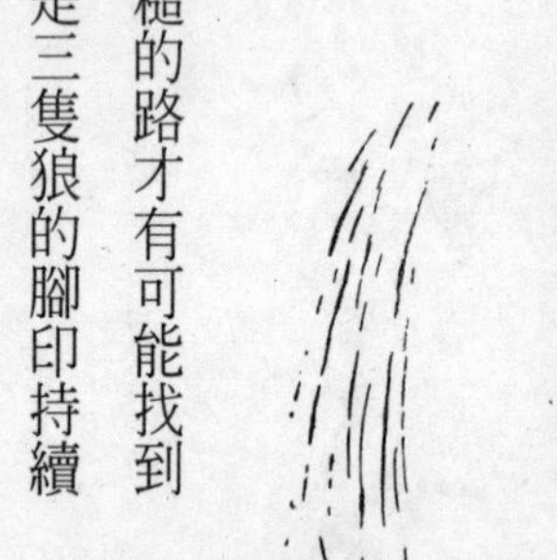

數的狗腳印，我們失敗了，我們只能讓獵狗自己選擇，無法讓牠們遵循唯一的那個選擇。我們像以前那樣走開了，滿懷希望，然而我們也害怕自己沒有跟上正確的腳印。那些獵狗跑得很好，也非常快。這是一個不好的預兆，凱贏說。但是我們看不見那種大腳印，因爲在我們來到之前，那些狗就已經把腳印踩亂了。

追著跑了兩英里以後，我們又向上到了有雪的地方。又看見狼了，卻是一隻個頭較小的灰狼。這眞讓我們討厭，我們追尋的竟然是比較小的狼腳印。

「我早就料到會這樣。」潘如富抱怨著說。

再追一英里，那隻小灰狼轉向了，躲在一個柳樹灌木叢中嚎叫。我們聽見了牠的呼叫聲，那個拉長聲音的嚎叫是在尋找幫助。但是在我們能夠到達那個地方之前，凱贏已經看見獵狗退縮，散開了。一分鐘後，從那個灌木叢遠處的衝出一隻小灰狼和一隻大黑狼。那隻黑狼的個頭非常大，牠就是我們要找的貝利。

「天哪！如果牠不喊著找幫手的話，我們就能把牠殺死了。貝利竟然能回來幫牠，眞了不起！」那個獵狼人驚叫著。我則想著那個勇敢的大黑狼，牠不願意

丟下自己的朋友獨自逃命，竟然冒著危險來救牠。

接下來的一個小時，仍然是艱苦地來回騎馬，奔波在峽谷中。現在到了高處的平地上，有雪。當獵狗隊再次被分開的時候，我們用盡所有的力量，終於成功地把牠們保持在一排「五點五英寸的腳印」上，對我來說，那已經很有浪漫小說的魅力了。

顯然，獵狗更喜歡其他腳印中的任何一個，但我們最後讓牠們上路了，跟上那排大腳印。又做了半個小時的艱苦努力，在前面的遠處，當我騎馬上了一個寬闊的平地時，我第一眼就看見了這隻辛梯納山的大黑狼。

「哎呀！拜德藍德的貝利！哎呀！拜德藍德的貝利！」我在歡呼中大喊，其他人也跟著喊起來。

我們終於跟上牠的腳印，這眞得謝謝牠。獵狗又加入進來，叫聲響亮。灰獵狗叫喊著，徑直向牠追去。馬也聞了聞周圍的氣息跳了起來，因爲牠們也感覺到了大家的興奮。唯一保持冷靜的是那隻長著黑色鬃毛的大狼。在我研究牠的尺寸和力量時，驚奇地看著牠長長的、結實的嘴巴，立刻就明白獵狗爲什麼更喜歡追其他的腳印。牠的頭和尾巴都放得很低，在雪地上陷入了困境。牠的舌頭伸得很長，顯然是遇到了危機。雖然牠還在三百碼以外的地方，獵狼人的手上就已經拿著他們的左輪手槍，他們已經準備浴血奮戰了。但轉瞬之間，這隻狼又從我們的視線中消失，消失在最近的、可以躲避的峽谷裡了。

現在，牠會選擇走哪一條路呢？是上去還是下到峽谷？上去是回到牠的大山的方向，下去是很好的隱蔽地。凱贏和我認爲應該「上去」，因此就把人馬壓向西邊，沿著山脊跑去。但其他人向東走，尋找用槍射擊的機會。

我們跑得很遠，聽不見其他聲音。我們錯了，那隻狼向下去了。但我們也沒有聽見槍聲。在這兒可以穿過那個峽谷；我們到了另一邊，然後又飛奔著轉回來，掃描著白雪尋找足跡；觀察著小山，想找到一個移動的形體；或者是聆聽著風聲，希望能找出一個生命的聲音。

「吱吱，吱吱」我們馬鞍上的皮革這樣響著，「呼哧，呼哧」我們的馬這樣喘著，牠們的腳則在「蹄嗒，蹄嗒」。

## 10 貝利回到了他的大山

我們返回，與那隻狼消失的方向相反，但什麼信號都沒有。我們放鬆下來，緩緩地騎著，向東一英里，繼續向前。凱贏喘著氣說：「看那兒！」前面有一個黑點在雪地上移動。我們加快了速度。另外一個黑點出現了，又一個黑點，但牠們跑得不快。五分鐘後，我們就接近了牠們，發現是我們自己的三隻灰獵狗。牠們看不見獵物，興緻就退潮了。現在，是牠們在找我們。我們在那兒沒有看見其他獵狗的痕跡，但是在倉促中，我們上了另一個山脊，卻無意中發現我們要搜索的路。我們盡可能地跟著眼睛所能看到的大腳印。另外一個峽谷出現在路上。當我們騎著馬想找到一個可以穿過這個峽谷的地方時，峽谷深處的灌木叢裡，突然傳來一陣野蠻的獵犬喧囂聲。這陣吵鬧聲已經大起來，我們錯過了中間那部分。

我們在峽谷邊上飛快地奔跑，希望能看到這場戰爭。獵狗出現在峽谷遠處，離我們不遠的另一邊，不是成群，而是一條長長的、散亂的線。

又過了五分鐘，牠們跑到峽谷邊上，在牠們前面是那隻偉大的黑狼。牠像從前那樣猛烈地砍著獵狗的頭和尾巴。在每個單獨肢體上，力量是普通的，在牠的嘴巴和脖子上，力量則能加倍。但是我想，牠現在正陷入絕境，牠已經跑不掉了。獵狗慢慢地上到高處的平地。看見牠時，就立刻被牠擊敗了，虛弱地喊叫起來；牠們也幾乎精筋疲力盡了。灰獵犬看見了這場角逐，立刻丟下我們，匆忙下到峽谷中，上了另一岸，以極快的速度衝了上去。我們相信牠們能夠戰勝這隻狼。我們騎在馬上想尋找通過峽谷的路，卻怎麼也找不到。

那個獵狼人看著這場戰爭在眼前發生，逐步達到高潮，而他自己卻只能騎在馬上不能前去幫忙，這是多麼讓人遺憾的事情呀！他恨不能立刻飛過去，一槍打死這隻狼。但是他只能騎在馬上，上到峽谷縮小處的一個很粗糙的地方。我們騎得非常辛苦。當我們接近那個平坦的大山時，又一次聽見狗群虛弱的叫喊。這一次是從南邊傳過來的，現在正好響得更厲害。我們在一個小丘上停下來，掃瞄著雪地。一個移動的斑點出現了，然後是其他的黑點，沒有連成一排，而是一個散亂的長隊，有時候則會聽到遠處有模糊的叫喊。牠們正向我們這邊跑來，繼續在跑，是的！但跑得太慢了。仔細一看，我們發現實際上已經沒有一個是眞正在奔跑了。在那兒，那個殘酷的殺牛老手正蹣跚地走著，更遠的後面是一隻灰獵狗，再遠處是另外一隻灰獵狗，再更遠處，是其他的獵狗，按照牠們的速度順序依次排列著，很慢，在那隻狼的追逐下拖著自己疲憊的身軀。許多個小時的辛苦終於有了收穫。那隻狼尋找機會殺傷牠們，卻一次也沒有成功。現在是牠末日來臨的時間了，因爲牠已經筋疲力盡；而牠們卻還有力氣。牠們徑直向我們這邊走來，圍繞著山腳緩緩地走著。

我們不能穿過去加入到牠們中間，因此就屛住呼吸，貪婪地盯著看。此刻，牠們離得更近了，風從獵狗那兒給狼帶來了微弱訊息。那隻大黑狼轉向陡峭的上坡路，上了一條熟悉的路，似乎是這樣，因爲牠沒有滑倒。我的心緊跟著牠，因爲牠曾經返回來營救牠的朋友。一個剎那間的遺憾和顫抖襲上我們兩個的心頭。這時我們看見牠向地上看著，把自己拖到那條傾斜的路上。牠要死在牠的大山裡。牠已經沒有可以逃跑的路了，被十五隻獵狗糾纏著，牠們還有人做強大的後盾。牠已經不是在走，而是蹣跚著向上爬。獵狗排成一隊追在牠後面，現在也比剛才的情形好了些。牠們正在逐漸接近牠。我們簡直可以聽見牠們的喘息聲。我們幾乎聽不到牠們的狗叫聲——牠們沒有工夫吠叫。這個殘忍的隊伍向上，把小山圍了起來，沿著一個突出來的、逐漸變窄的礁石走，然後向下幾碼，正好到了一個峽谷正上方像架子一樣的石頭上。離狼最近的那條狗正在逼近，對這樣一個幾乎已經完全力量消耗盡的敵人，牠一點兒畏懼都沒有。

在這個最狹窄的地方，一步失誤就意味著死亡。那條偉大的狼轉過來，正對著牠們。牠的前腿奮力支撐起來，頭低低的，尾巴微微抬起，模糊的鬃毛也豎了起來，而那閃著寒光的獠牙則完全暴露著。我們沒有聽到牠發出一點兒聲音，牠勇敢地面對著這群獵狗。牠的腿因爲疲累而很虛弱，但是牠的脖子、嘴巴，以及

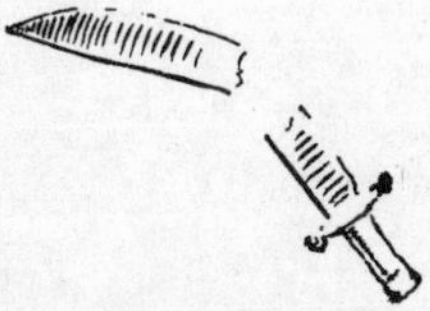

牠的內心都是強壯的，而且——現在，所有愛狗的人最好闔上這本書——繼續戰鬥——上上下下——十五比一。牠們上來了，第一隻是最敏捷的灰獵狗，牠是怎麼做的呢？牠們幾乎都沒有看見，但是，當一股水流撞向岩石飛濺成旁邊破碎的黑玉時，那隻巨大的狼轉過身來面對著牠們，那一串獵狗也擁上那條路。在必然的打鬥戰役中，黑鬃毛在牠們來到的時候接待了牠們。一個無力的彈跳，一個反向的進攻，一個猛咬，「凡高倒下了」（凡高是一條狗的名字），牠的腳沒有了。獵狗丹德和科利又逼近，試圖扭住牠。一個閃衝，一個抬臀，牠們就跌倒在那條狹窄的小路上了。然後是藍點獵狗，緊接著是強壯的奧斯卡和英勇的泰戈——但那隻狼在岩石的那邊，一眨眼的工夫，牠們之間的戰鬥就結束了，只剩下那隻狼在那兒，那些大獵狗全都不見了。剩下的幾條狗圍了上來，最後面的逼迫著最前面的狗——倒下來——死去。撕、咬、抬臀，從最敏捷的獵狗到個頭最大的獵狗，直到最後一條，倒下來——倒下來——牠讓牠們輪流著倒下，從懸在空中的凸出部分掉到下面的峽谷。那兒的岩石和樹幹太鋒利了，隨時都會取走牠們的生命。

短短的五十秒鐘後，一切都結束了。岩石把這一串獵狗拋向了一邊——潘如富狗群全部被消滅了。拜德藍德的貝利再次獨自站在那裡，站在牠自己的大山上。

牠站在那兒等了一會兒，看是不是還有其他的獵狗上來。再也沒有了，那群獵狗全都死掉了。牠等了一會兒，平靜了自己的呼吸，然後，在這個決定命運的現場，第一次提高了牠的聲音，虛弱地發出一聲長長的、勝利的大喊，然後往另外一個較低的岸上漸漸變小，被什麼東西擋住了，看不見了。這就是我們在辛梯納山上的高坡上看到的一切。

我們這些盯著看的人彷彿是石頭人，手中的槍都忘記了。一切發生得如此迅速，結尾竟是這樣。我們一動都沒有動，直到那隻狼遠去。牠離這個地方不遠。我們沒有騎馬，走過去看是不是還有逃過劫難的獵狗。一隻活的都沒有了。我們什麼都不能做，我們實在無話可說。

# 11 太陽落山時的嚎叫

一個星期後，凱贏和我騎著馬走在山路上。「就因爲這隻狼的騷擾，那個老人已經病得很厲害了。」他說，「如果可以的話，他會把所有的牛都賣出去。他不知道下一步該怎麼辦。」

太陽落山了，在辛梯納山的那一面。當我們走到一個路口時，天已經黑了。山下的小河裡突然傳來一個拉長音調的狼嚎，接著是幾聲高音的狼嚎，形成了回應的合唱。我們什麼都看不見，就努力地聽。這個合唱被反復地重覆著，是狼獵食的叫喊聲。牠退了下去，夜被另外一個聲音攪動了，這是一個尖銳短促的嚎叫，發出的信號是「靠近」。接著就是一聲淒厲的牛叫，很短，被打斷了。

凱贏抓住自己的馬時，驚恐地說：「是牠，牠帶著那一幫狼出來了，牠們正要去殺另一頭牛。」

# 男孩和山貓

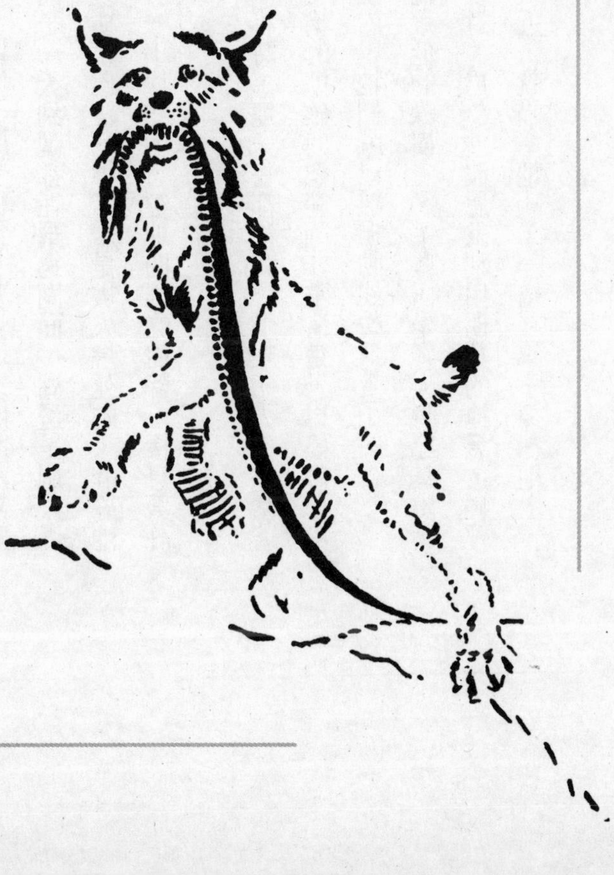

# 1 男孩

他才剛滿十五歲，喜歡運動，雖然他是一個剛起步的運動員，但他非常熱中。在碧藍的卡橋納湖上，成群的野鴿子一天到晚都在飛過湖面。湖邊是個大森林，這些鴿子一排排地落在樹上。那些樹早已經死掉了，是被火燒死的，靜靜地站在那裡，彷彿是個紀念碑。森林裡有一小片空地，空地四周的樹幹上棲息著許多野鴿子，形成了非常誘人的標誌。

這個男孩子跟著鴿子散步了好幾個小時，連一隻都沒有射下來。男孩子拿著一支老式的短槍，這些鴿子似乎對這支槍的準確射擊範圍非常清楚，男孩每一次向牠們靠近的時候，還沒到達射擊範圍內，牠們就已經振動翅膀飛走了。

最後，有一小群鴿子散落在幾棵比較低的綠樹上，這些樹是春天時才長出葉子來的，離那個用木頭搭起來的棚子很近。男孩沙波恩就利用樹葉的掩護，輕輕地走進樹林。他看見有一隻鴿子離他很近，就瞄準牠開了一槍。鴿子掉在地上，

死了，但是幾乎就在牠掉在地上的同時，迴響起一聲喀嚓聲。沙波恩衝上去撿他的戰利品時，剛好看見了一個年輕人走了過來，把鴿子撿起來。

「你好，科尼！你拿了我的鴿子！」

「你的鴿子！你的子彈當然是飛到那邊去了。我看見牠們落在這兒，就相信我的來福槍能射中一隻。」

他們仔細檢查了那隻死鴿子。鴿子身上有顆來福槍的子彈，也有一個短槍的槍眼穿過。兩個拿槍的人射中同一隻鴿子，他們很開心，儘管他們還有一個比較嚴肅的問題：在這個偏僻的地方，食物很稀少，家裡的彈藥也不多了。

科尼是個年輕人，身高六英尺，很帥，是典型的愛爾蘭人和加拿大人的樣本。

現在，他們向那個木頭小棚子走去，那是他們的家。那兒幾乎沒有任何豪華奢侈的東西，簡陋的生活就是他們快樂的泉源。

科尼家的人出生和成長在加拿大的森林邊緣，雖然這樣，他們卻一點都沒有喪失他們的精神，而這種精神，已經使有愛爾蘭血統的人成爲舉世聞名的熱心與智慧的同義詞。

科尼是一個大家庭的長子，老家的人住在彼德斯，在南邊離這兒二十五英里遠的地方。科尼現在正在實行他的「宣言」，在森林中開闢出自己在芬尼伯克的家。他有兩個已成年的姐姐，一個是瑪格麗特，沈著冷靜，是個很可靠的人。另一個是羅奧，很聰明也很幽默。她們幫科尼料理家務。

沙波恩是去拜訪他們的。他得了一場大病，剛剛恢復過來，被送到樹林裡來鍛練身體，以便強壯起來。

他們這個家是用粗糙的原木搭起來的，沒有鋪地板，屋頂是用草鋪起來的，各種各樣的草都用上了。這片大森林的邊上有兩個開口：粗糙的那條一直通向彼德斯；另一個是湖的岸邊。湖水閃著銀光，湖底鋪著美麗的鵝卵石，從這個岸邊可以看見那個木棚子，也就是在湖對面四英里遠處的他們的家。

他們的日常生活幾乎沒有什麼變化。科尼總是在天剛亮的時候就起床，先去

生火，再喊姐姐們起床，在姐姐們準備早餐時去把馬餵飽。六點鐘，科尼用過了早餐，就開始工作。當瑪格麗特看見某棵樹的影子倒在小樹枝頭的時候，知道快中午了，就到湖邊打些新鮮的水來做飯。飯做好了以後，羅奧就會把一塊白布掛在一根長竿子上，科尼看見這個信號後，就從田裡回來吃午餐，他通常是在夏天的休耕地或是乾草地裡幹活。

他身上滿是塵土，臉很黑，卻泛著紅光，顯得很有生氣，很像一幅有男人氣概且誠實勞作者畫。沙波恩可能一整天都不在家，到了晚上，他們再次聚在飯桌旁時，他就會從湖邊或是很遠的山上回來，吃一頓晚餐。

晚餐、午餐及早餐幾乎都一樣，就和他們的日子一樣，都非常準確地重複著：豬肉、麵包、土豆、茶，有時有些雞蛋，因爲他們的木棚外面有個小小的牲畜棚子，他們在那裡養了幾十隻母雞，也偶爾有些各種各樣的野味，但次數很少，因爲沙波恩打獵的水準不高，而科尼除了種田以外，很少有時間做任何別的事情。

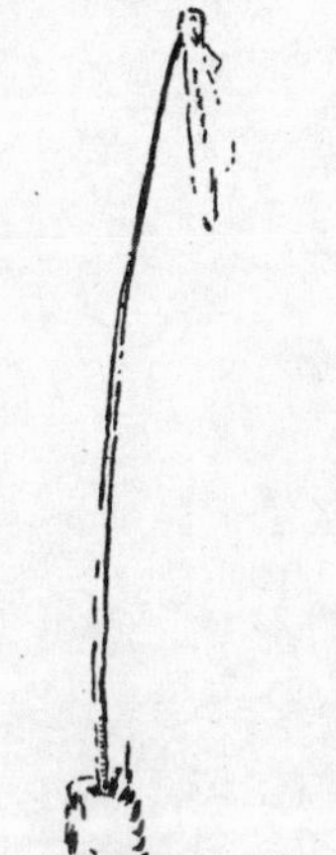

## 2 山貓

一個直徑四英尺的巨大椴樹也走上絕路。死亡是很慷慨的，牠已經發出了三個警告：這棵椴樹是牠所屬的那種樹木中最大的一棵；牠的孩子，也就是那些小椴樹都已經長大了；牠是空心的。冬天那陣猛烈的大風把牠放倒，從腰部折斷了。椴樹倒下以後，被發現裡面有一個很大的洞，那應該是牠的心臟部分。剩下的樹樁中間是空心的，像個長長的洞，洞頂的開口就是椴樹被折斷的地方，正對著明媚的陽光。現在，大樹倒下了，留下的部分對一隻山貓來說，眞是一個最理想不過的家。這個家的主人，確實就是一隻山貓。在椴樹被折斷的時候，這隻山貓正在尋找一個能保護牠的孩子的地方。牠發現了這個地方，就把這兒當成家，和孩子們住了下來。

這隻山貓已經老了，很憔悴。今年是山貓最辛苦的一年，生存下來很不容易，因爲很難找到可以吃的東西。去年秋天有一場瘟疫，在野兔中間傳染得非常

厲害，大量的野兔都死掉了。野兔是山貓的主要食物來源，山貓也因此很難塡飽肚子。冬天下了很多雪，地上積雪很深，雪上又突然結了厚厚的冰，幾乎所有的鵪鶉都被凍死了。漫長的春天既潮濕又陰冷，那些熬過冬天、爲數不多的小動物實在難以存活。而池塘和小溪也總是滿滿的，很難搆得著魚和青蛙。因此絕大多數山貓的日子都不好過，這隻帶著孩子的山貓生活起來就更艱難了。

那些小山貓——在來到這兒之前已經快支持不住——快要餓死了，因爲老山貓把原本應該用來打獵的時間用在尋找新家上。

北方的野兔是山貓最喜歡的食物。有些年，這隻老山貓一天就能殺死五十隻野兔。但今年這個春天，她從沒看見過一隻野兔。那場瘟疫實在是太厲害了。

有一天，這隻老山貓捉住了一隻紅松鼠。這隻松鼠跑進一根空木頭裡去了，牠當然逃不出這個陷阱，被山貓捉住了。又有一天，牠撿到一條黑色的死蛇，已經發臭了，牠就把這條蛇塞進肚子裡去，因爲牠再也找不到其他可以充饑的東西了。有一天牠什麼都沒有找到，小山貓們就可憐地埋怨著。還有一天，她看見一

個又大又黑的傢伙，牠身上的氣味很難聞，但她感到有些熟悉。她敏捷地輕跳過去，一點兒聲音都沒有，直接撲向那個黑色的動物。那是一頭豪豬，她一下子就擊中了豪豬的鼻子，但是豪豬在她的身子下面把頭轉了過來，同時尾巴也飛了起來，狠狠地甩在山貓身上。豪豬的尾巴上有許多小刺，把這隻母山貓刺了幾十個傷口。山貓用牙齒把那些小刺一個個拔出來，因爲她早在幾年前就瞭解了豪豬。她現在僅僅是因爲太需要吃的了，才不小心又撞上了豪豬。

那一天，她所有的獵物只有一隻青蛙。第二天，她在很遠的森林裡搜尋獵物，非常非常的辛苦。突然牠聽到一個很特別的響聲，那是牠從來都沒有聽見過的。牠小心翼翼地向前走，迎著風走，聞到了更多種類的氣味，一些更奇怪的聲音也傳了過來。這隻老山貓來到森林邊上的一片空地上，那個聲音又響了一次，又響亮又清楚。在這片空地中央，有兩座巨大的房子，不是麝鼠或海狸的家。這兩個房子比所有牠見過的還大很多。牠們一部分是用木頭做的，被安放在這個地方。他們不像其他的房子那樣搭在池塘上，而是建在乾燥的小山上。在牠們旁邊

走著的是許多鵪鶉，或者說是類似鵪鶉的鳥類，全都體型肥大，顏色也不一樣，有紅的、黃的和白的。

牠非常興奮，激動得有些發抖了，按照我們人的話說，是過於激動了。好吃的東西——好吃的東西——這麼多好吃的東西，這個上了年紀的女獵手幾乎要暈倒在地上了。牠把胸脯緊貼著地面，把肘翹過脊背，做出一個最精明狡猾的姿勢，像一根竹竿。不管花費什麼樣的代價，牠必須捉到其中一隻「鵪鶉」。現在牠已經把所有欺騙方法都用上了，而這次打獵，絕不能有任何錯誤。即使需要幾個小時——或者需要一整天——在這些獵物飛走之前，牠必須接近牠們，必須有勝利的把握。

從牠所在的木頭掩蔽所到那個大老鼠房子，只要幾次跳躍就可以到達，但牠已經花了一個多小時，慢慢地在那片小小的空地上爬著。從樹樁到灌木叢，從木頭到一簇野草，牠悄悄地向前移動著，用壓低身子的方式，那些「鵪鶉」是看不見牠的。牠們四下飛著，最大的那些鳥發出「咯咯」的響聲，這種響聲牠還是第

一次聽到。有一次，這些「鶺鴒」似乎感覺到危險，但這隻山貓靜靜地等了很長時間，驅散了牠們的害怕。現在，幾乎已經到了山貓可以接近的範圍內，牠激動得渾身發抖，因爲打獵的心正熱切地期待獵物，因爲牠的孩子們正在挨餓。牠的眼睛鎖定一隻白色的「鶺鴒」，這隻「鶺鴒」不是離牠最近的那隻，但這種顏色似乎很能激起牠的欲望。

在房子的周圍有一片空地，空地外面是很高的雜草，其他地方到處都是零星的樹樁。那隻白色的鳥就在這些雜草後面漫步，而那隻聲音響亮的紅色「鶺鴒」飛到房子的頂上，唱起歌來。然而，這隻老山貓把身子壓得更低。這似乎是一個報警的信號，但不是，那隻白色的「鶺鴒」還在那兒，牠能夠看見牠的羽毛在雜草叢中閃閃發光。現在，牠的眼前是一片開闊的空地。這個女獵手，身體貼得像一張空皮那樣平，緩慢而又安靜地在一塊木頭背後跟蹤著，而那根木頭還沒有牠的脖子厚。如果牠能夠到那簇草皮上去的話，牠就可以不被雜草中的鳥看到，那個距離才近得能讓牠跳起來，撲向那隻「鶺鴒」。牠現在已經能聞到鳥身上的氣

味了——很濃烈，是很有魅力的生命氣息，鳥肉的氣息、血的氣息，這些氣息讓牠激動得四肢發抖，眼睛發燙。

那些「鵪鶉」仍然在那裡遊蕩著，另外一隻飛到高處的屋頂上，但這隻白色的「鵪鶉」還在那兒。山貓又慢慢慢向前滑了五步，非常慢，一點兒聲音都沒有，牠已經到了那些雜草的背後，那隻白色的「鵪鶉」在草叢中閃爍。牠測量距離，試試立腳的地方，搖搖後腿，清除一些倒下的草，然後就是一個飛躍，用盡所有的力氣，直衝向那隻白色的「鵪鶉」。這隻從來不知道什麼是死亡的「鵪鶉」，頃刻間就丟掉了小命，因爲那個致命的灰色陰影衝了下來，敏捷而準確無誤地完成使命。而在其他的「鵪鶉」還沒有意識到敵人存在的時候，或是還沒來得及起飛的時候，這隻山貓已經逃走了，那隻白色的「鵪鶉」在牠的嘴巴裡蠕動。

老山貓興奮地叫了一聲不必要的歡呼，不由自主地流露出天生的殘忍和兇狠。牠快活地跑進森林，飛一樣地往家跑。獵物溫暖的身體，已經驅走了牠最後的顫抖。牠突然聽見前面有沉重的腳步聲，立刻跳上一根木頭。獵物的翅膀遮住

牠的眼睛，牠把這隻死鳥放下，用一隻爪子抓住，確保證牠的安全。那個聲音越來越近，矮樹叢被折彎了，一個男孩子進入牠的視線。老山貓認識他，對他這類動物都非常痛恨。牠曾經在黑夜裡看見過他們，曾經跟蹤過他們，也曾經被他們追逐、傷害過。有一會兒，他們站在那兒，面對面。山貓發出一聲警告，也是一個挑戰，一個蔑視，然後就撿起自己的鳥，從那根木頭上跳進可以掩護的灌木叢中。這兒離家一英里，但牠克制住自己不去吃這隻「鵪鶉」，直到又看見亮光，看見那個椵木樁。然後，牠發出「咪——咪」的叫聲，把那些小山貓叫到跟前，和牠們一起狂歡，品嚐一頓最精美豐盛的飯菜。

## 3 山貓的家

沙波恩是在城市裡長大的。起初他很膽小，科尼的斧頭聲音不能傳到的地方及森林裡面，他都不敢去。但是，日子一天天過去，他向森林裡越走越遠。他做

自己的嚮導。他不根據樹上的苔蘚來判斷方向，他認爲那不可信。他利用太陽來確定方向，還帶著指南針，有時也根據地形特徵進行判斷。他希望瞭解森林裡的野生動物，他不想把牠們殺死。但是，正如大自然是運動員最親密的朋友一樣，槍也是他永遠的夥伴。在沙波恩家門前的那片空地上，唯一的動物是那隻肥胖的旱獺。牠在樹樁下有一個洞，離沙波恩家的棚子有幾百碼遠。在有陽光的清晨，牠習慣躺在那兒，在樹樁上曬太陽。但在森林裡，所有的動物都要付出代價，那就是永遠保持警惕。這隻旱獺總是很警惕，沙波恩幾次都沒有射中牠，設下的陷阱也沒有把牠捉住。

「咳！」有一天早上，科尼說：「我們該吃些新鮮肉了。」他取下來福槍，一把老式黃銅裝配的短膛槍，仔細地裝上子彈。這表明他是個眞正使用來福槍的人。他對著門的旁柱固定好這支槍，扣動扳機。那隻旱獺向後倒去，靜靜地躺在地上。沙波恩衝上前去，撿起這隻動物，帶著勝利的喜悅回來，嘴裡喊著：「正中頭部——一百二十碼。」

科尼克制住自己滿意的微笑。微笑掛在他的嘴角，但他明亮的眼睛盯著來福槍看了一會兒，來福槍更亮了。

這不僅僅是爲了打獵的緣故而殺死這隻旱獺，而是因爲牠把科尼家周圍的一片莊稼糟蹋了，並且還在繼續擴大破壞面積。另外，牠的肉可以讓科尼一家吃上好幾頓豐盛的飯菜。科尼告訴沙波恩怎樣使用旱獺的毛皮。首先是燒硬木頭，用燒剩下的熱灰把旱獺的皮包起來，放上二十四小時，這樣可以去掉旱獺的毛髮。然後，把皮放進軟肥皂水中，浸泡三天，乾了之後用手搓一搓，直到牠變成一張潔白的堅韌皮革。沙波恩的森林探索越來越深入，他尋找著各種各樣的動植物，而這些卻總是在他意想不到的時候發現，不管他怎樣仔細尋找，看見時總很吃驚。有很多日子，他都一無所獲，也有不少日子，他能在一天中遇到許多事情。因爲不管怎樣，意料之外總是打獵中最大的特點，也是打獵長久以來都很迷人的原因所在。有一天，他選擇了一個新方向，走過那個山脊，穿過一片開闊森林裡的空地。在那片空地上，有一棵斷掉的巨大椴樹。這棵椴樹眞是太大了，沙波恩從來沒有見過這麼大的椴樹，這棵椴樹的巨大體型給他留下了非常深刻的印象。他繞過這片空地，向湖邊走去，向西走了一英里。過了二十分鐘，他又動身返回，因爲他突然看見一隻體型很大的黑色動物，牠正蹲在一棵樹的樹叉上。一隻熊！整個夏天，他都設想著會碰上一隻熊，這是對他的一次考驗。他曾經很想知道，那個神秘的「自己」是怎樣在這種考驗中處理事情的。他靜靜地站著，右手伸進口袋裡，摸出了三四顆早已準備好的大號子彈，這是他爲突然遇到的緊急情況而準備的。他把這些子彈和那些打鳥用的小號子彈都裝進槍裡。

那隻熊沒有移動，男孩子看不見牠的頭，但是現在，他仔細研究這隻熊。這隻熊不是很大——不大，牠是一隻個頭小的熊，是的，很小的一隻熊——哦，是一隻小熊。小熊！這就是說，小熊的媽媽就在附近。沙波恩有些害怕，向四處張望著，但是除了這隻小熊外，他什麼都沒看到。他端平了槍，扣動扳機。

熊倒在地上。沙波恩吃驚地發現，這隻倒在地上的動物已經完全死掉了。這不是一隻熊，而是一隻豪豬，一隻大豪豬。牠躺在地上的時候，沙波恩進行了檢查，心裡覺得很奇怪，也很後悔，因爲他本來並不想殺死牠，牠是沒有害處的動物。在牠奇形怪狀的臉上，沙波恩發現有兩三個長長爪子的刮痕，這表明牠還有其他敵人。他轉過身來時，才注意到自己的褲子上有一些血，然後又發現自己的左手也在流血。原來是剛才他檢查豪豬的時候，豪豬的刺嚴重地刺傷了他，而他卻一點兒都沒有感覺到。他遺憾地把這隻死豪豬丟在那兒。後來，當羅奧聽說了這件事以後，就說，沒有把牠製成皮革眞是讓人遺憾，因爲她正需要一件用毛皮做的披肩，好在冬天的時候使用。

還有另一天，沙波恩沒有帶槍就出去了，因爲他只想找一些自己曾經看到的稀奇的植物。那些植物離那片開闊地很近，有一棵倒在地上的榆樹，他認識那個地方。當他到了這個地方後，忽然聽見一種特別的聲音。然後，他就看見在那根圓木頭上有兩隻活動著的動物。他把眼前的一根樹枝撥開，看得更清楚了。那是一隻體型很大的山貓的頭和尾巴。這隻山貓已經看見他，現在正盯著他看，嘴裡發著牢騷。在牠腳下的木頭上，有一隻白色的鳥，仔細看一下，原來是他們最珍貴的一隻白母雞。這隻畜生是多麼殘忍可惡呀！怪不得他們家的白母雞總是不見！原來都是這個該死的混蛋幹的！沙波恩恨死牠了！他恨得把牙咬得咯咯響，非常生氣地想，自己最偉大的機會來了，卻沒有帶著槍，只有這一次沒帶槍。但他也一點兒都不害怕，站在那裡，想著該怎麼辦。那隻山貓叫得更響了，故意把牠粗短的尾巴搖了一分多鐘，然後就撿起自己的獵物，從那根木頭上跳了下來，立刻就不見了。

夏天雨水多，地面上到處都很柔軟。這個小獵人就跟蹤著動物的腳印，而這些腳印在乾燥時期，即使是很專業的人，也很難辨認出來。有一天，他在森林裡發現一些腳印，很像是豬留下的。他毫不費力地跟上這些腳印，因爲這是剛留下來的。兩個小時之前下了一場大雨，所有其他的腳印都被沖掉了。大約跟了半英里，沙波恩到了一片開闊的溪谷中，當他到了溪谷邊緣時，他看見對面有一個白色的東西。然後，他辨認出那是一隻鹿的身影，那隻身上有斑點的小鹿好奇地盯著他。雖然牠正繼續走著，但牠還是很震驚的模樣。沙波恩張著大嘴巴盯著牠們

看。附近的一隻母鹿轉過頭來看見他，立刻舉起危險的旗幟，也就是牠白色的尾巴，輕輕地跳走了，讓那隻小鹿跟上牠。這隻小鹿的身材明顯地很矮，跳躍也不是很有力，也無法彎下腰，像貓那樣柔軟彎曲。牠們碰到了一根高處的大樹枝，從下面走了過去。

沙波恩再也沒有向牠們開槍射擊的機會了，雖然他不止一次地看見過同樣的兩個腳印的線索，但他相信腳印是一樣的，因爲他有一些自己永遠都無法解釋的感覺，而在這片沒有被開發的森林裡，鹿是很少見的，比前幾年還少見，那時候周圍都是空地。

他再也沒有見過牠們，但見到過那個母親一次——他認爲那是同一隻——牠正用鼻子嗅著樹木，查看地形，尋找獵物的足跡，牠很焦急也很緊張，顯然是在找什麼東西。沙波恩想起科尼曾經教他的一個辦法。他輕輕彎下腰，摘了一片很寬的草葉，把牠放在拇指邊緣中間，然後用這個簡易的笛子模仿著吹了一聲短短尖銳的小鹿叫，模仿得非常好。這樣，當母鹿聽到小鹿的叫聲，不管離多遠，牠都會趕緊跑過來。他抓住槍，想殺死這隻鹿，但這個動作讓那隻鹿注意到了，牠停了下來。她的棕毛豎起來一些，四下聞了聞，滿懷疑問地看著他。牠溫柔的大眼睛觸動了他的心，他把手放在後面。牠謹慎地向前走近一步，聞到他呼出來的氣息，立刻意識到這是牠的死敵，於是跳到一棵大樹後面，一眨眼之間就不見了，而此時，沙波恩憐憫的衝動還沒有回過神來。「可憐的東西，」沙波恩說，「我相信牠的孩子丟了。」

然而，沙波恩在森林裡又一次遇見了山貓。看見那隻孤獨的母鹿後大約半個小時，他穿過那個長長的山脊，那是在他們家的那個木棚子北邊幾英里處的地方。他穿過那片空地，也就是地上躺著那個大椴木的地方。在這時候，他看見一隻很像短尾巴小貓的動物，牠正天眞地看著他。是隻小山貓。他把槍舉起來，像往常一樣，但這隻小山貓只是把頭歪向一邊，一點兒都不害怕地看著他。然後又一隻小山貓過來了，沙波恩先前沒有看見牠。這隻小山貓開始和第一隻小山貓玩耍起來，抓牠的尾巴，和牠的弟兄一起打鬥。

沙波恩最初想射擊的想法被耽擱下來，他看著牠們玩耍。但對牠們這個種族的仇恨立刻又回來了。他幾乎已經把槍舉起來了，突然，附近一個兇猛的叫聲驚動了他。在那兒，不到十英尺遠的地方，站著那隻老山貓，看起來像一隻老虎那麼龐大兇狠。現在，射那些小山貓當然是很愚蠢的行動了。沙波恩緊張地把大子彈塞進槍膛，老貓的叫聲和抱怨聲提高，又降下去了。但是在他還沒有準備好射擊的時候，那隻老山貓已經撿起腳邊的什麼東西。沙波恩瞟見了那個東西身上的白色和棕色的斑點——一隻剛剛被殺死的、小鹿的柔軟身體。然後，老山貓不見了。那些小山貓跟著牠，沙波恩看不見了。沙波恩再也沒有見到過這隻老山貓，直到與牠進行生死搏鬥的那一刻，他們一起經受著生命的考驗。

## 4 森林中的恐懼

六個星期過去了，日子還是很規律。有一天，沙波恩家的支柱，也就是科尼顯得很不安靜，他四下走動，帥氣的臉陰沈沈的，整個早晨都沒有唱歌。

他和沙波恩睡在大房間一角的乾草鋪上。那天晚上，沙波恩醒了好幾次，聽見他的同伴在睡夢中歎息和翻身。

第二天早晨，科尼像往常一樣起床，餵了馬後，卻又躺下了。他的姐姐們在做飯。後來，他努力讓自己從床上爬起來，出去工作，但他回家得很早。他從頭到腳都在顫抖。現在是夏天，天很熱，但不管用什麼辦法取暖，他都感覺非常寒冷。過了幾個小時，科尼又有了反應，他發高燒。家裡的人現在都知道他是病了，他得的是那種在偏遠鄉村時常出現的冷熱病。瑪格麗特出去採集一兜子的梅立草，用這些草泡了茶，鼓勵科尼多喝一點。

雖然用了這些草藥，還有一家人的精心護理，但科尼的病還是越來越嚴重。只過了十天，他就已經瘦得皮包骨，不能工作了。因此，某天科尼說：「答應我吧，我再也受不了了。我得回家去。我今天很好，我能趕馬車，不管怎樣，我還是能趕一會兒的。如果趕不了的話，我就躺在馬車裡，馬會把我送回家的。一個

星期左右，媽媽就會讓我好起來的。在我回來之前，如果你們沒有吃的了，就把咱們的小船拿到萊頓那兒去換點東西。」

因此，兩個姐姐就把馬車套好，把科尼放到車上。科尼很虛弱，臉色蒼白。他上了那條長長的、粗糙的路。科尼離開時，他們彷彿感覺到自己是在一個荒島上，而他們唯一的小船卻又被人拿走了。

半個星期還不到，他們三個，瑪格麗特、羅奧，還有沙波恩，也都一個接一個地染上了更厲害的冷熱病，相繼病倒了。

科尼還曾經有過被其他人照看的好時光，但對這三個人來說，是一天都沒有了。這個家也變成了不幸的住所。

已經七天，瑪格麗特甚至連床都下不去，羅奧也幾乎不能在屋子裡走動了。她是個勇敢的女孩，很會說笑話，這對讓他們保持一點兒活力來說，是很有用處的。但是，她的笑話也幽靈一般的從她蒼白瘦弱的臉上消失了。沙波恩雖然很虛弱，病得也很厲害，卻仍然是他們三個中最強壯的。他爲另外兩個人忙碌著，做飯，準備一點兒簡單的飯菜，因爲他們吃的都非常少。這也算是他們運氣好吧！因爲他們的食物本來就非常少了，而科尼再過一個星期才能回來。

沒多久，沙波恩就成了唯一能起床的人了。一天早上，他拖著沉重的身子來到廚房，想像往常那樣切一小片鹹肉，那是他們最珍貴的食物，可是他突然驚奇地發現，鹹肉全部都不見了。鹹肉被偷走了，毫無疑問是山貓幹的。沙波恩爲了防止蒼蠅，把鹹肉放在屋子陰涼處的小盒子裡。現在，他們只剩下麵粉和茶了。沙波恩看見牲畜棚裡那些小雞時，還是很失望，那又有什麼用呢？在他虛弱的身體情況下，他也無法試圖去捉住一隻雞。突然，他想起他的槍，並且很快就準備好了，他殺死一隻肥母雞，開始做起飯來。他用最簡單的辦法烹調這隻雞，把牠整隻放進鍋裡煮。他們喝了些肉湯，這是很久以來他們所吃到最最好吃的一餐。

靠著這雞肉，他們還活著。這種不幸的日子又持續了三、四天。當這些都吃完之後，沙波恩又拿起他的槍。這一次，槍變得沉多了。他爬到牲畜棚，但是他太虛弱了，手哆嗦得厲害，好幾次都沒有打中，最後才用盡全身力氣，射死一個傻瓜。科尼把那隻來福槍帶走了，現在剩下的全部彈藥也只能夠發射三次了。

沙波恩發現母雞少了許多，現在只剩下三、四隻了。以前是有十幾隻雞的。過了三、四天，他又來殺雞了。但他只看見一隻雞，而且用完最後一發彈藥後，他才把雞殺死。

他日常的生活中總是一樣的單調。早晨是他的「好時光」，他爲家裡人準備一點吃的，又爲晚上的嚴重發燒做了些準備，在每張床的床頭放一桶水。

大概在下午一點鐘的時候，寒冷會帶著可怕的規律性到來，人從頭到腳都在顫抖，牙齒被凍得咯咯作響。冷呀，冷呀，裡裡外外都冷。不管什麼都不能讓人暖和些，火似乎已經沒有了力量。除了躺下來，發抖，忍受所有要被凍死的漫長煎熬以外，什麼都不能做，必須持續六個小時，更爲痛苦的是噁心嘔吐，非常恐怖。然後，大約在晚上七點或是八點，感覺就會發生變化，像著了火一樣的高燒，似乎連冰都不能使他涼下來。水——水——，這是他所有的渴望。喝水，喝水，不停地喝水，直到早晨三、四點鐘，發燒開始減退。那時候，人已經疲憊不堪，需要好好地睡一覺。

「如果你們沒有吃的，就把那條小船賣給萊頓。」這是他哥哥臨走時交代給他們的。可是，誰去賣這條小船呢？

現在只剩下半隻雞，他們馬上就要挨餓了。科尼卻沒有要回來的跡象。

在這漫長的三星期裡，死亡一點一滴地煎熬著他們。日子是一樣的，卻越來越糟糕，病人也越來越虛弱了。再過幾天，這個男孩子也會起不來的。那可怎麼辦呢？

屋子裡滿是失望，每個人的內心深處都有一聲吶喊：「哦，上帝呀！科尼再也不會回來了嗎？」

## 5 男孩兒的家

在用最後的雞肉維持生活的那一天，沙波恩整個早晨都在提水，爲他們三個即將到來的發燒做準備。這一次的冷比平常來的時刻要早一些，他的發燒也比以前任何一次都厲害。

他使勁地喝水，經常直接把頭伸進桶子裡喝。他把水桶裝滿，可是到了凌晨大約兩點鐘時，水桶已經快要空了。燒退去，他躺下睡著了。

天濛濛亮的時候，一個奇怪的聲音把他吵醒了。這個聲音離他不遠——是水從桶裡濺出來的聲音。他轉過頭，看見兩隻閃光的眼睛，離他的臉還不到一英尺遠——一隻巨大野獸的腳跳上水桶，濺起桶裡的水。

沙波恩驚恐地盯著牠看了一會兒，然後又閉上眼睛，他相信自己是在作夢。這肯定是一個噩夢，一個印度人的睡椅旁邊有一隻老虎；但跳躍聲還在持續。他抬頭看看，是的，還在那兒。他想叫，卻只是幾個不連續的模糊聲音。那隻巨大野獸的頭動了一下，從下面用鼻子嗅了嗅，那兩隻明亮的眼球還在閃著，那隻野獸，放下了牠的前腳，從桌子下面穿過棚子。沙波恩完全清醒過來，他慢慢地抬起胳膊，虛弱地喊出「噓——噓——」。聽到他的聲音，那兩隻明亮的眼睛又從

桌子底下出現，那隻灰色的形體往前走來。

牠平靜地走過他腳下的地板，在最底下的那根木頭上跳到了什麼地方，消失了。那個地方原來是一個土豆窖，現在還開著一個口。

那是什麼東西？這個生病的孩子無法得知——但必定是某種殘忍的動物。他疲憊不堪，害怕地搖搖頭，感到非常無助。夜在熟睡中過去了，他卻突然驚醒過來，再次搜索黑暗，尋找那雙可怕的眼睛和那個巨大的灰色滑行形體。早晨到來時，他還弄不明白那究竟是不是一個幻覺。然而，他還是虛弱地做了一些努力，拿了一些木柴，關上地窖。

這三個病人幾乎沒有什麼胃口，而且他們也儘量少吃一點兒，因為他們只剩下最後一塊雞肉了。而科尼顯然是認為他們已經去萊頓那兒把小船賣了，換了他們需要的糧食。

又一次在後半夜，當發燒退下去的時候，沙波恩很虛弱，打著瞌睡，屋內一個聲音又把他吵醒了。這個聲音彷彿是在啃骨頭的聲音。他向四周看了看，模模糊糊地看見在正對著小窗戶的桌子上，有一個體型很大的動物。沙波恩喊起來，他想把自己的靴子扔過去，打那個侵略者。但是牠輕輕地跳到地上，從那個洞裡走了出去。那個洞，也就是那個地窖，仍然大開著。

沙波恩知道，這一次可不是作夢。那兩個姐姐也明白這些。他們不光是聽見了那個野獸的聲音，還發現那些雞肉，也就是他們最後的食物，也都統統不見了。

那一天，沙波恩幾乎沒有離開過他的床。兩個女人牢騷的抱怨才使他勉強爬了起來。他最後找到了一點兒漿果，和其他兩個人分著吃。然後又像往常那樣，爲即將到來的發冷和乾渴做了些準備，但是，他比往常多做了一樣事，他把那個舊的叉魚梭鏢放在床邊。這是他唯一可以找到的武器了，因爲現在已經沒有彈藥，槍是沒有用處了。他還準備了一盞用松木做底的蠟燭，以及一些火柴。他知道那個野獸今晚還會來，牠是帶著饑餓來的。牠會什麼吃的都找不到，他想，再也沒有比抓到一個躺在那兒、一點兒能力都沒有的生物更自然的事情了。他想起

那頭帶著褐色斑點的小鹿的柔軟身軀，被叼在那個殘忍傢伙的嘴巴裡。

沙波恩又一次在那個土豆窖口用柴火設下障礙。夜晚像往常一樣過去了，卻沒有什麼兇猛的拜訪者。他們那天的食物是麵粉和水，而且爲了做飯，沙波恩不得不用了一些設障礙的柴火。羅奧努力地說了一點笑話，她已經輕得快要飛起來了，卻努力地爬了起來。可是，她仍然走不到床邊以外的地方去。他們又做了同樣的準備。黑夜仍在持續，但在清晨的時候，沙波恩又被驚醒了，那還是從他床邊濺出來的水聲。在那兒，和上一次一樣，是兩隻閃光的眼球。那個巨大的頭，那個灰色的身軀，通過黎明時分的微弱光線映了出來。

沙波恩聚集了所有的力氣，那意味著最大膽的一次射擊，但是，那僅僅是一個虛弱的尖叫。他慢慢爬起來喊道：「羅奧，瑪格麗特！山貓——山貓又來了！」

「上帝也許會幫我們，因爲我們完全無計可施。」這是她們的回答。

「噓，噓！」沙波恩又試圖把這隻野獸趕走。牠跳到窗子旁邊的桌子上，站

著，生氣地看著那隻沒有用處的槍。沙波恩以爲牠要從映著光的窗子中跳出去，因爲牠對著窗戶看了一會兒。但是，牠又轉過來盯著這個男孩子，因爲他看見牠的雙眼都閃著光。他慢慢挪到床邊，心裡祈禱著上帝保佑，因爲他覺得這一次如果他不把牠殺死的話，就會被牠殺死。他劃著一根火柴，點燃那個松木底座的蠟燭。他把蠟燭拿在左手裡，右手握住那支叉魚的梭鏢，準備和牠作戰。但是他很虛弱，不得不用叉魚的梭鏢做拐杖。那隻巨大的野獸靜靜地站在桌子上，但牠蹲下了一點兒，彷彿是要向前跳。在蠟燭的燈光下，牠的眼睛閃著紅光。牠把短尾巴從一邊搖到另一邊，咆哮的聲音也更響了。沙波恩的兩個膝蓋撞在一起，但是他平衡了梭鏢，輕飄飄地向這隻野獸刺去。就在他刺上去的同時，這隻野獸跳了起來，但不是向著他，他原來以爲牠會向他撲過來——但牠的目標卻是他手中的蠟燭，這個男孩大膽的提前出擊起了作用——牠從他的頭上飛了過去，掉在後面的地上，立刻就鑽進床底下去了。這只是一瞬間的事情，沙波恩把燈放在木頭邊上，用兩隻手拿起梭鏢。他知道自己是在爲自己的生命作戰。他聽見兩個姐姐虛

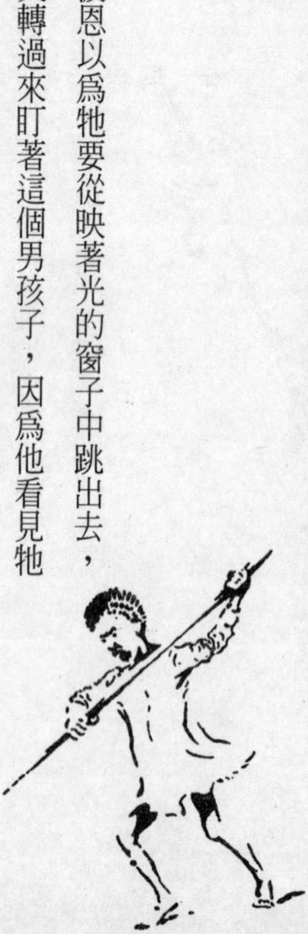

弱地請求保佑。他只能看見床底下那雙閃著寒光的眼睛，只能聽見那隻野獸即將採取行動前的咆哮聲。他用力讓自己站穩點，用盡所有力氣投出梭鏢。

梭鏢擊中了比木頭柔軟的東西，一聲可怕的叫嚷也傳了過來。男孩把所有的力氣都用在他的武器上；野獸掙扎著要向他撲過來，他感覺到牠的牙齒和爪子已經抓咬在梭鏢的柄上了。即便是面對著他這樣的一個人，這隻野獸仍在往上抓，牠有力的前腿和爪子就要抓到他了，他堅持不了多久了。他又集中了所有力氣，只是比前一次多一點點，虛弱地刺向那隻野獸。那隻野獸突然遭到挫敗，咆哮著叫了一聲，同時夾雜著一個木頭斷裂的聲音和一個痛苦地大叫。那支早已破舊的梭鏢頭裂開了，野獸跳了出來——向著他跳了過去了——再也沒有碰到他，而是穿過那個洞逃跑了，再也看不見了。沙波恩倒在地上，失去了知覺。

他躺在那兒，不知道自己躺了多長時間，但在天已經很亮的時候，被一個響亮而又興奮的聲音驚醒了：「喂！喂！你們都死了嗎？羅奧！沙波恩！瑪格麗特！」

他沒有一點兒力氣回答，但門外有馬蹄的聲音，有沉重的步子。接著，門被推開了，科尼走了進來，很帥，他的聲音比從前任何時候都親切。但是走進這樣一個寂靜的棚子，看見這樣破敗的景象，痛苦和恐怖立刻爬上了他的臉。

「死了嗎？」他喘著氣。「誰死了嗎？你在哪兒？沙波恩？」然後是「這是誰？羅奧嗎？瑪格麗特？」

「科尼——科尼，」床上傳來虛弱的聲音。「他們在那兒。她們病得很厲害。我們什麼吃的都沒有了。」

「哦，我眞傻！」科尼一次又一次地說道，「我以爲你們已經到萊頓那裡把船賣了，買回來吃的了。」

「我們沒有機會，科尼。我們三個幾乎是同時病倒的，那時候你剛走。後來那隻山貓就來了，牠把所有的雞都偷走，把家裡所有的東西都偷走了。」

「哦，你們還得對付牠。」科尼指著那根木頭地板上的一條血跡。

科尼來了以後，他們吃的好起來了，又有人照看，還有了藥，漸漸地就恢復了健康。

大概一兩個月後，兩個姐姐說她們想要一個新的桶子，沙波恩就說：「我知道什麼地方有。森林裡有一棵大椴樹，是空心的，像大桶子那麼粗。」

於是科尼和沙波恩一起來到那個地方。他們把自己需要的那一部分砍了下來，發現底部有三隻死山貓，屍體都已經乾了，其中兩隻是小山貓，另外一隻是那隻大山貓。在這隻老山貓旁邊，有一個叉魚用的梭鏢頭，從梭鏢柄上裂掉了。那正是沙波恩和山貓作戰時用的那支梭鏢的梭鏢頭。

# 小戰馬

## 一隻長腿野兔的歷史

# 1

小戰馬是一隻長腿野兔的名字，牠幾乎認識城裡所有的狗。首先，城裡有一條很大的棕色狗，追了這匹小馬很多次。每一次，小戰馬都能從某個籬笆上的大洞中鑽出去，把狗甩掉。其次，城裡還有一條小狗，很活躍，牠能鑽過籬笆上的洞，跟上小戰馬。對於這條狗，小戰馬能跳過一條二十英尺的灌溉渠，很快把牠甩開，因爲這條灌溉溝渠的兩邊都非常陡，溝渠裡的水流也很湍急，那條狗跳不過去。這條溝渠是對付這個敵人的「良方」，男孩們把這個地方叫做「老兔子的跳躍」。但是還有一條灰狗，跳得比這隻兔子還好。當牠不能跟著小戰馬鑽過籬笆的時候，牠就從籬笆上面跳過去。牠曾經不止一次地向小戰馬挑戰，但小戰馬只保護自己，因爲牠躲避得很快，能一直跑到奧色治人的柵欄前。在這個柵欄前，那條灰狗就不得不放棄了。除了這些以外，城裡還有許多大大小小的狗，總是想找小戰馬的麻煩。但是小戰馬總是可以很容易地就把牠們甩開了。

在鄉下，每個農民家都養著一條狗，但在這所有的農家狗之中，小戰馬只怕一條狗。那條狗是黑色的，腿很長，非常兇猛，而且這個野獸非常敏捷，也非常頑固，有好幾次都把小戰馬逼向絕境。

對於城裡的貓類，小戰馬並不關心。也只有一兩次，他曾經受到這些貓類的威脅。一個有月亮的晚上，牠正在吃草，一隻個頭很大的貓帶著必勝的神氣向牠衝過來。小戰馬看見這個黑色幽靈閃亮的雙眼，在牠只差一跳就竄過來的一剎那，抬起了自己的屁股，也就是牠的後腿，從屁股直到腳趾一躍而起，兩個寬大的耳朵豎起來超過六英寸，然後響亮地叫了一聲，這是牠叫得最好的一次，接著就向前面五英尺遠的地方衝去，剛好踢在那隻貓頭上，正中要害。老貓驚恐地從這個能力非凡的大力士跟前逃跑了。這個詭計，小戰馬曾經成功地實驗過好幾次，但有兩次，他非常糟糕地失敗了。一次是遇上一隻母貓，牠的孩子們就在附近，所以小戰馬不得不逃跑，保護自己的生命。另一次是牠在一隻臭鼬身上踢得太重了。

但是那隻灰狗是牠危險的敵人，在牠那兒，小戰馬也許會丟掉性命，牠得爲自己尋找一個可以增長知識的探險和一個幸福的結局。

牠在晚上逃跑了，那時候，牠的敵人很少，藏起來也很容易。但在冬天的某個清晨，牠在一個開著紫色花朵的苜蓿旁逗留了很長時間，正在穿過那片開闊的雪地，準備去牠最喜歡的地方，卻突然遇到了那條灰狗，壞運氣總是在意想不到的時候來臨。這隻灰狗正在城外巡遊。地上都是雪，而且天已經很亮，躲藏的機會是沒有了，除了在這片空地上奔跑以外，沒有別的選擇了。而地上的雪使他奔跑的速度慢了許多，但對灰狗卻沒有什麼影響。

他們跑起來了——是非常好的長跑運動員在非常好的狀態下進行的賽跑。他們飛跑著掠過雪地，每一次落下腳步的時候，都發出噗哧、噗哧、噗哧的聲音。他們跑上這條路，那條路，突然掉頭，快速躲閃，繼續追逐。一切都是對灰狗有利的——小戰馬的肚子餓得咕嚕嚕叫，天氣又這麼冷，雪地還那麼軟——突然，這隻兔子跌了一跤，可能是因爲牠吃了太多苜蓿花的緣故。但是他的腳噗哧噗哧

的太快了，立刻就在雪地上濺出無數的黑色小雪球。他們在空地上繼續追逐，附近也沒有什麼對小戰馬友好的柵欄，每一次當他嘗試著要跑向那個籬笆的時候，都被灰狗聰明地制止了。傑克的耳朵已經不再豎起來了，這是心理上失敗或者是放鬆的象徵。突然，這些旗幟又迅速地豎了起來，他又重新獲得了力氣。這匹小戰馬聚集所有力量，不是跑向北邊的柵欄，而是衝向東邊的空曠草地。灰狗跟了上去，在不到五十碼的地方，小戰馬突然躲開了灰狗，準備挫敗牠兇猛的追逐者。然後牠又繼續向東跑去。就這樣飛跑著，躲閃著，牠向下一個農家跑去，那裡也有一個又高又寬的籬笆，籬笆上還有一個讓雞進出的洞。但那裡還有牠另一個可惡的敵人，也就是那條大黑狗。外面有一個柵欄，讓灰狗耽擱了一會兒，於是讓傑克有時間鑽過那個雞洞，跑進院子裡，藏在一邊。那隻灰狗衝到一個比較低的門前，從上面跳進了院子的母雞群裡。母雞四下奔逃，咯咯地叫著，拍著翅膀。一些羊也咩咩地叫了起來。而牠們自然的保護者，也就是那條大黑狗，立刻跑過來救援。於是，小戰馬立刻又從牠進去的那個洞裡偷偷鑽了出來。身後的雞圈響起了狗和狗憤怒爭吵和打鬥的聲音，很快就聽見了人的喊聲。院子裡的事情是怎樣結束的，小戰馬並不知道，他也不想知道。但非常值得高興的是，從此以後，那條飛快的灰狗再也不會找牠麻煩了，牠以前是住在牛家村的。

## 2

接下來的風風雨雨，小戰馬都看做是很自然很平常的事情。但最近幾年，在卡斯卡多州的長腿野兔卻經歷了一系列的興衰起伏。從前，牠們總是無休止地和食肉的鳥獸作戰，冬天的嚴寒和夏季的酷暑、瘟疫，給牠們帶來討厭的疾病和蒼蠅等等，然而，他們都挺過來了。但是自從農民在這個地方駐紮下來，卻開始發生很多變化，與兔子的興衰息息相關。

農民們帶來了槍隻和獵狗，使得兔子的天敵們紛紛降低了等級。山狗、狐狸、狼、獾、鷹等這些長腿野兔的敵人，級別都降了下來。於是，在短短的幾年中，兔子的數量成倍增加。但是後來瘟疫爆發了，牠們大批大批地死亡。只有最強壯的，也就是活過了兩個季節的，才留了下來。有一陣子，兔子非常稀少，但在這個時候又發生了一場變化。奧色治人種橘子，到處都是柵欄，給他們提供了新的避難所。現在，長腿兔子最好的安全措施就不再是奔跑的速度，而是聰明才智了。聰明的兔子在被獵狗或山狗追逐的時候，總是跑向最近的柵欄，在跟著牠的敵人尋找進入的大洞時，就從小洞鑽出來逃跑了。山狗知道了這個圈套，就改變策略，進行接替追逐。在這個詭計中，一隻山狗佔據一個地勢，另一隻山狗佔據另一個地勢，當兔子試圖使用牠的「柵欄詭計」時，兩隻山狗就從兩面夾擊，通常都能捉到要逃跑的兔子。對於這個辦法，兔子所能進行的補救就是眼睛要保持高度警惕，注意到第二隻山狗，避免出現那種場面，然後撒開腿快跑，拉開和敵人之間的距離。

就這樣，長腿兔子在經歷了數量最大的鼎盛時期、稀少、眾多的罕見變化之後，數量再次攀升。那些活下來的，都經歷過成千上萬次的考驗，才能在這片土

地上興旺起來。而在這裡，他們的祖先甚至連一個季節都可能活不下去。

他們最喜歡的地方不是大牧場上寬敞的空地，而是那些複雜的、有許多籬笆的莊稼地。在那兒，一塊塊莊稼地都很小，彼此連接得也很緊密，就像一個又大又曲折的村莊。

一個這樣的蔬菜村莊出現在牛家村火車站的周圍。在這個方圓一英里的地方有很多優秀的長腿野兔，牠們都是被篩選出來的優質兔子。在牠們之中，有一隻小巧的兔子小姐，名字叫「亮眼睛」，這個名字是根據牠最主要的特徵起的。牠是灰色的，坐在灰色的灌木叢中時，眼睛非常亮，於是贏得了這個名字。牠很善於奔跑，對於那些可以阻擋山狗的籬笆遊戲也非常擅長。牠在一片開闊的草地上建立了自己的家，這是牧場沒有開發到的地方。牠在這兒生下孩子，並養育著牠們。有一隻小兔子長的很像牠，眼睛很亮，身上是銀灰色的，天生就繼承了牠的聰明才智。而另一方面，牠似乎也結合了母親的天才和現代野兔最優秀的一面，那就是這個平原上新一代長腿兔子進化中最好的應變能力。

我們以下故事的主人公就是這隻兔子，也就是最後在草原上贏得了小戰馬名字的那隻兔子。這個名字後來贏得了相當的榮耀。牠在使用古老方法的同時，還加了自己的創意，並用這些新發現的詭計來對付長久以來的敵人。

當牠還是個孩子的時候，牠就發明了一個詭計，足以證明牠是卡斯卡多地區最聰明的兔子。那天，牠被一隻可怕的小黃狗追著，在田野裡和農場裡拐彎，試圖擺脫這隻狗，但卻擺脫不了。這個遊戲對一隻山狗來說，也是個很好的遊戲，因爲農民和狗總是幫助野兔——雖然是在無意中，但他們確實不喜歡山狗，對山狗很不客氣。但是現在，這個計策根本沒有用處，因爲小黃狗總是能跟上牠，鑽過一個又一個籬笆。而長腿兔子小戰馬還沒有完全長大，還沒有經驗，牠開始感到緊張。牠的耳朵已經豎不起來，向後面歪了，有時候甚至是平的，在奧色治人的籬笆前，牠飛跑著穿過一個很小的洞時，卻發現牠同樣敏捷的敵人一點兒時間都沒有浪費，跟牠一樣鑽了進來。田野中有一小群牛，牛群中間有一頭小牛。

野生動物總有一種有趣的衝動，牠們在令人絕望的困境時，會去相信任何陌生的東西。牠們知道背後的敵人就意味著死亡，而那兒只有一個機會，也是小戰馬唯一的機會，那就是陌生人也許會對牠很友好。正是這個令人絕望的機會驅使著小戰馬向那些牛跑去。

非常明顯，那些牛絕對不會理會長腿野兔但他們對狗則有根深蒂固的仇恨。因此，當這群牛看見那條小黃狗向牠們跑來的時候，尾巴和鼻子都翹了起來，生氣地嗅著，然後擺開陣勢，由小牛的媽媽帶著，向那條小狗發起進攻。此時，小戰馬已經在一個灌木叢中找到了避難所。那條小狗突然轉向一邊，去攻擊那頭小牛，最後被那頭老牛教訓了一頓。老牛兇猛地追著小狗，讓牠差點兒逃不出去，把小命丟在那裡。

那是一個古老的計策，毫無疑問，小戰馬一直沒有忘記這個計策，它好幾次都救了牠的命。

不管是在膚色上還是在能力上，這隻小兔子都是少見的。

動物身上的顏色是會變化的，他們身體上的顏色通常有兩種形式。其中一種

是動物身上的顏色和牠們周圍的環境相匹配，這可以幫助牠們隱藏——這叫「保護色」。長腿野兔很特別，牠們身上的顏色有兩種，當牠們蹲著躲藏在灰色的灌木叢或土堆中時，牠們的耳朵、頭、背以及兩側，都是柔和的灰色。這種顏色和地的顏色相配，除非靠得非常近，否則很難看清楚——牠們有保護色。但是，當向牠走過來的敵人將要看見牠的時候，牠跳起來逃走，這時候，牠就撕下僞裝，灰色似乎消失了，牠做了閃電般的變換，耳朵現出雪白的顏色，頂端是黑色的，腿也變成白色，尾巴也是在耀眼的白色上攙雜一個黑點。牠現在又變成一隻黑白花點的兔子了。牠的這種顏色就被稱做「警戒色」。這是怎麼回事呢？非常簡單。實際上，長腿野兔耳朵的前面是灰色的，背上是黑色和白色。黑色的尾巴帶著白色的圓環，腿上則被折起來了，因爲牠坐在自己的腿上。當牠坐下來的時候，那個灰色的斗篷就被擴大了，但是，當牠跳起來的時候，牠進行了適當的收縮，把所有的黑白標誌都露了出來。當牠坐著的時候，身上的顏色在悄悄地說：「我是死的。」當牠跳起來的時候，牠的顏色卻在大聲說：「我是一隻長腿兔

子，你們不用再追了。」

牠爲什麼要這樣做呢？爲什麼一個溫順的動物會在逃命的時候，這樣張揚地向世界宣佈牠的名字，而不是想辦法躲起來呢？這兒肯定有很好的理由。這樣做必須有回報，否則兔子永遠都不會那麼做。答案是這樣的：如果那個驚嚇牠的動物是同類的話——也就是說，那是一個錯誤的警告——立刻表現出牠們的共同特徵，可以糾正這個錯誤。另一方面，如果那是一隻山狗、狐狸、或是獵狗，牠就會立刻讓牠們明白，這是一隻長腿兔子，牠們要是來追的話，只會白白地浪費牠們的時間和精力。牠們實際上是在說，「這是一隻長腿野兔，在這樣的公開競賽中，我是抓不到一隻長腿野兔的。」牠們就會主動放棄，當然也就省了兔子一番不必要的奔跑和心焦。黑白花點是長腿兔子普通的制服和枋幟。在長腿野兔最糟糕的樣品中，牠們顯得有些遲鈍，但在最優秀的樣本中，牠們不僅個頭大，而且非常聰明。當這隻小戰馬坐下來的時候，牠是灰色的。當牠看到狐狸和淺黃色的山狗，晃動牠的警戒色，在牠們面前毫不費力地跳躍時，身上像黑炭和白雪那樣分明。先是一隻黑白花點的長腿兔子，然後是一個小白點，最後是一個輕盈的斑點，這是在距離遠得看不見他的時候了。

許多農家的狗都曾經領教過這樣一個教訓：也許你會捉到一隻灰色的兔子，但是要捉到一隻特別的黑白花點的兔子卻是沒有希望的。他們也許——實際上也是事實——曾經跟過牠們一段時間，但那僅僅是兔子為了好玩而要的花招。小戰馬不斷增長的力量經常促使牠為了一些小小的樂趣而去尋找一些追逐，嘗試一些其他大多數缺乏天分的兔子想盡可能避免碰到的危險。

小戰馬和其他所有的野生動物一樣，有一定的活動範圍或區域，那是牠的家；在這個範圍以外的地方，牠很少去。那大概有三英里寬，向東一直延伸到村子的中央。在這中間，零星散佈著許多「洞穴」，或者可以叫做牠們的「床」，他們當地人這樣稱呼這些地方。這些地方僅僅是些有東西遮擋的空地，座落在一個遮蔽的灌木叢下面，或者是一堆草中間。牠們不是排成線，除了那些偶然的草和吹進來的樹葉外，裡面什麼也沒有。但那裡的舒適是令人難忘的。有些床是為

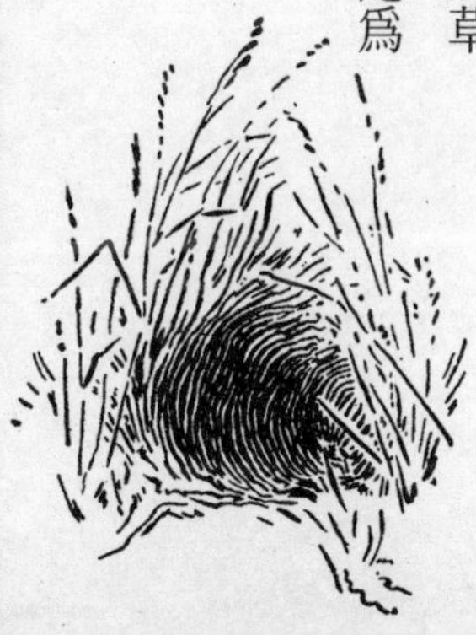

熱天準備的，牠們開口向北，很少凹陷，不比乘涼的地方大。一些是爲寒冷的天氣準備的床，那是很深的空洞，開口向南。另外一些床則是爲下雨天準備的，這些地方的上方都有用草做的頂棚，方向朝西。白天，小戰馬在其中一個洞中睡大覺。晚上牠就出去吃些東西，做些運動；如果有月亮的話，還可以做些遊戲，就像許多小狗那樣。但在太陽出來的時候，注意一定要走開，待在一張適合當時天氣的床上，這是安全的保障。

傑克最安全的地方是在農田裡。那裡不僅有奧色治人的柵欄，還有那些新近到達的、用帶鉤的鐵線做成的柵欄和其他危險的東西，那是用來阻止可能入侵的敵人。但是水草最豐盛的地方在村莊附近，在卡車農場中間。那裡有最好的草料，也有最大的危險。某些普通的危險正在減少，但巨大的危險是來自於人、槍和狗，而且，越來越多不可逾越的籬笆豎立起來。然而，那些瞭解小戰馬的動物看見牠在這裡弄到一張床的時候，一點兒都沒有感到奇怪。牠的這張床做在一個市場看護人的瓜田中間。那裡有非常非常多危險等著牠，但也有許許多多不尋常的興奮事件，還有許許多多籬笆上的洞，這些洞在牠某些不得不逃跑的時候可以使用，而除此之外，至少還有四十倍的有利條件可以幫助牠。

## 3

牛家村是一個典型的西方小鎮。這裡的每個地方，都顯得難看而毫無秩序。一切都擁擠在一起，顯然是沒有採取過什麼補救的辦法。小巷的路又直又平，沒有一點曲線，也沒有什麼值得欣賞的美麗風景。這裡的房子非常便宜，也就是說，房子是用鬆散的木板和焦油紙構成的。即便如此，牠們在力爭表現醜陋的方面也不誠實，因爲每座房子都裝扮出另一種模樣來，似乎是比牠自己更好的什麼東西。比如，這一座房子的前門，本來是一層，看起來卻像是兩層；那一座明明不是磚的結構，卻偏要生硬地去模仿；還有那一座，本來不是什麼大理石，也不是什麼寺院，卻在這裡故作姿態，破綻百出，既不像寺院，也不像住宅。

但所有這一切都願意充做人類住房的醜陋東西，在每一個房子裡都能看出所有人私下的想法——湊合著住上一兩年，然後搬到其他地方去。這地方唯一漂亮的東西——那也不是刻意裝飾出來的——就是那些用手種下的、一長排用來遮陰的樹木。它們的樹幹被刷白了，頭也被剪掉了——但牠們還是很可愛，繼續生長，生命力頑強。

這個鎮上唯一一棟樓是那個非常奇特的糧食升降梯。牠的形狀不像一座希臘寺院，也不像一個瑞士人的杯子，牠單單是一個很結實、很粗糙，老老實實的糧食升降梯。在每一條街道的盡頭，都可以瞭望那片大平原，其中有農民的房子、用風推動的水泵，以及長長一排奧色治人的橘子園籬笆。但這裡至少還有一些有趣的東西，灰綠色的柵欄，厚厚的、很結實，也很高，點綴著金色的假橘子。這些毫無用處的果子，在這裡卻很受歡迎，比沙漠中的雨還受歡迎。因為這些美麗球狀東西在長且堅韌的枝條上擺動，和柔軟的綠葉一起，形成色彩的合唱，讓疲憊的眼睛頓時清爽起來。

這樣一個小鎮是人人都想走出去的小鎮，盡可能地離開牠。在冬天快要結束的時候，一個在此停留過兩天的旅行者，心裡就是這樣想的。剛來的時候，他還向人詢問過哪兒是旅遊的好地方。在他的房間裡卻有一隻白色的麝鼠在那裡吃東西；那個老貝西，四十年前他在印度的時候曾經被剝了頭皮；他試了試科特卡森用過一次的那個煙袋，卻一點兒用處都沒有。因此，他轉身到大平原上去，平原上還有雪。

雪地上有許多狗腳印，其中有一個很特別的腳印，像一個特殊標誌一樣引起他的注意：那是一隻長腿兔子的腳印。他向路人詢問，小鎮上有沒有兔子。

「沒有，我想沒有，我從來都沒有看見過。」這就是回答。另外一個磨坊裡的人也這樣說。但有一個拿著一大堆報紙的小男孩說：「我敢和你打賭，鎮上有兔子，有許多兔子。爲什麼呢？司卡伯的瓜田裡就有一隻大兔子，牠一直都住在那兒。哦，那可是一隻又大又可惡的兔子，身上是黑色和白色，簡直就像跳棋那樣黑白分明。」就這樣，那個旅行的人上路向東去了。

那隻「又大又可惡的兔子」就是小戰馬。牠不是一直都住在司卡伯的瓜田裡，牠只是臨時到那裡去。牠現在已經不在那兒了，牠在牠西部前沿的床上或者洞穴裡，因爲現在正刮著東風。那應當是邁迪森大道的東邊，在那個陌生人沉重地走在那條路上時，這隻兔子正觀察著他。在這個人走在這條路上的時候，小戰馬保持著安靜，而那個人，意外地向左拐，逕直往前走。然後，小戰馬就看見了前面的麻煩。在那個人轉向左邊離開那條已經被踩得很厲害的路時，牠從床上跳了出來，隨著車輪的轉動，牠向東行去，穿過原野。

一隻長腿野兔從牠的敵人面前逃跑時，通常一跳能跳八到九英尺遠，而且通常跳五到六次，就要做一次觀察跳躍。觀察跳躍跳的時間不長，但在空中跳得很高，兔子跳到所有的草和灌木叢上，以便瞭解周圍環境。一隻愚蠢的野兔會在四次跳躍中就有一次觀察跳躍，這很頻繁，浪費了大量的時間。一隻聰明的野兔則會在八到九次跳躍中進行一次觀察跳躍，進行觀察。但小戰馬在加速的時候，在十二次跳躍中才做一次觀察跳躍，獲得所有牠需要的資訊，而在這期間，牠飛一

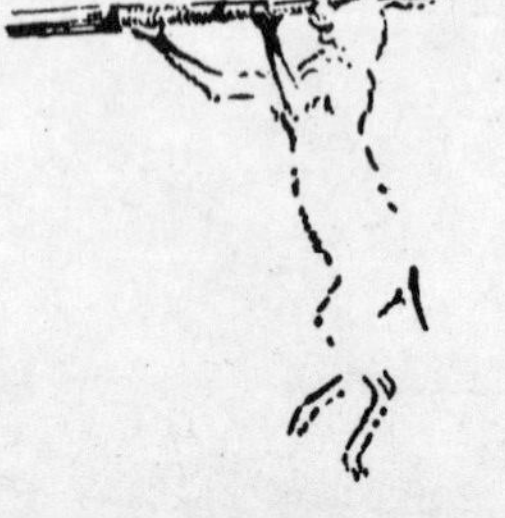

樣的跳躍，每一次都能跳出十到十四英尺遠的距離。另外，牠的足跡還有另一個很有個性的特點。當一隻棉尾野兔或者是一隻森林野兔奔跑的時候，尾巴會緊緊地蜷縮在背上，不觸動雪。而當長腿野兔奔跑時，牠的尾巴懸掛式地垂著或者是向後翹著，尾巴頭有時卷起來，有時候是直的，根據單一野兔而有所相同。有些野兔，尾巴直接向下指著，這樣就會經常在腳印後面留下一個小小的、用尾巴敲擊出來的尾巴印。小戰馬的尾巴非常黑，長度也很不一般，因此在每一次跳躍中，牠都會在草地上留下一個長長的尾巴敲擊出來的尾巴印。他的尾巴印很長，單單根據這一點，人們就可以判斷出來這是牠留下的痕跡。

現在，一些野兔看見一個人沒有帶狗的時候，很少會感覺到害怕。但是小戰馬還記得一個以前的經驗，一個人在離兔子很遠的地方就把兔子殺死了。因此，當牠看見一個敵人離牠還有七十五碼遠的時候，牠就逃跑了。牠低低地跳著，向東南方向的一個籬笆跑去，籬笆是向東邊延伸的。在這後面，他跑得很快，像一隻低速飛行的鷹。在這兒，他掂起腳尖，進行了一次觀察，然後就又一次坐下來休息了。

但時間不長。還不到二十分鐘，牠擴音器一般的耳朵就聽見了一個有節奏的聲音，離牠在的那個地方非常近——踢踏、踢踏、踢踏——是人的腳步聲。牠吃驚地站起來，看見一個人拿著一根閃閃發光的拐杖，正在向牠接近。

小戰馬立刻就跳著逃跑，奔向某個籬笆去了。牠一次「偵察跳躍」都沒有做，直到籬笆和圍欄擋在牠和敵人中間。實際上，這一次牠根本用不著這樣高度警惕。因爲那個人雖然看著地上，卻根本看不到兔子的腳印。

野兔向前跳躍著，身子保持得很低，留心觀察著其他的敵人。牠已經知道那個人正在走著自己的路，不再追牠了。牠當時有一個衝動，這個古老的衝動來自祖先和黃鼠狼之間的爭鬥，毫無疑問，就是這個衝動促使牠故意來回奔跑，留下了雙倍的足跡，最後把那個人甩掉了。牠向前跑了很長一段路，直接奔向一個遠處的籬笆，沿著籬笆伸向遠處的那一面跑了五十碼，然後就返回原來的路，再向新的方向跑去，一直跑到牠的另一個洞穴，或者說是家中。牠已經出去整整一個晚上，該準備睡覺了。現在，太陽正照射著白雪。但是，牠還沒來得及把那個地方溫暖，就又聽見了腳步聲，立刻逃跑了。

牠跑了半英里，停了下來，悄悄地抬頭看了看，發現那個人還在跟著牠。因此，牠就在腳印上做了一系列漂亮的急轉彎，都是不容易看清楚的之字形拐彎。這個計策一直都是很成功的，可以迷惑住大多數追牠的傢伙。然後，牠又跑了一百碼遠，穿過一個自己很喜歡的住所，又從另一邊返回來，躺下來休息。牠確信這一次敵人肯定會被牠從這個現場上趕出去。

但又一次，牠聽見了腳步聲，比上一次緩慢，但還是有「踢踏、踢踏、踢踏」的腳步聲。小戰馬被驚醒了，但卻靜靜地坐著。那個人繼續走他的路，離牠已經只有一百碼了，他還在繼續走著。趁那個人還沒有注意到的時候，小戰馬飛一樣地跳了出來，牠已經意識到這是一次很特殊的場合，牠需要特別賣力。他們圍繞著小戰馬家的範圍，兜了一個很大的圈子，現在已經到了離那個有黑狗的農家還不到一英里遠的地方了。那裡有美好寬闊的籬笆，還有設計得很精巧的雞洞。那是一個有著良好記憶的地方，牠在這裡曾經不止一次勝利，尤其是成功地阻止了那條灰狗。

這些無疑是牠來這裡的動機，而不是一項戲耍敵人的計畫。小戰馬公然越過草地，向那個有大黑狗的籬笆跑去。

那個雞洞卻被封上了。小戰馬一點都沒有感到奇怪，馬上奔向四周的其他地方，尋找另外一個雞洞。但牠轉了一圈，卻一個都沒有找到。直到最後，牠來到前面大門敞開的地方，看見裡面躺著那條大黑狗，睡得正香。那些雞正蜷縮在院子裡最緩和的角落。在野兔擋住大門的時候，家裡的那隻貓正謹慎地挑選著自己從牲畜棚到廚房的路。

追牠那個人的黑色身影正在遠處白色平原的斜坡向上爬著。小戰馬靜悄悄地跳進院子裡。一隻長尾巴的公雞，也就是那隻本應該考慮自己事情的公雞，看見這隻野兔跑進來，就大叫了一聲。躺在地上曬太陽的黑狗抬起頭，站了起來，小戰馬面臨著可怕的危險。牠蹲著身子，轉向一塊灰色的土塊。牠的動作靈巧，那

隻貓卻發現了牠。非常不可思議的是，那隻貓救了牠，雖然不是故意的。那條黑狗向這隻兔子走了三步——雖然牠根本不知道兔子在哪兒——現在已經擋住了從院子裡逃跑的唯一的路，也就是那個大門。那隻貓走到房子的一角，向一個窗臺跳去，卻把一個花盆打翻在地上。這隻貓和那隻黑狗之間已經在許多武力之後達成了中立的協議，但這個曾經武裝了的中立卻立刻被貓這個尷尬的行為打擾了。於是，貓就向牲畜棚逃去。

當然，一個飛跑著的敵人就是讓一條狗捲進戰爭所需要的東西。黑狗立刻追了過去。牠們路過的地方離那隻蜷縮著的兔子還不到三十英尺。牠們全都跑過去的時候，小戰馬立刻掉轉方向，連一聲「謝謝你，貓咪！」都沒有說，就跳到外面的空地上，上了一條已經被踐踏得很凌亂的路。

那隻貓被屋子的女主人救了，那條狗又躺在寬敞的門口睡覺去了，那個追著小戰馬的人來到時看到的只有這些。他手裡拿的不是一支槍，而是一隻結實的拐杖，有時候被叫做「治狗的良藥」，那是為了防止狗去進攻牠可以捕捉的獵物。

這似乎就成了這場追逐的結尾。這個詭計，不管是計畫好了的，還是沒有計劃過的，總之是一個成功，小戰馬除掉了追牠的人給牠帶來的麻煩。

第二天，那個陌生人又一次來尋找小戰馬，沒有找到牠，卻發現了牠的腳印。他是通過一個尾巴標誌認出來的，那是一串長長的跳躍和幾個偵察跳躍的腳印，但在這些腳印的上面和旁邊，有一些由另外一隻小個子兔子留下來的腳印。這是兩隻兔子相會的地方，牠們在這裡遊戲，互相追逐。因爲這個陌生人在這裡看不見戰鬥的印記。兩隻長腿野兔在這裡一起吃飯或者一起曬太陽，牠們在這兒肩並肩地蹓躂，還在這兒的雪地上做運動，總是在一起。這只有一個解釋：現在是交配季節。這是一對長腿野兔——小戰馬和牠的愛人。

## 4

第二年夏天對長腿兔子來說，是很愉快的一年。一個愚蠢的法律文件出現，懸賞捉拿鷹和貓頭鷹，這導致人類對這些有羽毛的警察的大屠殺。結果就使野兔的天敵大量減少，兔子們就大量繁殖起來，數量非常多，威脅著要摧毀鄉村。

那些農民們，也就是那個獎勵法令的受害者和制定法律的人的受害者，做了一個驅逐兔子的重大決定。所有的鄉鎮都接到通知，在某一天早晨，到這個地區北邊的主路，以掃除整個地區的長腿野兔爲目的，最終把兔子驅趕到一個巨大的、用線網半封閉起來的牲畜棚裡去。

所有的狗都被關起來，以防牠們不能控制自己，槍雖然在人群中很危險，但也統統都拿出來了。每個男人和男孩子都拿著兩根長棍子和一袋石頭。女人們騎在馬上，或坐在馬車裡，許多人都帶著能發出聲音的東西，包括喇叭和罐子等，用這些來製造噪音。許多馬車都帶著舊鐵罐，車走的時候，地上就留下一串罐子的痕跡。有的車輪上綁著木板，把木板綁在車輪的輻條上，車行走時，木板會很響地撞擊著車輪。儘管如此，這樣嘈雜的聲音也絲毫不能把趕車時那震耳欲聾的聲音壓下去。兔子的聽覺非常敏感，轉移到人類身上的噪音似乎能迷惑牠們。

天氣也恰倒好處。在早上八點鐘的時候，下達了出發的命令。起初，陣線大約有五英里長。每三十或四十碼遠的地方，都有一個男人或者是男孩子站崗。那些馬車和騎馬的人不可避免地幾乎全走在路上，驅趕兔子的人要面對一切，使前面的陣線不被打破。這個陣線大致上是一個正方形的三個邊，每個人都盡可能地製造噪音，在自己的路上鞭打著每一個灌木叢。許多兔子都跳了出來。有一些向那條線衝去，但立刻受到一陣石頭雨的攻擊，使牠們中間的許多兔子都倒了下來。確實也有一兩隻兔子穿過這個陣線，逃跑了，但大多數的兔子在被驅趕前都已經被清除乾淨了。

開始的時候，人們看見的數量還不多。但走了三英里之後，兔子就在前面向著四面八方奔跑了。走了五英里後——那大概花了三個小時——讓兩翼合攏的命令發佈了。

男人們中間的距離開始縮小，直到每兩個人之間不超過十英尺。整個的驅趕匯集到一個牲畜棚，這個牲畜棚帶著兩個長長的翅膀或者可以說是籬笆。最後的

陣線加入到這兩個翅膀中間了，包圍完成了。趕車的人現在前進得非常快，成百上千的兔子跑得離驅趕牠們的人太近，就被殺死了。牠們的屍體散落在地上，密集度似乎是不斷在增加。在最後的移動式驅趕中，在犧牲者被關近牲畜棚之前，這個兩英畝的空間群集著無數兔子瘋狂的跳躍、奔跑和衝刺，一圈又一圈，牠們轉著，跳著，尋找一個可以逃跑的機會。但無情的人群，隨著這個圓環穩定的收縮，變得越來越稠密。整個兔群被迫沿著斜路被趕進那個堅固的牲畜棚裡去了。一些愚蠢的傻瓜蹲在棚中間，一些衝向外面的牆，還有一些在尋找著牆角的藏身地，或是躲在其他兔子下面。

那隻小戰馬——牠在哪兒呢？這次驅趕把牠也一起趕了出來，牠是最先進入牲畜棚的兔子中的一隻。但是人們已經制定出一個古怪的計畫：殺死這些兔子，但要留下最聰明、最有能力的兔子。牲畜棚裡的許多兔子都是不健全的，那些認爲所有野生動物都很健康的人，可能會在看見這樣一個景象後——無數的兔子或者斷腿、或者受傷、或者有病——感到震驚。實際上，這樣受傷的長腿野兔大約

有四千或五千隻。

這是一個羅馬式的勝利——被俘的烏合之眾將被屠宰。兔子的篩選被預定在競技場上進行。競技場？是的，那就是角逐公園。

在那個牲畜棚子中，事先已經爲兔子準備了許多小盒子，沿著牆放著，至少有五百個，每一個都剛好能裝下一隻長腿兔子。

在驅趕兔子最後的急流中，跑得最快的兔子最先到達棚子。有一些很敏捷，但又很愚蠢，牠們進了棚子以後，瘋狂地一圈又一圈地跑著。有一些既敏捷，又聰明，立刻尋找可以藏身的地方，這就是人們提供的盒子。這些盒子現在都已經滿了。因此，五百隻最敏捷優秀的兔子就被選中了，不是通過絕對準確的方式，而是最簡單、最現成的方式。這五百隻兔子命中註定要被灰獵狗追捕。剩下的四千多隻兔子則被無情地送去屠殺了。

那一天，五百隻躲在小盒子裡、帶著五百雙明亮眼睛的長腿兔子被放到訓練場上，其中就有那隻名叫小戰馬的長腿野兔。

# 5

兔子們就並沒有把牠們的麻煩看得很嚴重。人們認爲，一旦大屠殺的騷動結束，那些躲在盒子裡的兔子就不會感到巨大的恐怖。這五百隻聰明的兔子被送到市區裡。當他們到達這座偉大城市附近的那個角逐公園時，一個接一個地被放了出來，很輕——是的，很輕，羅馬士兵對他們的囚犯是很細心的，對他們很負責——那些長腿兔子幾乎沒有什麼抱怨，因爲圍牆裡面有夠多好食物，而且還沒有敵人來打擾。

第二天早晨，牠們的訓練開始了。幾十個洞口被打開，通向一個大得多的地方——那個公園。當一些兔子迷迷糊糊地從那道門走出來時，來了一群小男孩，把牠們往回趕，很吵鬧地追著牠們，直到牠們都又到那個小地方，這就成了牠們的避難所。這樣的訓練進行了幾天以後，當那些長腿兔子尋找安全感的時候，就回到避難所的一個盒子中。

現在，第二種訓練開始了。這群兔子被從一個旁邊的洞口趕了出來，上了一條長長的小路，沿著這個公園的三個邊走，最後到了另外一個圍檻中。這就是開賽圍欄，通過這個圍欄的門，可以進到競技場——也就是那個公園。這個圍欄打開了，兔子們被向前趕著，然後不知原來藏在哪兒的一群男孩子和狗，現在突然衝了出來，追著牠們穿過中間的空地。整個野兔大軍搖擺著、跳著跑遠了，一些年輕的兔子高高地飛起，進行偵察跳躍，這是牠們的習慣。但在牠們前面的那隻低低地跳著的兔子是一隻很顯眼的黑白花點的兔子，四條腿非常清晰，眼睛非常明亮。此刻，牠在競技場上輕鬆地跳著，遠遠地把剩下的那大群兔子拋在後面，而那一大群兔子，也像牠一樣把那群普通的狗落拋的遠遠的。「看看前面的那隻兔子，看見了嗎？牠簡直像是一隻小戰馬，不是嗎？」一個愛爾蘭男孩子喊著。就這樣，這隻兔子獲得了這個名字。跑到一半的時候，兔子們想起了那個避難所，就一窩蜂地向那裡湧去，像一片白雲湧向雪堆。

這就是第二個訓練——從開賽圍欄裡出來，直接奔向避難所。過了一個星期，所有的兔子都學會了這些，爲那個偉大的俱樂部角逐賽的開幕做好了準備。

小戰馬此刻已經對那些餵牠們的人都很熟悉了。牠身上的顏色總是很清楚地把牠突顯出來，牠的領導地位在某種方式下，已經被那些跟著牠逃跑的長耳朵獸群認可了。牠或多或少能認出一些狗，那是在聽人們談話和打賭聲中區別出來的。

「不知道老迪格楠今年是不是會帶米克來？」

「如果牠來，我敢打賭小戰馬會讓牠和牠的賽跑夥伴們都跛著腿出去。」

「我也敢打賭，我的老詹尼會在牠穿過大站臺之前，把小戰馬抓起來。」一個帶著狗的人抱怨著說。

「難道我不是拿著美元來賭的嗎？」梅克說，「不光是這樣，我用一個月的草料做賭注，我打賭在整個過程中沒有一條狗能追上小戰馬。」

於是，他們爭吵著下賭注。但是每一天，當他們讓那些兔子放開步子的時候，他們都更加相信小戰馬是一個非常優秀的賽跑者，這隻兔子將給人們一些很少能夠看到的東西。這次比賽是一場直線式的緊張角逐，路程是從大站臺的起跑點開始，一直到達那個避難所。

## 6

比賽的第一天早晨到了，陽光燦爛，充滿希望。大站臺上滿是市民。在緊張中，通常的競賽程序開始了。到處都有帶著狗的人，用拴狗繩帶著一隻或幾隻灰狗。那些狗被用毯子裹了起來，但露出了強而有力的腿，蛇一般的脖子，匀稱的頭以及長長的像爬蟲一樣的嘴巴，緊張的黃眼睛——是自然力和人類智慧的混合物，用血肉做成的最完美的跑步機器。帶著牠們的人像帶著珍寶一樣，把牠們照顧得像新生的嬰兒一樣細緻周到，小心地防備著牠們撿起不可以吃的東西，也防止牠們聞那些不尋常的事物或者被陌生人靠近。大量的錢都爲這些狗做了賭注。給牠們精緻的食物，一片非常可口的肉，因爲人工合成的氣味，可以使一個優秀

運動員變成沒有生命的落後者，而對於牠的主人來說，這也許意味著破產。進來的每一隻狗都被成對地分成小組，因爲每一場競賽都應該有兩條狗參加。第一輪勝出的狗再重新分組。在每一場比賽中，有一隻兔子被從那個開賽圍欄中驅趕出來，在附近大約一個拴狗繩那麼遠的地方，是那些參賽的狗，由放狗的人拉著。當那隻兔子跑得夠遠的時候，放狗的人必須馬上同時鬆開兩條拴狗的繩子，把兩條狗放開。在賽場上的是裁判員，穿著猩紅的衣服，騎在馬上。他跟著這場角逐賽。那隻兔子自然還記得以前的訓練，就加速穿過空地，向避難所跑去，大站臺上的人可以看得非常清楚。兩條狗就追著兔子跑。當第一條狗跑到離兔子很近的地方時，對兔子構成了危險，兔子必須通過躲閃、趕緊逃跑。每一次兔子轉彎的時候，逼牠轉彎的那條狗就得分，最終的結果是殺死兔子。

有時候，狗跑了還不到一百碼，兔子就被殺死了——那就意味著兔子很糟糕。多數情況下，兔子是在那個大站臺前被殺死的。但也有一些很少的機會，兔子跑過公園的空地，跑了足足有半英里遠，然後轉彎，跑進了避難所，比賽的時

間就縮短了。比賽結束時有四種可能：很快就把兔子殺死了；兔子很快就跑到避難所去了；有新進入比賽的狗來救前兩條狗，這是因為天氣炎熱，前兩條狗已經跑了好幾分鐘，如果再持續下去的話，牠們會在可怕的緊張中突然心臟衰竭；最後，兔子連續躲過狗的追擊，並對狗造成傷害，但是牠沒有跑到避難所。這樣的話，就用一支裝了子彈的短槍把兔子殺死。

在一場卡斯卡多兔狗角逐賽上的暗箱操作，簡直和在卡斯卡多賽馬比賽上的一樣多，也有同樣多的人想作弊，所以也同樣需要讓裁判和放狗的人避嫌。

在下一場比賽之前的那一天，在一個偶然的機會裡，一個很精明的人看見了愛爾蘭人梅克。一隻雪茄菸遞了過去，這支菸有綠色的外包裝，似乎是鈔票，在菸還沒有燃著的時候，已經塞進口袋裡了。然後有聲音說：「如果你明天放狗，希望你能關照一下迪格楠的米克。如果可以的話，還會有菸的。」

「那麼說，如果我明天放狗的話，我就有便宜可占了，米克也能多得一分，但是牠的參賽夥伴就有壞運氣了。」

「眞的嗎？」那個很精明的人看起來似乎很感興趣，「可以，就這麼定了。總共是兩支雪茄。」

放狗的人原來是司勒曼，他經常從事這方面的工作，他曾經多次堅決拒絕了那些試圖行賄的人——這使他聲名大噪。大多數人都很信任他，但現在，有許多關於他的流言蜚語。因此，當一個人拿著一個裝著許多錢的信封走近他，並明確提出要求的時候，許多人表示不滿，最後不得不決定對他進行調查。因此，梅克暫時代替了他的位置，在明天比賽的時候，負責把參賽的狗放開。

梅克很窮，而且不是個過於謹愼的人。這可是一個機會，能讓他在一分鐘內就賺到一年的薪水。而且這件事也不會出任何差錯，既不會傷害狗，也不會傷害兔子。兔子和兔子間其實長得很像，每一個人都知道這一點，梅克需要做的僅僅是選擇兔子的問題。

第一輪比賽已經結束了。五十隻兔子已經參加過賽跑，而且都被殺死了。梅克的工作也做得很出色，他在每一根拴狗繩上都打了一個漂亮的活結。他還是放狗的人，繼續發佈他的命令。現在已經到了爭奪獎盃的決賽時刻——獎盃和大量的獎金。

7

那些狗都很苗條、很優雅地輪流等在那裡。米克和牠的對手是最先來到的。到現在為止，一切都很順利，誰又能說接下來發生的事情是不公平的呢？梅克喜歡讓哪隻兔子上場，哪隻兔子就隨時待命。

「三號！」他喊他的夥伴。那隻小戰馬跳了出來——黑色和白色很搶眼，得意的耳朵，又低又輕鬆的五英尺跳躍，放肆地盯著公園旁不尋常的人群，在一個奇怪的偵察跳躍中，牠跳得很高。

「起跑！」那個放狗的人喊著。他的夥伴也同時在籬笆上打了一鞭，小戰馬的跳躍增加到了八到九英尺。

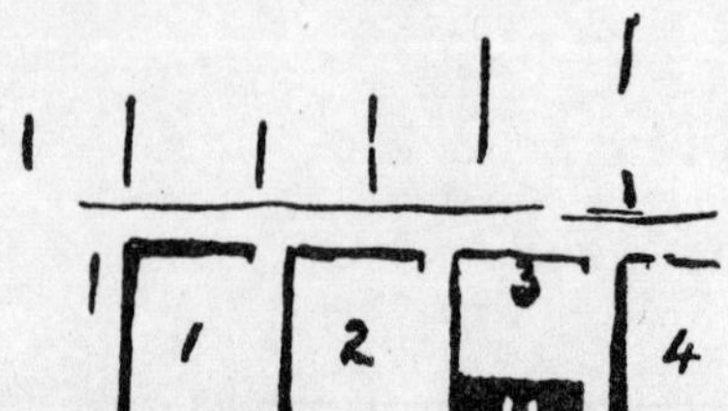

「啊！」他跳的有十或者十二英尺。在三十碼的時候，那些狗被放開了——公平的放開。某些人認爲他應該在二十碼的時候就放開。

「啊！」小戰馬已經跳到十四英尺一跳了，中間連一個偵察跳躍都沒有。

「啊！」那些有趣的狗！他們可眞夠笨的；而在牠們前面飄著那一個呢？就像一隻白色的海鳥，或者是飛翔的雲彩——那是小戰馬。牠跑過了那個大站臺。那些狗——牠們縮短了與小戰馬之間的距離了嗎？縮短了？沒有！那個距離正在拉大！在極短的時間內，這隻輕盈的黑白色小戰馬已經飛走了，飛過了那個避難所的大門——這個大門眞像從前的那個雞洞——灰狗追上來了，卻淹沒在一陣嘲笑聲和爲小戰馬歡呼的喧鬧聲中。梅克笑得多開心呢！迪格楠在發著什麼樣的詛咒呀！新聞報紙會怎麼諷刺——諷刺——諷刺呀！

第二天，所有的報紙上都有一段這樣的描寫：「長腿野兔的超群技藝。那隻小戰馬，就像他曾經被稱呼的那樣，在競技場上完全挫敗了兩隻最有名的狗……」等等。

帶狗的那些人激烈的爭吵著。這是一個平局，因爲兩隻狗都沒有得分。再給米克和牠的對手一次機會。但是剛才那個半英里已經跑得太熱了，牠們沒有拿到獎盃的跡象。梅克第二天遇到了那個「很精明」的人，是偶然的。

「來支菸吧，梅克。」

「哦，不用了，先生。牠們眞有趣，兩個我都很喜歡——謝謝你，先生。」

## 8

從那時起，小戰馬就成了愛爾蘭男孩的驕傲。放狗的人司勒曼確實沒有受賄，非常體面地復職了，梅克就降低了級別，成了讓兔子起跑的人，但這只不過是幫助他從對狗的同情轉向了對兔子的同情，更確切地說，是對小戰馬的同情。因爲，在所有從驅趕中篩選出來的五百隻兔子中，只有牠贏得了名望。曾經也有幾隻兔子穿過了公園，第二天再跑，但只有牠自己穿過了公園的整個空地而沒有一次轉彎。這種比賽每星期舉行兩次，每一次都會殺死四十或者五十只兔子，圍欄裡的五百隻兔子幾乎全都被這個競技場吃掉了。

小戰馬每天都參加賽跑，牠每一次都跑到了避難所。梅克對牠這個寵物的能力非常喜歡。他對於這個惹眼的競技者產生了強烈的友情，堅定不移的維持著公平競爭的原則，被這樣一隻兔子玷污對於一條狗來說可能是一個積極的榮譽。

一隻兔子直接穿過競技場，這太少見了，當小戰馬第六次一次都沒有拐彎地回到避難所時，報紙已經對牠非常關注了。每一次比賽之後，報紙上都有一條消息：「那隻小戰馬今天又通過了。計時人員說，這證明我們的狗已經墮落了。」

第六次之後，讓兔子起跑的人就變得非常熱情了。梅克，這個兔子隊的首席指揮官，他的欽佩已經變得放縱了。「牠有權利被釋放。牠已經贏得了牠的自由，像每一個美國人曾經做的那樣。」他對這個比賽的總管這樣說，話語中帶著一種愛國精神的熱情。這個總管，當然，就是這些兔子真正的主人。

「是的，梅克。如果他通過了十三次的話，你就可以把牠送回到牠的出生地去。」這就是回答。

「現在放牠多好。你不是想把牠做成罐頭吧，先生？」

「不，不。我需要牠來壓一壓那些新來的狗的氣焰。」

「十三次，牠就可以自由了，先生。一言既出，駟馬難追。」

這時候，又一批新的兔子來了，其中有一隻身上的顏色很像小戰馬，但牠的速度沒有小戰馬快。爲了防止出錯，梅克抓住他喜歡的那一個，也就是小戰馬，把牠趕進一個有墊子的盒子裡，然後又用看門人的打孔機在他的耳朵上做了標記。打孔機很鋒利，小戰馬瘦弱的耳朵上很快就出現了一顆清晰的星星。梅克喊著：「哦，每一次你通過後我都獎給你一個星。」因此，他釘了六個星星，排成了一排。「聽著，小戰馬，當你有十三顆星星的時候，你就自由了。這些星星就是自由的旗幟，像我們獲得自由時拿的旗子一樣。」

還不到一個星期，小戰馬已經挫敗了那些新來的灰狗，而牠右耳上的星星也已經多得不能再多了，只好轉移到左邊的耳朵上。再過一個星期，十三顆星星組

成的圖案已經完成，右邊上是七個，左邊是六個，報紙上也有了新的題材。

「噢！」梅克興奮地喊著！「你自由了，小戰馬！十三總是一個幸運的數字，牠從來都沒有讓人失望過。」

9

「是的，我知道我確實說過這話。」比賽的總管司特武德說。「但是我想讓牠再跑一次。我在牠身上下了賭注，是一條新來的狗。牠現在不會傷害牠，相反的，小戰馬倒可能會傷害這條狗。哦，好了。就到這兒吧！梅克，你不要再說了。今天下午還有一場比賽。那些狗一天能跑兩三次，爲什麼小戰馬不能呢？」

另外的許多兔子被加進那個圍欄裡——大的小的，和平的和喜歡戰爭的——一大群本能的野獸。那天早晨，當牠們看見小戰馬匆忙跳進那個避難所的時候，就利用那個機會向牠進攻。

這些新來的兔子不認識小戰馬，就一起攻擊牠。有一次，小戰馬的頭被踢了一下，就像牠曾經有一次踢一隻貓那樣，但那時候牠在一分鐘之內就解決了問題。但現在，牠花費了好幾分鐘時間，在這期間牠已經很難支持了。因此，到了下午的時候，牠已經受了一兩處擦傷，傷口也已經開始硬化了。雖然傷得不很嚴重，但實際上，已經足以降低牠的速度了。

比賽開始的時候很像以前的那些賽跑。小戰馬像蒸汽一樣低低的飛跑著遠去了，身子很輕盈，耳朵豎起來，微風吹拂著他耳朵上的十三個星星。米克和梵谷在一起，也就是那條新狗，他跳起來後，著急地立刻追了上去。但是，讓喊開始的人吃驚的是，狗和兔子之間的距離縮小了。小戰馬失利了，就在那個大站臺前，老米克轉身對著了牠。帶狗的人發出了一聲歡呼，因為所有的人都認識參賽的兔子和狗。在五十碼遠的時候，梵谷有了一個轉身，得了一分，牠們都正好返回到開始的地方。那裡站著司勒曼和梅克。兔子轉彎了，灰狗跳了上來。小戰馬躲不開了，獵狗的大嘴巴立刻就要把牠撕成碎片了，就在這個危急關頭，小戰馬

逕直向米克跳去，立刻就躲在牠的前腿中間，此時，那個喊開始的人正狠狠地用腳踢著那隻狂暴的狗，想把牠趕走。小戰馬似乎並非意識地把梅克當成一個朋友，牠只是產生了一種古老的本能，從一個明確的敵人逃向一個自然物，或者是可能的朋友，而且，正如通常的幸福規律那樣，牠聰明地跳了起來，做得非常好。長凳子上的人發出了歡呼，梅克驚喜地急忙把牠的寵物抱回來。但是那些帶狗的人抗議的說：「這場比賽不公平——結束比賽。」他們向著比賽總管司特武德呼籲。梅克已經把小戰馬從梵谷跟前帶回來了，他現在很痛心，不得不讓小戰馬面臨一場新的比賽。

梅克只能給小戰馬半個小時的休息時間。然後，小戰馬就像以前那樣走了，還是由梵谷和米克追牠。牠現在看起來沒有那麼僵硬了——牠跑的更像牠自己了。但當牠剛過了那個大站臺，就被梵谷逼著拐彎了，然後又後被米克逼著轉向，向後，穿過去，向這兒跑，向那兒跑，牠瘋狂地跳著，幾乎不能避開牠的敵人。持續了幾分鐘後，梅克已經看見小戰馬的耳朵正在下沉。又一條狗衝上來了，小戰馬幾乎是在牠的身子底下轉的彎，逃過去了，回頭又看見另一條狗。現在，牠的兩隻耳朵都平放在背上了。但狗也受到了很大的傷害。牠們的舌頭已經伸出來了，牠們的嘴巴四周都是飛濺著的泡沫。小戰馬的耳朵又豎起來了，牠的勇氣似乎是要恢復牠們的憂傷。牠直接衝向那個避難所。但那兩隻狗也衝了過來，在不到一百碼的時候，牠又被迫拐彎，開始另一個曲折的、令人絕望的遊戲。接著，那些帶著狗的人就看見了牠們的狗的危險，兩隻新狗脖子上的繩子被鬆開了——兩隻很強壯的狗，相信牠們會結束這場比賽。但是牠們沒有。原先的兩隻狗已經被征服了——喘著氣——幾乎喘不過來了，但兩條新狗跑近了。小戰馬用上了牠所有的力氣，把先前的兩條狗遠遠地撇在身後——幾乎已經到了避難所，另外的兩條狗卻上來了。

現在只有轉彎才能救牠的命了。牠的耳朵沉了下去，牠的心敲打著牠的肋骨，但牠的精神還是很強大。牠瘋狂地拐彎，做著各種各樣的曲線。那兩條狗互相撞在一起，摔倒了。一次又一次，牠們認爲自己要抓到小戰馬了。一條狗咬掉了小戰馬長長黑尾巴的尾巴頭，然而，牠逃脫了，但是牠無法到達避難所，因為幸運不關照牠。牠被迫接近那個大站臺。上千的女士都在觀看。限定的時間到了。第二批狗飽受痛苦，當梅克跑過來的時候，大叫著像個瘋子——叫著——乞求著，詛咒著——滿嘴瘋狂的話：

「這個流氓強盜！骯髒的膽小野獸！」他憤怒地衝向那些狗，想把牠們打死。

那些負責人都大叫著跑來了，梅克，尖聲喊叫著最仇恨、最傷心的字眼，被從比賽場上拖走了。他大聲咒罵著所有的人和狗，凡是他可以想到的或是臨時發明出來的惡毒字眼，他都用上了。

「公平的比賽！什麼是公平的比賽！你們這些說話不算數的人！你們這些骯髒的畜生！你們這些殺人的惡魔！」他們把他從競技場上拖出去了。他最後看見的是四隻滿口流著泡沫的狗在無力地轉彎，跟在一隻虛弱、已經完全力氣耗盡的長腿兔子後面。騎在馬上的裁判開始用槍招呼人們。

他背後的大門關上了，梅克聽見碰——碰的一聲響，一陣奇怪的叫喊，夾雜著狗叫聲，他知道小戰馬是結束比賽的第四種情況。

在梅克的一生中，他最喜歡狗，但他更看重的是公平競爭，他覺得這種競爭被侮辱了。他不能進去，也看不見小戰馬在哪裡。他沿著小路飛跑著奔向避難所，在那裡，他有可能看見競技場上的情況，而他到的也正是時候——小戰馬帶著半豎起來的耳朵跛著進了避難所。他立刻就意識到是那個拿槍的人沒有打中小戰馬，而是打中了另外一隻奔跑的動物，因爲那個大站臺前有一大群人，還有兩個人抬著一隻受傷的狗，而一個獸醫正走向另外一條躺在地上喘氣的狗。

梅克向四周看看，立刻抓住一個小盒子，把它放在避難所的一個角落裡，輕輕地把這個累了的傢伙放進去，蓋上蓋子，然後，他把盒子抱在懷裡，悄悄地爬上籬笆，趁著沒有人看見的混亂走了。

「這沒有關係。項多是丟了工作。」梅克從這個城市逃走了。他在最近的火車站上了火車，走了幾個小時，回到小戰馬的家鄉。太陽早已經下山了，黑色的

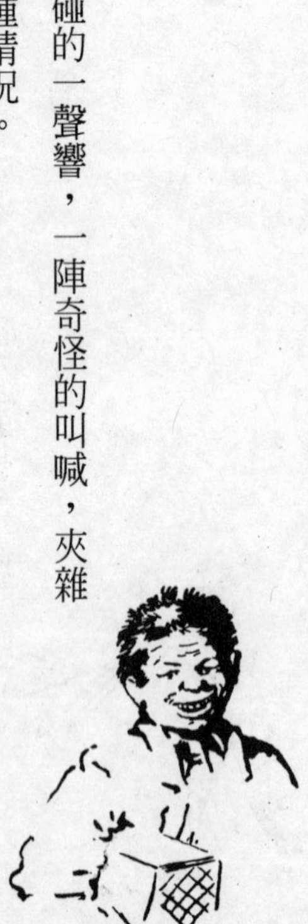

夜空閃爍著無數的星星，照耀著這片平原。在那些農田和奧色治人的籬笆及苜蓿花中間，梅克打開盒子，輕輕地把小戰馬放了出來。

他誠懇地對牠笑著說：「這是我們愛爾蘭人又一次的驕傲，小戰馬，在你獲得自由的時候，贏得了十三顆星星。」

有一會兒，小戰馬迷惑地看著他，然後就跳了三四個長跳和一個偵察跳躍，判斷出牠的方向。接著，帶著牠的民族盛裝和滿載榮譽的耳朵，牠跳進了牠經過艱苦努力才贏得的自由中，像從前任何一個時候一樣強壯，很快就融入了牠出生的草原的夜色中。

在卡斯卡多，人們曾經見過梅克許多次。在那個地區，經常會有驅趕兔子的事情，但小戰馬現在似乎已經知道某些躲開他們的方式了。因爲，在所有成千上萬被誘捕和吞噬的長腿野兔中間，人們從來沒再見過小戰馬閃著星星的耳朵。

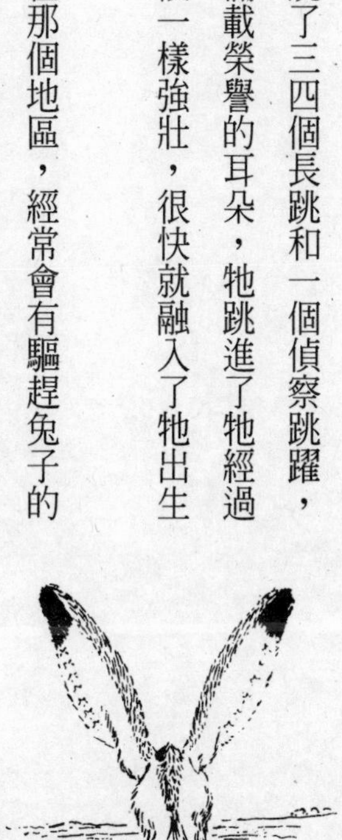

# 撕咬

## 一隻狗的故事

## 1

我是在萬聖節黃昏時分時，初次看到這條狗的。一大早我就收到大學室友傑克的電報：「爲避免我們忘記，特別送你一隻非同尋常的小狗做爲禮物。對牠要有禮貌，這樣會比較安全。」這話說得好像傑克要送我一頭惡魔或者一隻猖獗的臭鼬，卻把牠冠以小狗的名稱一樣。這使我對這件禮物感到很好奇。收到裝禮物的大籃子時，我看見上面寫著「危險」二字。每當稍有動靜，籃子裡就傳出高聲咆哮。

我透過鐵絲網往裡看，發現裡面裝的並不是小老虎，只不過是條白色的小狗。不管任何人或東西，只要靠得太近而顯得沒有禮貌、粗魯時，牠就狂吠不止，而且牠咆哮的怒吼頻繁得讓人心煩。狗一般發出兩種叫聲：一種是低沉的咕嚕咕嚕聲，是禮貌的表示——是對彬彬有禮的回敬；另一種是張大嘴嚎叫，聲音要高些，這是進攻前的最後通牒。這隻狗的叫聲完全屬於後者。對狗我可是一個

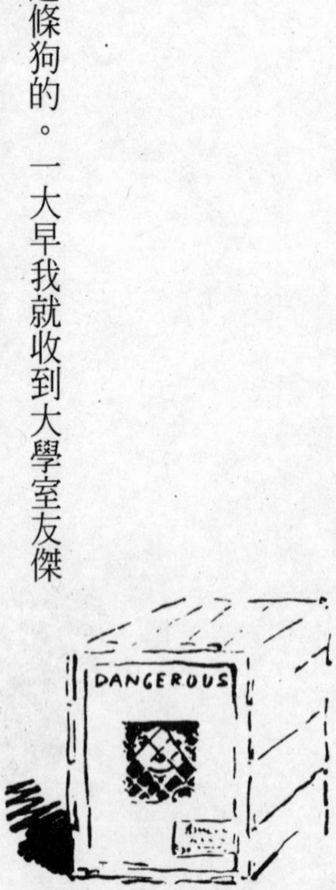

行家，無所不知。把送貨的人打發走之後，我拿出我的全套工具——大折刀、牙籤、錘子、斧頭、工具箱、火、鏟子——我們公司的產品，然後準備打開鐵絲網。是的，我的確是個行家。工具每響一聲，這個憤怒的小傢伙就聲嘶力竭地狂吠一聲。當我把裝牠的箱子一側打開的一瞬，牠就衝著我的雙腿直撲過來。如果不是牠的一條腿撞進鐵絲網裡被攔住了，我可能就會被咬傷，由此可見牠的心肺功能十分強健；但我立刻跨上桌子，處在牠攻擊範圍之外，並竭力想和牠講理。我一直覺得和動物談話十分有效。

我堅信，即使動物聽不懂人類的語言，但起碼牠們能瞭解我們的意圖；但這隻狗顯然把我當僞君子一樣羞辱了一番，還對我的談話方法不屑一顧。一開始，牠佔據桌下的地盤，來回巡視，想找到我的腿把我拽下來。我確信我能用眼睛來控制住牠，但我沒辦法讓牠知道我在哪裡，或者牠在哪裡。就這樣，我像個囚徒一樣被困在桌子上。我常奉承自己說：我是個相當冷靜的人；事實上，我是一個五金公司的推銷員，我們的意志比任何人都要堅定，只有賣服裝的好管閒事之徒才比我們略高一籌。我掏出一根雪茄，站在桌子上優雅地抽著；我的小暴君在桌下繼續不停地搜尋我的雙腿，一發現就想立刻撲上去咬住。我拿出早上收到的電報讀道：「非同尋常的小狗。對牠要有禮貌，這樣會比較安全。」半小時之後，小狗停止了狂叫，我想這是因爲我的冷靜——而不是禮貌——才產生的效果。一小時後，我小心謹愼地把報紙推出桌子邊緣來測試牠的脾氣，牠也不跳起來亂咬了，也許被關在箱子裡的憤怒已經消散了。在我點燃第三根雪茄的時候，牠就一搖一擺地走出這間房間，到壁爐前趴下了。這是忽視我，但無論如何我也沒理由抱怨那種藐視。

牠用一隻眼睛瞄我，我卻用兩隻眼睛盯著牠的小短尾巴。只要那根短尾巴搖一下，我就算贏了，但是，牠紋風不動。我拿了本書回到桌子上坐著讀書，直到腳都抽了筋，壁爐裡的火都快要滅了。大約在十點鐘左右，屋裡就很冷了；十點半，火就完全熄滅了。我的萬聖節禮物站起身來，打了個哈欠，伸了伸懶腰，走到我的床下，找到一塊皮毛墊子躺下。我輕手輕腳地下了凳子，來到梳妝檯前，接著又挪到壁爐旁，最後躡手躡腳地蹭到床上。我脫了衣裳，鑽進被窩，這些動作都極其輕微，沒有引起牠的絲毫不滿。我迷迷糊糊剛要睡著，就聽見攀爬的聲音，感覺到床怦怦地顫動，然後就有東西趴在我的腿上和腳上。顯然，撕咬覺得床下面太冷了，要到我房間裡條件最好的地方睡覺。

牠在我腳上蜷著身子睡覺，弄得我很不舒服，想換個姿勢。但腳趾輕微的扭動都會讓牠狂咬不已，所幸羊毛被褥比較厚，這才讓我後半生沒有變成殘廢。

我用了一小時的時間才把雙腳一點一點地挪到舒服的位置，好好睡覺。但在睡夢中還是被吠叫聲嚇醒了好幾次，雖然我一度認為那只不過是我打呼的緣故，但比較可能的是我沒經過牠允許就挪動了腳趾，讓牠感到憤怒。

早上，撕咬還沒醒，我就打算起床了。你看，我管牠叫撕咬——全名是活力撕咬。有些狗很難起個合適的名字，而有些根本就用不著名字——牠們自己就給自己起好名字了。

我原本打算在七點起床，但撕咬到八點才醒，於是我們就都在八點起床了。

牠對給牠生火的人沒什麼好說的，也容許我站在地上穿衣服，沒把我轟到桌子上去。我出去買早餐的時候對撕咬說：「撕咬呀！我的朋友。有的人會用鞭子抽你、讓你馴服，但我想我有更好的方法。現在的醫生都偏愛『不吃早餐治療法』，我也試試。」

這方法看起來有些殘忍，但我還是餓了牠一整天。

在被餓的一天裡，牠把門給抓壞了不少地方，得花些錢來修理。但到了晚上，牠已經心甘情願地從我手上吃食物了。

不到一周，我們就成了相當好的朋友。牠現在睡在我床上，容許我隨意挪動腳趾，既不使勁咬我，也不存心造成人身傷害了。「不吃早餐治療法」簡直是創造了奇蹟。在三個月的時間裡，我們的關係就成了人和狗的關係，牠的行爲充分證實了描述牠的電報的眞實性。

撕咬好像不知道什麼叫恐懼。如果遇到一隻小狗，牠連看都不看一眼；如果是一隻中等個頭的，牠就把小短尾巴豎得直直的，在人家身旁繞來繞去，用後腿

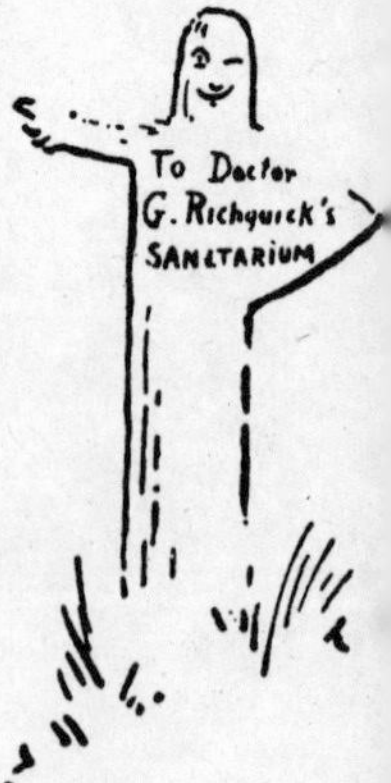

不屑地刨著地，眼睛看著天、遠處或地面，就是不看那隻狗，只用高聲叫喚來表示牠知道另一隻狗的存在。如果陌生狗還不馬上跑開，打架就不可避免了。而且一開始打架，陌生狗就會快速跑開。有時候撕咬也會受傷，但無論多少傷都不會讓牠吸取哪怕只是一丁點兒的教訓。

一次，在乘馬車去狗展的路上，撕咬瞅見一隻龐大的伯納德狗在散步，牠的體型在這隻小狗胸中激起如此高的鬥志，以至牠從馬車的窗戶跳出去準備打鬥。結果架沒打成，卻把一條腿給摔斷了。

很明顯，牠的骨子裡根本就沒有懦弱，旺盛的鬥志把懦弱從牠的靈魂深處擠得無影無蹤。牠和我所知道的狗截然不同。比如說，如果一個男孩向牠扔石頭，牠就猛跑，而且是衝向男孩，而不是逃跑。如果受到一再挑釁，撕咬就會按照自己的方式解決問題。這樣一來，即使不能得到所有人的喜愛，也至少贏得所有人的尊重了。只有我和辦公室的門房能夠看出牠的優點，所以只有我們兩人能有幸成爲牠的朋友。隨著時間的推移，我越來越覺得這種榮幸的寶貴，就算卡內基、

範德比爾特、阿斯特三家的財產加在一起也不能換取我的小狗撕咬對我四分之一的寵幸。

## 2

我不常出差，但那年秋天還是被派上出差的旅程。這樣，撕咬就只能和女房東生活在一起，她們倆的關係很不好：持藐視態度的是撕咬，感到害怕的是女房東，相互憎恨卻是他們兩個的共同心態。

我在美國西部推銷出很多帶刺鐵絲網。寄給我的信每週送一次，我收到了好幾封女房東抱怨撕咬的信。

在我到了北達科他州的門多薩後，發現有個地方是賣鐵絲網的絕佳市場。當然，我主要和店主做生意，但我也和牧場主人打交道，徵詢他們對不同樣式的鐵絲網的意見。於是，我遇到了佩如夫兄弟等一幫的牛仔。

灰狼很狡猾且破壞力極強，所以在西部牧牛地區不用待多久，你就會聽說許多牠們破壞牧場的罪行。能把牠們大批毒死的時代已經一去不復返了，但牠們造成的破壞卻使牧場主人蒙受嚴重的經濟損失。

和大多數牧人一樣，佩如夫兩兄弟放棄了毒藥和陷阱這兩種捕殺方式，他們正在嘗試讓不同品種的狗成爲捕狼獵手，同時也希望在消滅討厭的狼的同時消遣消遣。

獵狐犬沒能成功——牠們打起架來沒有力氣；丹麥犬太笨拙了；灰狗看不到獵物就沒法追蹤。每種狗都有某種致命的弱點，所以牛仔們就把不同品種的狗組成混合軍團，以此來爭取作戰勝利。他們邀請我來獵狼。看到跟著的一群不同種類的狗，我覺得很好笑。這群狗裡有幾隻雜種狗，但也眞有幾隻血統高貴的狗——尤其是那些俄國狼犬，一定價値不菲。

希爾頓．佩如夫是老大，對狗是行家。他對這些狗讚不絕口，期望牠們能幹出一番大事業。

「獵狼時，灰狗太瘦了，丹麥犬太慢了，但只要俄國狼犬一出手，保證頓時把牠搞定。」

這樣一來，灰狗跑腿，丹麥犬作後盾，俄國狼犬打主力。還有兩三隻獵狐犬鼻子相當靈敏。如果獵物跑得不見蹤影，就全得靠牠們了。

十月裡的一天，我們騎馬沿巴德蘭小丘而行，景色真不錯。空氣清新爽利，雖然已是深秋卻沒下雪，也沒有霜凍。騎的馬是沒被馴服好的，有幾匹小馬駒還展示給我看，牠們是怎樣試圖把騎手摔下去的。

這群狗熱切地盼望打獵，我們也的確在平原上轟出了一兩個灰點。希爾頓說灰點是灰狼或郊狼。狗群狂吠著一路追下去，但傍晚牠們卻都空手而歸。除了一隻灰狗肩上有一道傷口外，看不出牠們剛才曾經在獵狼。

「希爾頓，我覺得你華而不實的俄國狗一點也不好。」弟弟加溜說，「我打賭那條小黑丹麥犬像其他狗一樣，都是雜種狗。」

「我不明白你在說什麼，」希爾頓大吼道，「根本就沒有什麼郊狼，更甭提灰狼，能從這群灰狗手裡跑掉。獵狐犬能跟蹤三天前獵物的氣味，而丹麥犬能打得過灰熊。」

「我承認，」爸爸說，「牠們能跑，能跟蹤，也打得過灰熊，這一切都是有可能的。但事實是牠們根本就不想逮住灰狼。這群該死的膽小鬼被唬住了——我想把我買牠們的錢要回來。」

這群人一邊抱怨一邊爭論著，我騎馬離開了他們。

對於失敗，似乎只有一種解釋——獵狗們又快速又強壯，但一條灰狼就把所有的狗都嚇壞了。牠們根本就沒勇氣面對牠，所以才讓牠每次都得以逃脫。由此我想到了我那條無所畏懼的小狗，那條去年和我睡在同一張床上的小狗。我多希望牠現在就在這裡呀！牠在關鍵時刻不會落荒而逃，牠要是在這兒的話，這群低能的大傢伙就有領導了。

我下一站來到了巴羅卡時，收到了一打信，其中兩封是房東太太寫的。她在第一封信裡寫道：「那條小畜生在我屋裡鬧得天翻地覆。」第二封就更強烈了，要牠馬上滾蛋。

「幹嘛不把牠快運到門多薩呢?」我想，只要二十小時就到了。有牠加入獵狼的隊伍，他們都會很高興的。而當我工作一完就能帶著牠回家了。

## 3

正如大家所料，我第二次和撕咬見面的情形和第一次差不多。牠向我撲過來，熱烈地假裝咬我，頻頻地低聲吼叫——但這次是低沉的吼叫，而且小短尾巴使勁搖個不停。

老佩如夫對撕咬很滿意，認爲牠不像那幫該死的可憐蟲，都只有兔子的膽量。我們第二天清晨出發——和上次一樣的隊伍，好馬、好騎手、大藍狗、黃狗、斑點狗;只有一名新成員:一隻小白狗。牠緊跟著我，不僅是狗，連馬挨得太近了都會被嚇一跳。除了門多薩旅店夥計的一條猞猁——牠和這裡的每個人、每匹馬、每條狗都吵過架——只有那條囂獍比撕咬個頭小，牠們因此成了很好的朋友。

我永遠也不會忘記那天打獵的情景。我們在一個平頂大丘陵上，視野非常開闊。希爾頓用望遠鏡四處瞭望，忽然大叫道：「我看見牠了。牠往那邊跑了，斯卡爾溪那邊。可能是隻郊狼。」

現在，第一件事就是讓這些灰狗看見牠們的獵物——這可不容易，牠們又不用望遠鏡，而且地上的鼠尾草比狗的腦袋還要高。

但希爾頓喝道：「嘿，嘿，丹代羅！」還在馬上把身子往旁邊側了側，把腳伸出去。丹代羅敏捷的一躍就跳上了馬鞍，搖搖晃晃地保持平衡，希爾頓不停地指指點點。

「牠在那，丹代羅，去追牠——看見了嗎？那邊，下面。」這隻狗熱切地盯著牠主人指著的地方，然後好像看見了什麼，輕叫了一聲，跳到地上，飛也似地跑了。其他狗都緊隨其後，展開了一場持久的追逐戰，我們拚命追趕，但還是遠

遠落在後面。地面溝壑縱横，還有獾的窩點綴其間，再加上岩石和鼠尾草，全速奔馳可是十分危險的。

我們都被落在了後面，尤其是我，最後一名，當然是因爲我最不習慣馬鞍了。我們也偶爾瞥見狗群飛越過平地，消失在溝渠裡，又從另一邊跑出來。

灰狗丹代羅明顯是領頭狗。當我們上了另一個坡時，看到了追逐的全景——一隻郊狼正在全速奔跑，狗群在後面四分之一英里處追趕，越來越近。再次看到牠們的時候，那隻郊狼已經死了，狗群蹲在周圍喘著粗氣，除了那兩隻獵狐犬和撕咬，全都在那了。

「太晚了，沒看著好戲。」希爾頓遺憾地說，眼光匆匆瞥過晚到的兩隻獵狐犬。然後，他驕傲地拍著丹代羅說：「看，根本就用不著你的小狗。」

「十條大狗對付一條小郊狼，這可需要不小的勇氣呀！」他們的爸爸譏諷道，「等我們碰見一條灰狼的時候再看吧！」

第二天我們又出去打獵了，我下定決心要把獵狼的過程從頭看到尾。

我們從一個高坡上看到一個移動的灰點。根據經驗來看，移動的白點是羚羊，紅點是狐狸，灰點是灰狼或郊狼，而看尾巴的方向就能分辨是哪種狼：尾巴朝下的是郊狼，朝上的是灰狼。

丹代羅像以前一樣站在馬上看到了獵物，像以前一樣帶領著一群隊伍——灰狗、狼狗、獵狐犬、丹麥犬、小狗、獵人。我們只看到片刻追逐的場面：沒錯，是一條灰狼，在狗的前面飛奔。不知爲什麼，我總覺得領頭的狗不像牠們上次追郊狼時跑得那麼快。但沒人看見打獵的結果，狗群一條接一條地回來，我們卻再也沒看見那隻狼。

獵人們肆意地譏諷，又激烈地反唇相譏。

「呸，嚇壞了，完全嚇壞了。」作父親的對這群狗厭惡地評價道：「牠們能輕而易舉地追上那隻狼，可一旦那隻狼向牠們進攻，牠們就拚命往回跑——呸！」

「那條無以倫比的、英勇無畏的、什麼都不怕的小獵狗呢？」希爾頓輕蔑地

問。

「我不知道。」我說，「我覺得牠壓根兒就沒瞧見那隻狼；如果牠瞧見了，我打賭牠肯定會衝上去爲榮譽而戰，要麼戰死，要嘛打贏。」

那天晚上，靠近牧場邊上的好幾頭母牛被弄死了，我們氣壞了，決定馬上再去獵狼。

開始時就像上次一樣。下午稍晚些時候，我們發現一個灰傢伙，尾巴朝上，在不到半英里遠的地方。希爾頓叫丹代羅上馬鞍，我也想讓撕咬上來。無奈牠的腿太短了，蹦了好幾次，才拿我的腳當中轉站，連滾帶爬地上來。我指了半天牠才看見獵物，然後跳下去，滿懷信心地跟在灰狗後面出發，而人家早就跑遠了。

狼以往都會跑到沿河那片難以穿越的矮樹林裡，這次卻把我們引向高高的開闊地，其中的原因我們後來才得知。我們離得不遠，策馬到達高地時剛好發現半英里以外的追擊，正趕上丹代羅追上狼，跳上去咬牠的後腰，那條灰狼轉過身還擊。我們的位置極利於觀察。狗群三三兩兩地到了，圍成一圈向牠狂叫，直到那隻小白傢伙衝上去發動眞正的進攻。牠根本就沒把時間浪費在叫喚上，剛跑到就直奔狼脖子衝了上去。但好像咬著了牠的鼻子，沒咬著脖子。這十條大狗趁機圍攻上去，兩分鐘後就把這條狼殺死了。我們拚命打馬奔馳，希望能趕上看最後時刻。雖然我們是從遠處觀看的，但我們都看見撕咬沒辜負了我的誇口，也對得起電報上的表揚。

這回該我耀武揚威了，我也沒放棄這次機會。撕咬已經給牠們展示了該怎樣做，至少門多薩的狗群已經在沒有人的幫助下殺死了一隻灰狼。但這次勝利有兩個遺憾，第一，這隻狼很年輕，只是一隻小狼崽子，這也是爲什麼牠會跑到開闊地的緣故；第二，撕咬受傷了——那隻狼在牠肩膀上留下了一條深深的傷口。

我們興高采烈地走在得勝歸來的隊伍裡，我看見撕咬一瘸一瘸的。「到這來，」我叫道，「上來，撕咬。」牠跳了一兩次都上不來。「嘿，希爾頓，幫我把牠拎上來。」

「謝謝了，我還是讓你自己處理你的小響尾蛇吧！」希爾頓回答道，現在大家都知道擅自摸撕咬是不安全的。「嘿，撕咬，抓住。」我把皮鞭遞給牠，牠抓住了，我這才把牠拉上馬鞍帶牠回家。我認眞地照顧牠，好像牠是個嬰兒一般。牠給那些牛仔展示了怎樣彌補他們狗群中的薄弱位置：獵狐犬很棒，灰狗迅捷，俄羅斯犬和丹麥犬能拼善鬥，但如果缺了有王者之風的勇敢領導者，就完全沒用；而除了鬣狗以外，沒有更好的狗可以擔當此任了。那天，牛仔們學會了怎樣解決狼的問題：每一個成功的獵狼狗群中都有一條鬣狗，最好是撕咬這個品種的。如果你到過門多薩，你就會發現這條規律。

## 4

第二天是萬聖節，撕咬到來一周年的紀念日。天氣晴好，明亮，既不太冷，地上也沒有積雪。男人們總是用打獵來慶祝這個節日，現在嘛，獵狼當然是個不錯的選擇。讓每個人都失望的是撕咬的傷很嚴重，狀況欠佳。牠像往常一樣睡在我腳下，但常留下點點血污。牠身體不好，不能打獵，但我們肯定是要去打狼的，所以當我們出發時，就把牠騙到外屋裡拴了起來。至少我強烈地預感到失敗的結局，我知道沒有我的狗，獵狼肯定會失敗，但我沒認知到失敗會有多嚴重。

我們正在很遠的斯卡爾溪的丘陵間逛蕩，突然遠處一個白色的球在鼠尾草叢中穿梭跳躍，一會兒撕咬就來到我的馬旁，又叫又搖尾巴。我沒法把牠送回去；牠不會聽這樣的命令，即使是我的命令也不會聽。牠的傷口看起來很嚴重，所以我叫牠上來，伸下馬鞭，幫牠跳上馬鞍。

「好了，」我想，「我會好好保護你直到我們回家。」是的，我是這樣想的；但我沒跟撕咬商量。希爾頓的喊聲「嘿！嘿！」表示他已經搜索到了一隻狼。撕咬的對手丹代羅和萊利都跳向觀察台，結果撞到一起，同時仰面朝天摔在鼠尾草叢裡。撕咬拚命盯著狼的方向，看到了狼，在不太遠的前方，還沒等我反應過來，牠就從馬鞍上一躍而下，之字形地向前躍進，忽高忽低，忽隱忽現，帶領全隊逕直向敵人衝去。當然了，牠的領先優勢沒保持多久時間。了不起的灰狗看到了正在移動的灰點，隊伍像以往一樣排成一行，在平原上前進。這次狩獵註定會成功，因爲開始追擊的時候，狗群離狼還不到半英里，而且所有的狗都興趣盎然。

「牠們已經在格裡茲利溪谷轉彎了，」加文喊道，「從這邊走，我們能從前頭攔住牠們。」

所以我們掉轉方向，使勁騎，從哈爾莫山丘的北面繞過去，而狗群是從南面繞過去追擊狼的。

我們全速奔馳到雪松嶺的山頭上，剛要往下騎，希爾頓突然喊了起來：「天哪，牠在那兒！我們正好攔上牠。」他從馬上跳下來，扔下馬鞭，往前跑去。我也跟著做。一隻體型巨大的灰狼正穿過一片開闊地沉緩地向我們奔來。低垂著腦袋，平伸著尾巴，在牠身後五十碼左右緊跟著丹代羅。牠像一隻鷹一樣快速地飛越過地面，比那隻狼跑得快一倍。不一會兒，灰狗就跑到牠身邊，猛咬上去；但那隻狼轉過身一還擊，牠就馬上又向後跳去。牠們正在我們下面，不到五十英尺的地方。加文拿起他的左輪手槍，但在這關鍵時刻希爾頓制止他說：「不，不，讓我們看看到底會怎樣。」一眨眼，第二隻灰狗就到了，其餘的很快都一隻接一隻地到了。每一隻到的時候都鬥志昂揚，意氣風發，決心馬上撲向灰狼把牠撕成碎片；但每一隻都撲向一邊，在灰狼周圍安全的距離以內跳躍著，吼叫著。又過了一分鐘左右，俄國狼犬到了——牠們可眞是非常棒的狗。

牠們原本的意向絕對是直撲向那隻老狼，但老狼無所畏懼的態度，肌肉發達的體型和致命的雙顎遠遠地就把牠們給鎭住了，於是俄國狼犬也加入了叫喚的圈子，圈子中間的亡命之徒左看看右看看，隨時準備單打獨鬥或群毆。

現在丹麥犬到了，牠們可是體型巨大的動物，任何一隻都和那條狼一樣重。我都能聽見牠們向前猛衝時沉重而威脅性的呼吸，迫不及待的要把這死敵撕成碎片。但當牠們看見那條狼待在那，猙獰恐怖，無所畏懼，強健的雙顎，毫不疲倦的四肢，不怕死，但絕不會獨自死去——那些了不起的丹麥犬——所有三隻丹麥

犬都被鎮住了，像其他狗那樣突然害羞起來：是的，牠們不會馬上進攻——不是現在，只要牠們喘口氣；牠們才不怕狼呢！喔，不，一點也不怕。我能從牠們的聲音裡聽出勇氣來。牠們清楚地知道第一條進攻的狗肯定會受傷，但現在別在意，牠們會再叫一會兒，聚集些勇氣。

在這十隻大狗圍在那隻沈默的狼周圍跳來跳去的時候，戰場遠處鼠尾草叢中一陣窸窣作響，然後一個看起來很像雪白橡膠球的東西一跳一跳地過來了，漸漸清楚了，原來是那隻小囂獍撕咬，這隻狗群中最慢的一員，也是最後一名。牠氣喘吁吁的，喘得如此厲害，都上氣不接下氣了。通過牠闢出的一條小徑，直衝向不斷變化的，圍在牛群殺手的圓圈，衝向誰都不敢面對的那隻狼。

牠猶豫了嗎？一秒鐘都沒有——牠穿過吼叫著的狗群圍成的圈，直衝向那老暴君，直衝向牠的咽喉；那條灰狼用牠的二十把彎刀反擊。但這個小傢伙又一彈而起，然後發生的事情我就不知道了。狗亂成一團。我想我看見那個小白傢伙緊緊抓住灰狼的鼻子不放。狗在狼的身旁，我們都幫不上忙了。但牠們根本也用不

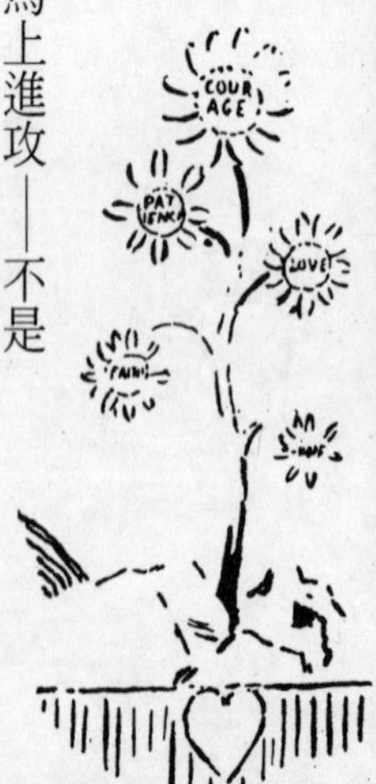

著我們，牠們已經有了一位擁有無所畏懼氣概的領導者。過了一會兒，戰鬥就結束了，灰狼躺在地上，可真是個大傢伙，緊抓著牠鼻子不放的是一隻小白狗。我們在周圍五十英尺以內的地方站著，準備好了要幫助牠們，但一直沒有等到機會，直到結束。

狼死了，我大聲呼喊著撕咬，但牠沒有動。我彎下腰來，「撕咬——撕咬，都結束了，你把牠殺死了。」但牠還是靜靜的，一動不動，我現在才看見牠身上兩道深深的傷口。我努力把牠抱起來，「我們走，老夥計；都結束了。」牠虛弱地叫著，然後終於把狼放開。這些粗獷的牛仔硬漢跪在牠周圍；老佩如夫咕噥時聲音都顫抖了：「就算給我二十頭公牛我都不願意讓牠受傷。」我把牠放到我的臂彎裡，呼喚牠的名字，搖晃牠的腦袋。牠微弱地叫了一聲作為道別，牠叫的時候還舔了一下我的手，就再也沒有叫過了。

對我來說，那可是一次悲哀的旅程。除了一張巨大的狼皮以外沒有任何勝利的跡象。我們在農場後面，一座小丘陵的背後埋葬了這個英勇無畏的傢伙。佩如

夫站在旁邊，低聲咕噥道：「哎呀，眞的很棒——無所畏懼的勇氣！沒有勇氣是沒辦法牧牛的。」

# 溫尼伯格的狼

# 1

我第一次看到溫尼伯格狼的時候，正在下一場大暴風雪。那是一八八二年三月，我離開聖保羅穿越大平原去溫尼伯格，打算二十四小時後到達那裡。但風雪國王早已另有打算，派遣了一位滿載彈藥的東方強氣流將軍。雪隨著狂暴而持久的疾風呼嘯而下，一小時接一小時連續不停地下。我以前從沒見過像這樣的暴風雪。世界都被雪掩埋了——雪，雪，雪——旋轉著的，刀割般的，刺人的，堆積著的雪——在那些微小的、輕如羽毛、晶瑩剔透的鑽石的命令下，龐然大物般喘著氣的機車不得不停下來。

許多壯漢拿著鐵鍬來到有精美條紋的雪堆旁，正是這些雪堆阻擋了我們的去路。過了一小時，車子才得以通過——但又陷在前方的另一個雪堆裡了。可眞是個枯燥無味的工作——一個白天接著一個白天，一個夜晚接著一個夜晚，陷入雪堆，把我們自己刨出來，但雪還是在我們周圍旋轉戲耍。

鐵路官員說「二十二小時到達愛默生。」但到達愛默生之前，我們已經刨了幾乎兩個星期的雪了。還好那是個白楊樹之鄉，樹林阻擋了雪堆聚在一起。從那以後，火車就可以快速地奔馳了，白楊樹林越來越密了——我們在森林裡穿行了近兩英里，然後經過一片開闊地。在快到聖博尼費斯，溫尼伯格東部外圍的時候，我們飛躍過一小片五十碼寬的林中空地，在空地中央的一個群體讓我靈魂爲之顫動。

表面上看來，那只是一堆雜亂無章的狗，大的、小的、黑的、白的、黃的，搖著尾巴，左衝右突，圍成一個圈子；一邊是一條小黃狗，四肢伸開，在雪地上一動不動；在這個圈子遠端，一條體型巨大的黑狗跳來跳去，狂吠不已，但牠一直在這群狗的後面。圈子中間，是一隻巨大而令人生畏的狼，所有事情的起因。

狼？牠看起來好像是隻獅子。牠站在那裡，獨自一個，鎮定自若，鬃毛豎立，四肢堅定地撐在地上，左看看，右看看，準備反擊從任何方向來的進攻。牠的嘴唇稍稍向下撇著——像是蔑視，但我認爲那是戰鬥的咆哮在嘴上的表現。一

隻看起來像狼一樣的狗剛才肯定受了羞辱，在牠的帶領下，這群狗又衝了上去，第二十次衝了上去，這是毫無疑問的。但那隻巨大的灰色身影左右開弓，恐怖的雙顎不停地咬，咬，咬。除此以外，這位孤獨的鬥士沒有發出任何其他聲音；但牠的敵人卻發出不止一聲死亡前的嚎叫。牠還是像以前一樣，雕像般地站在那裡，毫不馴服，鬥志未喪，對牠們不屑一顧。

我多希望火車現在陷到一堆積雪裡，像以往頻繁發生的那樣，我的心被那條灰狼吸引住了；我迫切地想去幫助牠。但積雪深深的林間空地飛馳而過，白楊樹的樹幹遮蔽了視線，我們繼續駛向旅程的終點。

這時我看到的一切，彷彿微不足道；但沒過幾天我就知道我看到了一個難得的場面，在大白天，一個稀有絕妙的動物，就是溫尼伯格的那隻狼。

牠是一個怪異的傳奇——不喜歡鄉村，喜歡城市；放過羊群卻獵殺狗；而且總是獨自出擊。

在講嘉如的故事時，雖然我說的事情在地方上廣爲人知，但可以肯定的是，許多鎮上的居民對此卻一無所知。在主幹道上的店老闆是個自鳴得意的傢伙，但他也是直到在屠宰場的最後一幕結束後的第二天，牠巨大的屍體被運到海因的剝皮作坊製成標本後，才聽說此事。然後標本在芝加哥世界博覽會上展出，又在一八九六年的一場大火中被燒毀了，那場大火同時也把馬爾維語法學校化為灰燼。

## 2

小提琴手保羅，在半開化世界裡從沒過過好日子的帥哥，情願打獵也不想工作。在一八八〇年六月的一天，他拎著槍，在基爾多南旁的紅河畔林地裡搜尋。忽然，他看到一隻灰狼從河岸上的一個洞裡出來，他放了一槍，碰碰運氣，結果還真把牠給打死了。他先讓狗到狼窩探探風，確信沒有其他狼在附近後，就爬進了狼窩。讓他目瞪口呆又驚喜萬分的是，狼窩裡有八隻小狼——這可是九份酬金哪！一份十美元。一共多少錢？簡直就是一筆橫財。在狗兒科爾的幫助下，他興致勃勃地用棍子把所有小狼都弄死了——除了其中一隻。人們對一窩動物中最後一隻有一種迷信的看法，認爲殺死牠不吉利。所以，保羅帶著老狼和七條小狼的頭皮，還有最後一頭活著的小狼去到鎮上。

沙龍老闆用美元兌換了狼的頭皮，也得到了這頭活著的小狼。後來，這條小狼就一直被繫在繩子的一端，但牠長大後擁有的胸膛和雙顎，鎮上沒有任何一條狗能夠匹敵。牠被拴在院子裡供客人們取樂，取樂的形式通常是群狗撕咬囚徒。有好幾次，這隻年輕的狼差點被撕咬虐打致死，但牠都恢復了，而且每個月敢於面對牠的狗都在減少。牠的生命力強得無與倫比。在這個冷酷的世界裡只有一絲溫和的光芒：店主的兒子吉姆和牠之間不斷增長的友誼。

吉姆是個調皮搗蛋的小鬼，有自己的一套想法。他喜歡這隻狼是因爲牠咬死了一隻曾經咬過他的狗。於是牠就餵這隻狼吃的東西，並把牠當成寵物；狼也抱以回應，讓他隨意親近，這是其他人都不敢造次的。

吉姆的爸爸可不是個模範家長。他通常溺愛兒子，但有時候也會爲點小事勃

然大怒，使勁打孩子。這孩子很快就發現他挨打不是因爲做錯事，而是因爲他讓爸爸生氣了。因此，如果他避開爸爸生氣的時候，就什麼事都沒有了。一天，他爸爸追打他，他在前面跑著要避開，就一頭衝進了狼窩裡，他灰熊般強壯的密友就這樣被莽撞地吵醒了，朝門口轉過身去，露出兩排又白又長的大牙，簡單明瞭地對那個爸爸表示：「看你敢動他一根汗毛。」

要是霍根當時能用槍把牠打死，他早就把牠打死了；但這也有可能把他兒子給打死，所以他就由牠們去了。半小時以後，他對這件事付之一笑。從這以後，只要一有危險，小吉姆就衝向狼窩。有時候，這男孩調皮搗蛋的唯一跡象就是看到他躲在這兇殘的囚徒後面。

霍根雇人的唯一宗旨就是省錢，所以他的酒店夥計是個中國人，他是個膽小怕事，沒有任何攻擊性的人，所以保羅．德羅謝總毫不遲疑地欺淩他。一天，看見霍根不在店裡，只有那個店夥計一個人在，藉著微醉的酒勁，想要一杯記賬的酒，夥計唐凌按老規矩拒絕了。

他粗略笨拙的說「不給錢就沒有酒」的話說得太過分了，保羅搖搖晃晃地走到吧台後面，要爲受到的侮辱報復。這個夥計的身體很有可能嚴重受傷，但小吉姆就在旁邊，拿著根長棍子，他靈巧地把小提琴手絆了個跟斗。他搖搖晃晃地站起來，叫囂的說會要了吉姆的命。但是這個小孩離後門很近，很快就在狼窩那裡找到了避難所。

看到這男孩有了保護者，保羅找了一根長棍，從安全的遠處開始使勁打這隻狼。這灰熊般的動物在鏈子的這一端被激怒了，雖然牠用牙咬住棍子，躲開了許多次猛擊，還是被打得很厲害。保羅發現吉姆正笨拙地用哆哆嗦嗦的手指想把這隻狼放開，同時嘴也沒閒著。說老實話，本來應該不必費什麼力氣的，但狼把繩子綳得太緊了。

在院子裡任由一隻剛被他激怒的大狼擺佈——這種想法讓保羅不寒而慄。他聽見吉姆安慰狼的話：「堅持一下，狼寶寶；往後一點，你就能抓住他了。好，乖寶寶。」小提琴手飛也似地逃命去了，把所有身後的門都仔細鎖好。

就這樣，吉姆和他寵物之間的友誼變得更強了。這隻狼，極佳的天生條件得到充分發育，越來越憎恨有威士忌酒味的任何人和所有狗，那是牠痛苦的緣由，這種恨毫無保留地表現出來。這種極端的痛恨伴隨著牠對孩子的愛——從某種意義上來講，所有的孩子都包括在內——隨著牠力量的增長而增長，而且還成了主宰牠命運的力量。

## 3

一八八一年秋天，卡佩勒地區的農場主人牢騷滿腹，抱怨他們那裡狼的數量在增加，對羊群造成很大破壞。毒藥和陷阱都沒用。當時有一個非同凡響的德國人出現在溫尼伯格的俱樂部裡，聲稱他帶來一些狗，這些狗能輕而易舉地消滅本地的狼，人們對他說的話異於尋常地感興趣。牛仔們更是躍躍欲試，能養一窩狼狗保護羊群的主意對他們很有誘惑力。

這名德國人很快就展示了他的狗樣品，兩條儀表堂堂的丹麥犬，一條白色的，另一條是藍色的，帶黑色斑點，那隻白色獨眼的面貌格外猙獰。每條大狗都差不多兩百鎊，肌肉強健得像老虎一樣。德國人說單這兩條狗對付最大的狼都綽綽有餘，人們都信服了。他這樣描述打獵的方法：「你們要做的只是告訴牠們狼的蹤跡，就算是一天前的蹤跡，牠們也能找得出來。牠們可是甩不掉的。無論狼怎樣逃跑躲藏，牠們都能很快發現牠們。然後牠們就會逼上去。狼轉身要跑，這條藍狗就會咬住牠的腰，像這樣把牠扔出去。」這德國人把一個麵包卷猛地扔向空中；「在狼還沒落地之前，這條白色的狗就咬住牠的腦袋，另一條咬住尾巴，然後牠們兩個就把牠像這樣撕開。」

這方法聽起來不錯；不管怎樣，每個人都迫切地想證明看看。幾個居民說沿阿西尼博因山走，很有可能發現灰狼，所以人群就組織了一個打獵隊。但他們白白搜索了三天一無所獲，剛要放棄的時候，有人提議說再往前走就是霍根家的沙龍了，那裡有條拴著的狼，他們多花點錢就能買下來。雖然狼只有一歲多，但也

能讓人們看看這些狗到底能幹什麼。

一聽說這件事的重要性，霍根家的狼的價碼立刻高漲了；雖然他良心上還有些猶豫，可是當他們答應他那期望中的價碼時，他所有的猶豫就一掃而空了。他做的第一件操心事就是不讓小吉姆礙事，於是就把他送到外婆家去了；然後把狼趕到箱子裡，釘上釘子。人們把箱子放到一輛馬車上，趕到沿波蒂奇小路的一片開闊地上。

這兩條狗一聞到狼的氣味，簡直拉都拉不住，都急著衝向獵物。

但幾個身強力壯的人拉著牠們，馬車又往前趕了半英里左右，然後人們費了不少力氣把這隻狼趕了出來。一開始，狼好像挺害怕，情緒低落。他想逃出人們的視線，根本沒想咬人。當牠發現自己自由了，人們又噓噓著，叫囂著把自己轟走，於是牠就躲躲閃閃，向南邊小跑，因爲那邊的土地看起來凹凸不平。狗就在那一刻被放了出來，連續不斷地狂吠不已，牠們跳躍著追趕那隻年輕的狼。人們高聲歡呼，騎馬在後面追趕。從一開始就很明顯，狼根本就沒機會贏。這些狗快多了；白色那條快得像閃電一樣。這個德國人非常狂熱，策馬飛馳過大平原，每一秒鐘都在縮短與那隻狼的距離。人們都打賭狗能贏，但沒人賭狗輸，哪條狗能贏得賭注倒是得到認可。這隻年輕的狼現在全速逃跑，但不到一英里後，白狗就在牠身後，而且馬上就趕上了。

這德國人大喊道：「看哪！看那狼是怎麼飛上天的。」

沒過一會兒，騎手就到齊了。他們看到雙方都退卻了，沒有誰被扔向天空，這條白狗打了個滾，肩膀上有一個嚇人的深深傷口——就算沒死也沒法加入戰鬥了。十秒鐘之後，藍色帶斑點的狗也到了，張牙舞爪的。這次會面就像上次一樣又迅速又神秘莫測。兩隻動物幾乎沒碰到對方。灰色的跳向一邊，曾有一瞬間，如此快的動作中幾乎看不見牠的頭。斑點狗蜷曲在一旁，身體一側流血不止。被人逼急了，牠又發動了一次襲擊，但只是身體上又多了一個傷口，讓牠接受教訓，躲遠一些。

還有四條大狗跟著德國人。他們把這些狗也放開了，人們帶著大棒、繩索要幫著解決這隻狼。這時突然有一個小男孩騎著匹小馬，穿過平原向這邊衝過來。他跳下馬來，鑽過人群，雙臂張開，抱著這隻狼的脖子。他管牠叫「狼寶寶」，他「親愛的狼寶寶」——那狼搖著尾巴，舔他的臉——然後這個小孩轉向人群，淚如雨下，他——噢！把他說的話印刷出來不合適。他才九歲，但已經很老成了，而且還是一個粗野的小男孩。他生長在一個低級沙龍裡，又善於學習那地方的粗話。他把他們罵了一遍，還罵了祖宗十八代，連他親生爸爸都沒放過。

要是一個成人用如此令人震驚的侮辱言語的話，可能就會被處私刑。但這話是個小孩說的，這幫獵人就不知道怎麼辦好了，所以他們最後就做了最合適的事情。他們大聲笑了起來——不是笑他們自己，那可不是什麼好方法——他們都嘲笑那個德國人，他的「棒極了」的狗群被一頭小狼咬成了重傷。

吉姆現在把他佈滿淚痕的小髒拳頭插進典型的男孩子的褲袋裡，從彈球和口香糖，還有煙草、火柴、子彈殼和其他違禁品中，摸索出一小段細繩，繫到狼的脖子上。然後就騎上小馬，領著他的狼，出發回家，一邊有點抽泣，一邊罵出最

後的詛咒和威脅：「給我兩分錢我就讓牠咬死你，該死的。」

4

那年初冬，吉姆發燒，臥病在床。當這隻狼思念牠的小朋友時，就在院子裡悲慘地嚎叫。最後，在吉姆的請求下，狼終於被容許進入病房。這隻野生的大狗──所有的狼都具備這個特點──一直在病榻邊，忠實地看護牠的朋友。

一開始，發熱並不嚴重，所以當病情突然惡化的時候，每個人都很震驚。在耶誕節的前三天，吉姆死了。沒有任何人比他的狼寶寶更悲痛了。在聖誕節前夕，吉姆的靈柩被運到博尼費斯的墓地，這隻狼也跟著去了。教堂的鐘聲響一聲，這隻龐大的灰色動物就跟著悲哀地和一聲。牠很快就回到沙龍的後院，但當有人想把牠再次拴起來的時候，牠跳過木籬笆，消失了。

那年的深冬，老雷諾德和他的混血女兒尼內特來到這裡，住在河岸旁的小木屋裡。雷諾德靠設陷阱捕獵爲生。

他對吉姆・霍根一無所知，所以，當他在聖博尼費斯和加里堡兩地之間的河岸兩側發現狼的標記和腳印的時候，感到迷惑不解。哈德遜灣公司的工人們講了一隻大灰狼的故事，說牠已經來到本地，甚至晚上還會到鎮上去，還跟聖博尼費斯教堂旁的樹林有特別的關係。雷諾德頗有興趣地聽著故事，又有些不太相信。

那年耶誕節，就像以前爲吉姆敲的那樣，鐘聲再次響起，這時從樹林裡傳出一聲孤獨又憂傷的狼嚎。這聲嚎叫幾乎讓雷諾德相信他聽到的故事是眞的。他懂得狼嚎——求助的嚎叫、求愛的歌、孤獨的哭嚎和尖利的挑戰聲。這一聲叫的是孤獨的嚎叫。

這位捕獵者到了岸邊，發出回應的嚎叫。一個身影從遠處的樹林出來，跨過冰，來到那人坐著的地方，他坐在木頭上，一動不動。狼走近了，在他身邊轉了一圈，又聞了聞，生氣的眼光一閃，然後像狗一樣吼叫了一聲，就悄悄地快速消失在黑暗裡。

雷諾德這回相信了。不久後，許多鎮上的居民開始瞭解到，有一隻體型巨大的灰狼來到他們的街道上，「這隻狼比當初拴在霍根家小酒吧時要大上兩倍」。牠是狗的噩夢，任何時候都伺機殺死牠們。有人說，不只一條雜種狗在外面玩的時候被牠吃了，但這消息沒有得到證實。

這就是溫尼伯格的狼，我那天在冬天的樹林裡看到的那隻。我曾經渴望能幫助他，認爲局勢對牠太不公平了，但後來知道的事情改變了我的想法。我不知道那場打鬥是怎樣結束的，但後來還有很多人看到過那隻狼，但有的狗卻從此消失了。

牠的生活方式是牠那種動物中最怪異的。放著大片的樹林、廣闊的平原不住，卻非要選擇城鎮。在這裡，每天都會遇到危險——每星期至少好幾次絕處逢生，每天都有冒險的舉動；有時就在十字路口尋找暫時的庇護所。他憎恨人類、藐視狗，每天的生活都充滿戰鬥，對成群的雜種狗吼叫威脅，或者在牠們數量少或落單的時候殺死牠們；追逐騷擾醉漢，遠遠躲開拿槍的人，學會辨識陷阱，還

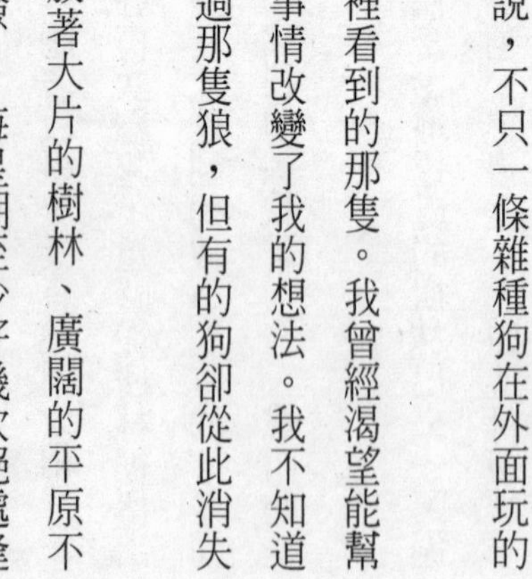

學會了辨識毒藥。怎麼學會的，我們就無從知曉了，但牠的確是學會了，因為牠在陷阱旁走來走去，或僅僅出於狼的蔑視而動動它。

沒有一條溫尼伯格的街道牠不認識；沒有一個員警沒看見過牠敏捷的身影，在黎明時，牠出現在牠想出現的地方；當好事的風帶來老嘉如就蹲伏在附近的氣息時，沒有一條溫尼伯格的狗不嚇得毛骨悚然，趕忙退縮的。牠唯一的生活軌跡是戰鬥的軌跡，全世界都是牠的敵人。在牠所有陰森恐怖、傳奇般的歷史紀錄中，也有讓人欣慰的跡象——他從沒傷害過孩子。

## 5

尼內特是出生在沙漠中的美人，長得像她的印第安媽媽，但灰色的眼睛像她的諾曼第爸爸。她是個討人喜歡的十六歲女孩，在他們那兒可是個美女。她能嫁給鄉村裡最富裕、最穩重的年輕人中的任何一個，當然了，出於女性的怪癖，她卻看上了那個從來沒發達過的保羅．德羅謝。一個帥哥，跳舞高手，還能拉一手不錯的小提琴，每個宴會都少不了小提琴手保羅，但他卻是個無可救藥的酒鬼，甚至有傳言說他在加拿大已經有一個妻子了。當他來求婚的時候，羅納德非常妥當地拒絕了他，但拒絕了也沒用。尼內特在其他事上都是個順從的好孩子，但唯獨不肯放棄她的情人。就在父親勒令保羅離開那天，尼內特就應諾在河對岸的樹林裡見他。安排這件事很容易，她是個虔誠的天主教徒，從冰上過去到教堂比從橋上繞過去要近多了。當她穿過冰雪覆蓋的樹林到約會地點的時候，她注意到有一條大灰狗一直跟著她。那條狗看起來挺溫順的，這孩子（她還是個孩子）一點也不害怕。但當她來到保羅等她的地方時，這條灰狗就衝上前去，嗚嗚地衝他吼叫。保羅看了一眼就知道是隻大狼，立即顯出懦夫的原型，飛也似的逃跑了。

他後來解釋說，他那是跑去拿槍。他肯定是忘了槍在哪了，竟然爬到最近的樹上去找了。與此同時，尼內特卻跨過冰跑回家，告訴保羅的朋友說他正處在危險中。沒在樹上發現槍，這位勇敢的情人掰下一根樹枝，把刀綁在上面做了根長

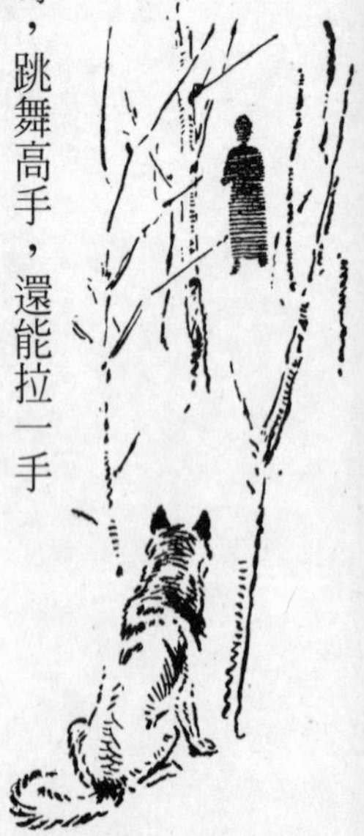

矛，札到嘉如頭上，劃開了一道很深的傷口。這頭兇猛的動物發出可怕的嚎叫，但也往後退到安全的距離之外，明確地表示要等著那人下來。但一幫營救的人使牠改變主意，牠轉身離開了。

小提琴手保羅發現，跟尼內特解釋事情的原委比跟任何人都容易。他仍然最受她青睞，但由於她爸爸對他的討厭之意無可挽救，他們兩人決定私奔。但這之前他要去一趟亞歷山大堡，到那裡的一家公司當趕雪橇的工人。法克特很爲他的雪橇狗感到驕傲——三隻大塊頭的愛斯基摩犬，有著彎曲而蓬鬆的尾巴，又大又壯實，像牛犢似的，但又兇殘、又無法無天，像海盜似的。小提琴手保羅駕駛這些狗拉的雪橇從加里堡出發到亞歷山大堡，還帶著幾個重要的包裹。

他是個駕駛雪橇的高手，也是個非常殘酷的傢伙。喝了幾杯必不可少的威士忌後，他一大早就順著河岸快活地出發了。他預計去一個星期，掙二十塊美元回來，這樣他們就有資金私奔了。他們順著河岸在冰上飛奔。保羅劈啪作響地抽著皮鞭，吆喝著「駕，駕，快跑！」大狗們敏捷而又恨恨地拉著雪橇。他們快速地經過羅納德岸邊的小木屋，保羅在雪橇後跟著跑，抽著響鞭，揮著手，向站在屋旁的尼內特說再見。滿腹牢騷的狗拉著雪橇，與喝醉的趕車人一起快速地消失在轉彎處——那就是小提琴手保羅的最後一面。

那天晚上，那幾隻愛斯基摩犬自己回到加里堡了。牠們渾身血污，還有幾處傷口。令人奇怪的是，牠們都不餓。

信使順著原路找去，在冰上發現了那幾個包裹，沒有受到損壞。

雪橇的殘骸順著河散落了一英里多；在離包裹不遠的地方，發現了原屬於小提琴手的衣服碎片。

非常清楚，這些狗殺了主人後又把他給吃了。

法克特對此非常著急。這很可能會讓他損失掉三條狗。他拒絕接受結果，就自己出發去尋找線索了。他讓羅納德跟他一起去，他們離出事地點還有三英里多遠，羅納德就看見有一行巨大的腳印跟著雪橇，從河東岸跨到河西岸。他順著東岸的腳印往回走了一英里多，發現雪橇狗走，牠就跟著走；雪橇狗跑，牠就跟著

跑。然後他就轉身對法克特說：「一隻非常大的狼——牠一直跟蹤雪橇。」

現在他們跟著西岸的腳印繼續往前走。從基爾多南樹林再往前兩英里，這隻狼不再狂奔，而轉為在雪橇的車轍上走了。跟著走了幾碼後，又回到了樹林。「保羅把什麼東西掉了，也許是那個包裹吧！狼過來聞味道，牠跟著味道走——現在牠知道這個醉鬼就是把牠腦袋砸傷的人。」

一英里以後，狼的腳印開始跟著雪橇疾馳。人的腳印不見了，車夫跳上雪橇，用鞭子猛打狗。他在這裡把行李割掉了，所以東西散落在冰上，到處都是。看狗在鞭打之下如何地跳躍前進，小提琴手的刀子掉在這裡了。他肯定是在用刀子砍狼的時候掉在這裡的。看這兒——天哪！狼的腳印不見了，雪橇的軌跡卻在繼續。這狼一定跳上了雪橇。狗群被嚇壞了，更加瘋狂地跑了起來；在後面的雪橇上，展開了一場報復行動。復仇一瞬間就完成了；雙方都滾下了雪橇；狼的蹤跡又出現在東岸，尋找樹林。雪橇偏轉，向西岸駛去，半英里後被樹根絆住，摔碎了。

地上的雪痕還告訴羅納德，狗被軛具纏上後怎樣互相打鬥，怎樣咬斷軛具脫身，怎樣沿著河岸從不同的路往回家的路趕，怎樣在屍體周圍聚集，把牠們已故的暴君當成美食飽餐一頓。

這些狗可是壞到家了，但這還是洗清了牠們謀殺的罪名。可以十分肯定地說，這是那隻狼幹的。在震驚之餘，羅納德長長地噓了一口氣，欣慰地補充說：「是嘉如幹的。牠把我的小女孩從保羅手裡救了出來。牠對小孩子總是很好。」

## 6

在小吉姆下葬兩年後，人們又一次在耶誕節前夜聚集在墓地周圍，準備對那隻狼進行最後的圍剿。保羅被吃事件是這次圍剿的導火線。彷彿鄉村的狗都聚集起來了。那三條愛斯基摩犬也來了——法克特認為牠們是不可缺少的——還有丹麥犬、拖車、一大群農場狗和說不出品種的狗。他們花了一上午的時間搜尋博尼費斯東岸地區，結果卻一無所獲。但有人打電話來，說他們尋找的蹤跡出現在城市西邊，阿西尼博因山的樹林裡。

一個小時後，幸運地發現了溫尼伯格狼的蹤跡，狩獵的人們對此歡呼喊叫不已。一群狗、一幫騎馬人和一夥老少男人追蹤著腳印出發了。嘉如一點也不畏懼狗，但牠知道，有槍的人是非常危險的。牠想跑到阿西尼博因山黑暗的樹林裡去，但騎馬的人在開闊的平原上，又把牠給轟回去了。牠又沿著科勒尼溪的山谷快跑，這樣就可以躲過紛飛的子彈。牠衝著有帶刺鐵絲網的柵欄那跑，跑過了鐵絲網就暫時躲過了獵人，但還必須沿山谷走，以避開紛飛的子彈。這時狗已在逐漸逼近牠。讓牠只對付狗是牠求之不得的——四十或五十比一——牠也會接受這不公平的挑戰。狗包圍了牠，但沒一隻膽敢攻上前去。最後，一條瘦長的獵犬自恃速度快，從一旁衝過去，被嘉如從體側咬了一口，倒在地上死了。騎馬的人被迫繞了一大圈，但現在他們是向著鎮上的方向追那狼。越來越多的狗和人參加到這場騷動中來。

狼轉向屠宰場的方向跑去，那是牠很熟悉的地方。因爲到了市鎮，怕傷了人，也怕傷了離得很近的狗，槍聲就停止了。現在離得夠近了，可以包圍牠，讓牠跑不了。狼尋找一個地方，讓自己的背後受不到攻擊，以進行最後一搏。看到一個排水溝上有一個窄橋，牠就躍了進去，牠毫無退路地面對群狗，控制著牠們。人們用長棍子搗毀了木橋，狼跳了出來，知道牠的末日到了。但牠心甘情願，只想死得其所。這個模糊不清的狗獵手，只聞其聲，未見其面的聖博尼費斯的聲音，令人驚奇的溫尼伯格狼——第一次在光天化日之下面對牠所有的敵人。

## 7

三年的爭鬥過後，牠獨自站在他們面前，面對四十多條狗，有帶槍的人在後面做後盾——但牠還是毅然決然地面對牠們，如那個冬日我在樹林中見到的一樣。嘴唇同樣向下撇著——肌肉結實的側腹部稍稍起伏著，但牠灰綠的眼睛閃著

堅定的光芒。一隻鎮上的牛頭犬帶領群狗向前聚攏——而不是那三條從樹林回來的愛斯基摩犬，顯然牠們太瞭解那隻狼的厲害了。一陣嘈雜的腳步聲，一聲蓋過群狗吠叫的低吼，血紅和灰白的雙顎一閃，進攻在一瞬間被擊退，他再一次精神抖擻地獨自站在那裡，冷酷而又莊嚴。群狗嘗試了三次進攻，三次都鎩羽而歸。牠們之中最莽撞的幾隻躺在牠們面前。第一個倒下的是那條牛頭犬。學聰明了以後，群狗就退縮不前了，不像開始時那麼信心十足；但狼那結實的胸膛看不出一絲疲憊的跡象，等得不耐煩了，牠向前跨了幾步，就這樣，唉！給了獵人們等待已久的機遇。三桿來福槍開了火，嘉如最後倒在雪地上，結束了牠戰鬥的一生。

牠做出了牠的選擇。牠短暫的一生充滿了劇烈的事件。牠選擇了牠的生活，新的生活，高貴而短暫。牠選擇了一口飲乾生活的美酒，打破了杯子——但留下了不朽的名字。

誰能看透狼的心思？誰能明白牠動機的泉源？牠為什麼死纏著這個苦難不斷的地方？不可能是因為牠不認識其他鄉村，因為地域寬廣無垠，食物無處不在，

有人看到牠最遠曾到過塞爾扣克。牠的動機也不可能是報復。沒有動物會願意放棄一生來尋求報復；那種邪惡的想法只存在於人類中。野蠻的動物會追尋安寧。這樣就只剩一種力量能把牠拴在這裡，任何生物都能擁有的權利——愛，地球上最非凡的力量。

狼已經死了。牠最後的遺跡也在語法學校的大火中被燒毀了，但直到今天，聖博尼費斯教堂的司事還斷言道，每當聖誕前夜的鐘聲響起時，一百步以外的樹林中總會傳出奇怪而又憂傷的狼嚎。

在那裡，人們埋葬了牠的小吉姆，唯一給了牠關愛的人。牠來到人世間遇到的唯一的愛。

# 白色馴鹿傳奇

乾杯！乾杯！爲挪威乾杯！
我把挪威的命運藏在一隻奔跑的白色馴鹿身上，
我爲你唱萬德精靈的歌曲。

## 背景

荒涼、黑暗、幽深、寒冷是烏特文德的特徵，它是冰河時期留下的深溝，地球的一個裂縫，挪威高山之間的一個皺褶，又被另一座高山阻擋，寒冷的洪水氾濫成災。它高出海平面三千英尺，離天卻還很遙遠。

在它毫無生氣的岸邊是發育不全的矮樹地帶，沿樹望去，只見它沿高高的山谷而上，直至消失在樹枝和苔蘚之中，在某些地方，它還爬到半路一千英尺高的花崗岩山頂上，山頂上有花崗岩圍成的湖。這是樹木生長的禁區，樹林擴張的盡頭。白樺和柳樹是和嚴霜鬥爭中最後退出的勇士。微縮的樹叢充滿了田鶇、田雲雀和雷鳥的叫聲，但更接近頂部的高原地方，這一切都被岩石的陰影和風的颯颯聲取代。寒冷的霍費爾德（不平坦且多岩石的開闊地）向遠方延伸，在所有更深的山谷中有塊塊白雪，而更遠處則被白雪覆蓋的山峰阻擋住了，這些山峰不斷攀升，延伸，閃著蒼白的光芒，直至在北方遠處變得黯淡而模糊，托昇起尤通黑門，那是神靈的樂土，冰川的中心，積雪終年不化的地方。

沒有樹木的地方是對溫度高低的一種強烈證明。太陽的每一點失敗，都使生命向更低一度的地方萎縮。和向南的山坡比起來，向北山坡的北方森林地區特性要更弱一些。松樹和雲杉早就銷聲匿跡了；花楸是下一個不見蹤影的；白樺和柳樹也只爬到半山坡。除了匍匐植物和苔蘚以外，什麼都難以生長。大片的平原本身就是暗淡的灰綠色，佈滿了馴鹿苔蘚，只有大片的博裡吹姆才給牠點綴了些許溫暖的橘紅色。只有在陽光充足些的角落，才被染上一抹深綠的草色。四處散落的岩石彷彿是精緻的紫丁香，但都色彩多變，有的鑲嵌著佈滿灰綠色苔蘚的石灰褶邊，有的增添了一抹橘紅色的岩層和幾顆黑色的美人痣。這些岩石能很好地保存熱量，所以才被窄窄的環狀植物所包圍。這些植物熱愛陽光，若不是借了岩石的熱量，根本沒法在如此高的地方生存。在這裡有發育不全而變得很矮小的的白樺和柳樹，牠們圍抱著親愛的岩石，像一位法裔魁北克老人在冬天摟著爐子那樣。枝椏在岩石上方伸展開來，而沒有投入天空冰冷的懷抱。再向上一英尺遠的地方，有更能禁得住寒冷的歐石南灌木叢。再往上更冷的地帶，就僅有一位代表了——灰綠色的馴鹿苔蘚。在其他植物都退出後，馴鹿苔蘚賦予了高山唯一的色彩。雖然已是六月，積雪依然覆蓋著深谷，但這兩處的雪線都在不斷縮減，化成了冰冷的山澗之水，流入這個湖中。

雪花沒有任何生命氣息，甚至連紅雪（紅雪是表面上生長著帶紅顏料藻類的雪，通常見於北極或高山地區）的痕跡都找不到。雪花的周圍都是荒蕪的土地，證實了生命與溫暖是不可分割的。

沒有鳥，沒有生命，荒原被星星點點灰綠色的積雪覆蓋著。在樹林邊緣和雪線之間的所有地帶都是荒原。在雪線以上，冬天從未放棄過牠的領地。

向北更遠的地方，樹林邊緣和雪線都向低海拔伸展，一直到樹林邊緣和海平面持平。所有無樹的地帶在歐洲叫苔原，在美洲叫不毛之地，這些都是馴鹿的棲息地——是馴鹿苔蘚的王國。

這群馴鹿的首領是頭母鹿。在走過這條春天小河的河岸時，牠時而走在岸上，時而走在水裡，四蹄時而踩在表面，時而陷入泥裡。就在此時，傳來了陣陣歌聲：

「乾杯！乾杯！賭賭挪威的命運！」及「一頭白色馴鹿和挪威的好運氣」，彷彿歌者被賦與了預知未來的才能。

斯韋格姆在霍費爾德修建了萬德水壩，就在烏特文德之上。在啓動了他的水車之後，他就認爲自己是這一切的主人。但有先來者已經佔領了那裡。先來者在噴泉中衝進來又衝出去，還唱著牠特意爲此時此地創作的歌曲。牠從水車轉輪的一個葉子跳到另一個葉子上，還做了許多斯韋格姆意想不到的事情。斯韋格姆想不通牠是如何做到這些事的，就把這歸功於運氣——管牠是什麼呢！有人說斯韋格姆的運氣是轉輪巨人，一個水精靈，穿著棕色的衣服，長著白色的鬍子，隨心所欲地住在岸上或水裡。

但大多數鄰居只看到過弗斯卡爾，一種小型水鳥。每年都來到這裡，在溪水中跳舞，或朝水深的地方猛鑽。也許這兩種原因都對，有些最守舊的農民會告訴你，巨人可能變化成人的形狀或鳥的形狀。只是這種鳥的生活方式其他鳥學不了，還能唱挪威人從沒唱過的歌。牠能看到奇妙的景象，那些其他人從沒看到過的情景。北歐鵜就在牠前面築巢，旅鼠就在牠眼前哺育一窩小老鼠。牠們能用眼睛看到；對牠來說，敘勒汀德上暗色的斑點就是馴鹿，脫了一半毛的馴鹿，很少有人能看得見；萬德瑞恩上的綠色的粘土是鋪展開的美麗草場，食物豐足。

噢，人類太沒有眼光了，太可恨了。弗斯卡爾不傷害任何人，所以沒有任何生物害怕牠。牠只唱歌，有時候牠的歌曲還很有趣，有預見性，可能還有些諷

刺。

從白樺樹頂上，牠能標出萬德水壩溪水的走向：牠流經尼斯圖恩小村，融入烏特文德暗色的河裡；若是飛得更高些，牠能看到荒涼的高地向北面的尤通黑門延伸。

一切開始覺醒。春天已經來到這片樹林；山谷裡也跳動著生命的脈搏；從南方飛來新生的小鳥；冬眠的動物又開始四處走動；在山下樹林中過冬的馴鹿很快就要重新回到高地來。

冰雪巨人沒有拱手讓出它們長期盤踞的地盤，一場大戰即將開始。但太陽不緊不慢而又把握十足，把巨人們趕回它們的老巢——尤通黑門。它們在每一個洞窟和陰暗處建立一個堡壘，或趁著黑夜悄悄潛回，但這一切行動都徒勞無功。它們都是猛烈的打擊者，頑固的好戰分子。在這不計代價的戰鬥中，許多花崗岩石被強大衝擊力打得開裂、粉碎，展露出它們內部充盈的色彩，閃著溫暖的光，點綴於平原的灰綠色岩石之間，好像托爾不計其數的羊群。在每一處戰場，你都能或多或少地看到這種景象，散落在敘勒汀德坡上的就是延伸半英里的這樣一大片。且慢！牠們在動。牠們不是岩石，而是生物。

牠們隨意走動，但都順著一條路向山上走去。牠們在一山谷處消失，又在很近的一道嶺上重現，密集地站在那裡，映襯在藍天下。我們從牠們樹枝般的犄角上分辨出牠們是馴鹿。

鹿群像人一樣在路上漫遊，像羊一樣地吃草，卻用自己獨特的方式咕噥著。每一頭鹿都找到一個吃草地點，一直站在那裡吃，直到吃光以後，才踢踏作響著小跑到前方去尋找新的地點。所以鹿群的排列和形式在不斷變更著。但總有一頭鹿站在前鋒的位置，或接近前方，一頭美麗的紅色雌鹿。不管鹿群怎樣變換，怎樣分散，牠總在最前方。觀察者很快就會發現牠能影響整個鹿群的移動——事實上，牠是領導者。甚至大個的公鹿，牠們頭上長著巨大的、蓋著天鵝絨似的角，也臣服於這無稱號的統治；如果有一頭充滿獨立精神的馴鹿表明要把鹿群帶往另一個方向，牠很快就會發現自己被孤立了。

領頭的紅色雌鹿已經帶領鹿群在樹林邊緣徘徊了一兩個星期，每天都更接近裸露著的高地。在那裡，雪正在融化，鹿虻被趕走了。草場地帶每天都在向上挺進，牠也就帶領鹿群每天跟著向上搜尋青草。太陽落山時再回到樹林裡的庇護所，因爲野生動物也像人一樣害怕寒冷的黑夜。但現在樹林裡到處都是鹿虻，山坡上岩石的凹處也已足夠暖和，可以在夜晚露營，所以樹林地帶就被棄之不用了。

也許動物的首領沒有因爲能領導別人而感到驕傲的意識，但當那個群體不跟隨牠時也會感到不舒服。但所有動物都有想獨處的時候。這頭紅色母鹿整個冬天都又肥又健康，現在卻無精打采。在吃草的鹿群經過時，牠低著腦袋在原地逗留。

有時候牠站在那裡，面無表情地凝望天空，嘴角掛著一把沒嚼的苔蘚。忽然又回過神來，像以前一樣回到鹿群的最前面，但茫然凝視的魔力和獨處的渴望變得越來越強烈。牠開始向山下的樺樹林走去，但整個鹿群也跟著牠下來。牠頭朝

下，靜止不動。牠們吃著草，咕噥著從牠身邊經過，把牠留在身後，像一尊雕像般站在山坡上。當所有馴鹿都走了以後，牠悄悄地離開了。走幾步，向四周看看，假裝吃吃草，聞聞地面，看看鹿群，瞅瞅山嶺；然後一邊吃草，一邊向山下的樹林庇護所走去。

有一次牠窺見河對岸也有一頭母鹿，很不安地獨自徘徊。但這頭紅色母鹿不想找人作伴。牠也不知道爲什麼，但直覺告訴牠要躲在某個地方。

牠靜靜地站著，直到另一頭鹿走過去。然後牠轉過身，不再猶豫不決，加快步伐來到烏特文德，那條轉動老斯韋格姆水車小溪的下游。淌過清澈的小溪，向水壩的上游走去。野生動物的本能讓牠們用河水把自己和捕食者隔開。河岸的遠處雖然荒涼，但也已經有了點點綠意，牠轉過彎，在彎曲的樹幹間穿來穿去，離開了萬德水壩。牠在旁邊的高地上停了下來，這邊望望，那邊瞧瞧，又往前走了一點，卻退了回來；顏色柔和的岩石完全環繞著這塊地方，白樺樹掛著小小的穗子，牠想在這裡休息；但又沒法休息，不安地變換站姿，趕走落在腿上的鹿虻，牠對青草視而不見，認爲自己躲開了全世界。

但什麼都躲不過弗斯卡爾的眼睛，牠看到紅色雌鹿離開了鹿群。牠現在正坐在一塊突出的華麗岩石上唱著歌，好像早就等著這件事發生，並且知道在這遙遠的峽谷中發生的事情會改變國家的命運。牠唱道：

乾杯！乾杯！爲挪威乾杯！
當我把挪威的命運藏在一隻奔跑的白色馴鹿身上，
我爲你唱萬德水壩巨人的歌曲。

挪威沒有白鹿，但一小時後，一頭令人驚奇的白色小馴鹿躺在紅色馴鹿身邊。牠在舔牠的胎盤，愛撫牠，又驕傲又快樂，好像這是世上第一頭出生的小馴鹿。那個月，鹿群裡有成百的小鹿出生，但沒有一頭與牠相同——牠是一頭白色的馴鹿。岩石上的歌者唱道：「好運，好運，一頭白色的馴鹿。」好像牠清晰地

預見到這頭白鹿長大後扮演的角色。

但另一個奇蹟開始出現。一小時前，第二頭小鹿誕生了——這次是一頭棕色的。奇怪的事情發生了，事到臨頭，難以決定的事情也不得不決定。兩小時後，當紅色馴鹿領著這頭白色小鹿離開的時候，世上就沒有那頭棕色小鹿了，只剩下一堆棕色的皮毛。

母親是聰明的：一頭強壯的孩子比兩頭虛弱的要好。幾天後，這頭母鹿又開始領導鹿群，一頭小白鹿在牠身邊跑來跑去。這頭母鹿對牠照顧的無微不至，所以事實上是牠決定了鹿群移動的速度。這種速度非常適合於所有帶孩子的母鹿。紅色母鹿巨大、強壯又聰明，處於身體最強壯的時期，這頭小白鹿就是牠的青春之花。在媽媽領導鹿群時，牠經常跑到媽媽前面。有一天，羅爾碰到牠們，大笑不止——老老少少、肥的母鹿、長著角的公鹿、一大群棕色的馴鹿，好像被一頭小白鹿領導著。

牠們遊蕩到高山上去，還要在那裡待上整個夏天。「在冰上的某個地方住著一群精靈，牠們在那裡教導馴鹿。」下達勒地區的利夫這樣說。斯韋格姆總和馴鹿在一起，他卻說：「牠們的媽媽是老師，就像我們的媽媽一樣。」

秋天到來的時候，老斯韋格姆看到一片白色的雪花從棕色的荒原上飄了下來，但精靈卻看到一頭小鹿。當牠們排在烏特文德旁喝水的時候，平如明鏡的水面清晰地倒映出這頭白色小鹿的身影，後面則映襯著黑暗的大山。而其他的馴鹿的倒影則是模糊不清的。

那年春天，許多小馴鹿來到這個世界上。牠們走上長滿苔蘚的荒地後，就再也沒有下來。在牠們之中，有些虛弱，有些愚笨；有些在前進的路上倒下了，這是自然法則，有些不會掌握規律，所以就死了。但這頭白色馴鹿是牠們中最強壯的，而且還非常聰明，牠向媽媽學習，媽媽是鹿群中最聰明的。牠知道岩石陽面的草是甜的，雖然陰暗山谷裡的草看起來一樣，確是一點營養都沒有。牠還知道媽媽的蹄子劈啪作響時，牠就必須跟著走；而當所有鹿的蹄子都劈啪響時，附近有危險，牠必須跟在媽媽身旁。就作用而言，劈啪的響聲就像野鴨子拍翅膀時發

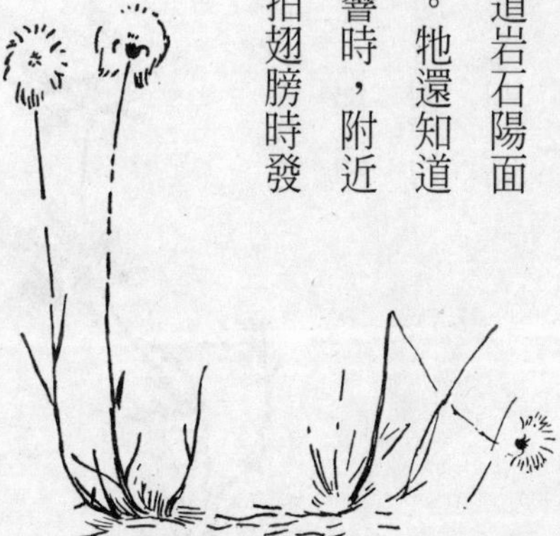

出的囀鳴。牠還學到，掛著棉質簇毛的博姆斯特地方是沼澤；雷鳥發出刺耳叫聲的時候，老鷹就近在咫尺。對未滿周歲的小鹿來講，老鷹同樣非常危險。牠還知道小精靈果是致命的；當鹿虻來叮它時，牠得在雪堆裡尋求庇護；在所有動物的氣味中，只能完全信任媽媽的。牠正在長大，平坦的側身正在變圓，大大的關節正變得粗壯。

當牠只有兩星期大的時候，頭上微鼓的突起還不夠鋒利堅硬，能讓牠在打鬥中取勝，而牠們不止一次地聞到狼獾的味道，牠是北方可怕的毀滅者。一天，這種味道突然到來，又力大無窮，一個暗色的棕色斑點從佈滿岩石的岩岬後跳出，吼叫著，直衝向最前面的馴鹿——白色的小鹿。牠看到了一團毛茸茸的快捷身影，眼睛和牙齒閃著光，火熱的呼吸，十分兇殘。牠完全被恐懼嚇呆了，鼻孔向外驚懼地張著：但在牠逃跑前，另一種感受油然而生——對打擾牠平靜生活者的憤怒。這種感覺把恐懼一掃而光，支撐著牠的腿，用牠的鹿角向敵人發動猛攻。這棕色的野獸一躍而下，伴著一聲發自胸膛的吼叫，卻被年輕的、如長釘般的鹿

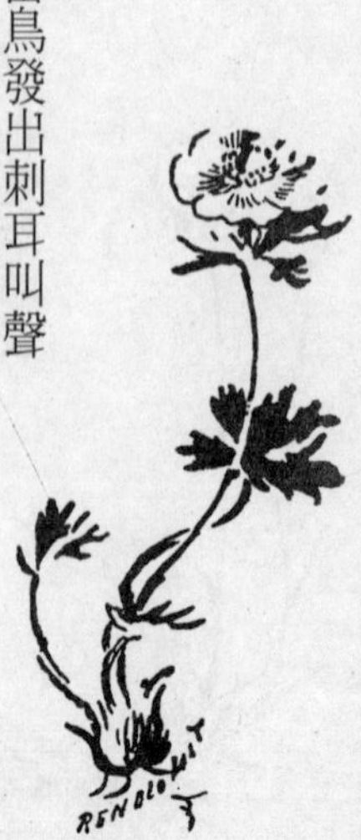

角釘在地上。鹿角深深地刺入牠的身體。但這種恐懼的力量太大了，耗盡了白色馴鹿的全部精力。要不是媽媽就在身邊，牠仍有可能被殺死。媽媽很警覺，時時刻刻守在身邊，牠向偷襲的怪獸發動猛攻。由於牠裝備有更沉重的、更好的武器，牠把狼獾掀起來，釘死到地上。惡魔般的凶光閃過這頭馴鹿曾經溫和的眼睛，牠也發動了進攻。甚至狼獾已經變成一堆爛泥，牠媽媽也結束戰鬥繼續吃草去了之後，牠又回來了。打著響鼻發洩著憤怒，把角深深地插入這可恨的傢伙身上，直到雪白的頭上沾滿了敵人的鮮血才住手。

由此可以看出，在牠那平靜的外表下的，是一頭好戰的野獸；就像北部的人民，粗野、體格健壯、平靜、不易發火，但一旦被惹毛了，就會如公牛看到紅斗篷一樣發狂。

當那年冬天牠們排在湖邊時，弗斯卡爾又唱起了古老的歌：「我把挪威的命運藏在一頭白色的、奔跑的馴鹿身上。」好像這是牠一直在等待的事情，然後就消失了，沒人知道牠去了哪裡。老斯韋格姆看到牠飛躍過溪水，像鳥兒飛過天空；走在深深的池塘裡，像雷鳥走在岩石上，雷鳥過的生活其他任何鳥都難以適應；老人說現在牠們只不過是飛到南方去過冬了。但老斯韋格姆不會讀書也不會寫字：他怎麼知道這一切的呢？

## 2

每年春天，馴鹿從低地樹林轉移到烏特文德荒涼的湖岸。牠們路經斯韋格姆的磨坊時，弗斯卡爾總在那裡唱白色馴鹿的歌，而白色馴鹿好像逐步成爲鹿群的領導者。

第一年春天，牠比一隻兔子高一些。但當牠秋天來喝水時，後背就高出了那塊岩石。斯韋格姆的小溪流經那岩石後匯入烏特文德。第二年，牠已經不能從發育不全的白樺樹下鑽過去了。第三年，彩色石頭上的弗斯卡爾在牠經過時都得仰著頭看牠，不能低頭看了。

那年秋天，羅爾和斯韋格姆走遍霍菲爾德餵肥他們半野生的牛群，還想找一

頭最強壯的鹿來拉雪橇。白馴鹿比其他馴鹿都高、都重，像雪一樣白，有能橫掃山谷中積雪的鬃毛，胸膛像馬一樣，鹿角像在暴風雪中長大的橡樹一樣，他是鹿群之王，也會很容易成爲公路之王。

有兩種訓馴鹿的人，就像有兩種馴馬人一樣：一種人馴服和訓練動物，這樣就能擁有一個生機勃勃而且友善的助手；另一種人扼殺動物的靈魂，只得到一個心懷怨恨的奴隸，一有機會就反抗和發洩牠的憎恨之情。許多拉普蘭人和挪威人殘忍地對待馴鹿，他們爲此付出了生命的代價。但斯韋格姆是個溫和派，由他來馴服這頭白馴鹿。不過，馴服的過程很慢，這頭公鹿對任何指令都懷有憎恨的感情，當初牠對哥哥們的指令也不例外；但是最後仁慈的力量，而非畏懼的力量馴服了牠。牠學會了聽從命令，學會了在雪橇比賽中感到自豪。在烏特文德覆蓋著冰雪的長長山坡上，一頭體型巨大、目光溫和的牲口邁著大步，沿山向下奔跑，鼻孔噴著熱氣，雪花打著旋在牠面前飛舞，像蒸汽船頭在河中激起的漩流。雪橇、人和鹿在紛飛的雪花中顯得朦朦朧朧的，這可眞是個壯觀的場景呀！

不久，尤爾泰德市集開始了。參賽者們都在冰上準備好，烏特文德變成灰色的了，灰色的大山迴響著歡樂的呼聲。馴鹿比賽是第一項，各種瘋狂的事故讓人們大笑不已。羅爾和他最快的鹿在那裡。那是一頭高大暗色的五歲馴鹿，這可是牠身體最棒的時候。但由於好勝心太強、太殘忍了，羅爾一直折磨這個充滿怨言的絕佳奴隸。當比賽進行到一半的時候——就在快要獲勝的時候——牠掉轉身進行了猛烈的攻擊，羅爾只好躲在翻了的雪橇裡遮擋自己，直到這頭馴鹿發洩完憤怒。就這樣，他輸掉了這場比賽。冠軍就是這頭年輕的白馴鹿。然後牠又贏了五英里環湖比賽的冠軍；每勝利一次，斯韋格姆就在牠的鹿角上掛一隻小銀鈴鐺，這樣馴鹿就可以邊跑邊聽美妙的音樂。然後是跑馬比賽——這是飛跑的比賽；馴鹿通常只會小跑著前進。當冠軍馬巴爾德收到綬帶，牠的主人收到獎金後，斯韋格姆信心十足，手裡拿著所有的獎品說：「來吧，拉爾斯，你的馬的確是匹好馬，但我的馴鹿更棒。讓我們把所有獎品都放在一起，來一次比賽。各人騎各人的牲口，贏的人得雙份。」

一頭公鹿和一匹賽馬的比賽——以前從沒聽人說過。牠們疾馳在皮索托。

「嗨，巴爾德！嘿，駕！巴爾德！」

這位美麗的選手疾馳而去，但白馴鹿斯圖巴克卻以較慢的速度闊步奔跑著，被落在後面。

「駕，巴爾德！」、「駕，斯圖巴克！」馬在向前躍進，不斷趕超，人們歡呼雀躍，激動不已。但馬在高速奔跑時偏離了跑道；斯圖巴克飛也似的奔跑中不斷趕超，越來越快，越來越快。小馬再也不能把距離拉大。飛馳了一英里之後，兩者之間的差距開始縮短。小馬在一開始衝刺得太厲害了，但斯圖巴克卻在逐漸進入狀態，平穩地闊步奔跑，迅速地，並且還越來越快。斯韋格姆鼓勵地大喊道：「駕，駕，巴爾德！好樣的，駕，巴爾德！」或輕勒一下轠繩，和馴鹿交流。在拐彎處，這兩匹牲畜就幾乎並駕齊驅了；忽然，這匹小馬在冰上打了一下滑，然後就嚇得止步不前了，可是車夫的駕駛技術很高，而且馬蹄鐵釘得也不錯。所以斯圖巴克就噴著氣超越了小馬，繼續前進了。人們喉嚨裡迸發出的歡呼

表明斯圖巴克衝過了終點線贏得了比賽，而此時此刻，那匹小馬和牠的主人還落在很遠處。而這頭白馴鹿還沒有到達體力和速度的鼎盛時期呢！

有一天，羅爾嘗試了一下駕馭斯圖巴克。

他們出發時步調不錯，馴鹿準備就緒，拉一次韁繩就能聽從命令，下垂的睫毛遮蓋著溫和的眼睛。但僅僅是出於殘忍的習慣，羅爾使勁抽牠，不和諧的音符馬上就出現了。這位參賽選手的速度變了，四蹄騰空，下垂的睫毛豎起，怒眼圓睜，一抹綠光閃過。鼻孔噴出三道白氣。

羅爾覺察到了危險的氣息，大聲吆喝著，同時迅速把雪橇翻過來，躲在下面。斯圖巴克轉過身來向雪橇發動了猛攻，噴著氣，四蹄刨著雪。

這時小克努特，斯韋格姆的兒子，跑過來，雙臂抱著牠的脖子。憤怒的眼光馬上就從馴鹿的眼中消失了，平靜地容許這個小孩把牠領回出發地點。小心，趕車人！馴鹿也會像公牛那樣發怒的。

這頭白馴鹿在菲勒費爾德霍的傳奇故事就此展開。在此後的兩年間，斯韋格

姆馴鹿的大名響遍了整個鄉村。還有一些誇大其實的事情也同時被人們傳頌著。

在二十分鐘內，牠就能拉著老斯韋格姆繞著烏特文德跑一圈，一圈可達六英里。

還有，當整個霍爾雷克村被大雪覆蓋時，就是斯圖巴克在七小時內跑了四十英里，到奧泊戴爾斯托去求救，又帶著白蘭地、食物和很快就會有人來營救他們的好消息跑回來。

當富於冒險精神的小克努特．斯韋格姆踩破薄冰，落入烏特文德河的時候，他高聲叫喊救命，斯圖巴克聽到後趕來救他。牠是馴鹿中最溫和的，當有人需要幫助時，牠總是應聲而到。

牠成功地把快要溺死的男孩拖到岸上，當牠們通過萬德水壩小溪時，精靈鳥唱道：「好運，好運，伴隨著這頭白馴鹿。」

在這之後，馴鹿消失了好幾個月——肯定是跳到水下的岩洞中享樂狂歡了整整一個冬天。但斯韋格姆可不這麼認爲。

## 3

有多少次，王國的命運掌握在小孩子手中，甚至要依賴鳥或者野獸的憐憫！一頭母狼哺育了羅馬帝國，一隻鷦鷯啄著鼓面上的麵包屑，據說就是牠激怒了奧倫治軍隊，結束了斯圖爾特王朝在英國的統治。毫無疑問，挪威的命運將會被託付給一頭高貴的馴鹿；水車上的精靈不會無緣無故地唱那首歌吧。

這時，斯堪的納維亞動盪不安。邪惡的賣國者在挪威和瑞士兄弟之間引起紛爭。「打倒聯合政府！」的呼聲得到廣泛回應。

噢，多不明智的民族呀！如果你曾到過斯韋格姆的水車旁，聽精靈這樣唱歌：

大烏鴉和雄獅把熊逼到絕路；熊撿起一塊骨頭送給牠們兩個，當牠們爭吵時，牠卻奪路而逃。

內戰、爲獨立而戰的威脅籠罩著整個挪威。各種會議都在秘密舉行。在每次會議上，總有錢袋鼓鼓、能吹會說的傢伙，誇大國家的不是之處。一旦與會的人流露出要爲自由而戰的意思，他們馬上就保證說強大的外國勢力會介入此事。但沒人公開指明這股外來勢力，因爲完全沒有必要指明，這股勢力無處不在，每人都心知肚明。眞正的愛國者開始相信牠。他們的國家受到了褻瀆。名譽上無可挑剔的人成了這股力量的代言人。國家受到暗中破壞，千瘡百孔；社會充斥著陰謀詭計。雖然國王的唯一願望是能庇護好他的子民，但現在卻孤立無援，束手無策。國王誠實正直，簡單坦率，他怎能對付得了這個陰謀呢？他身邊出謀劃策之人也都被誤導的愛國主義所腐化。那些受騙的人根本想不到他們正逐步落入外國人的圈套——至少那些普通老百姓想不到。

有一兩個被撒旦選中並收買的人知道眞正的目的，主要頭目就是博里林溫柯，他是諾爾蘭郡前任郡長。他有非同一般的天賦，是斯托星的成員，天生的領導者，要不是因爲幹了幾件無恥的勾當，引發了人們對他的不信任，恐怕現在早

就成了首相了。他因沒有受到重用而感到鬱悶，實現野心的計畫受到阻撓，當外國勢力聽說他的時候，認爲他簡直就是現成的工具。一開始，還需迷惑他的愛國主義，但隨著遊戲的展開，這種需要就逐漸消失，而且，他自己本身，這個陰謀的核心力量，都會襲擊聯合政府，爲外國勢力謀福利。

計畫日趨完美——軍隊官員被秘密地誤導，有關「他們國家的錯誤」的似是而非言論讓他們深信不疑，每一步行動都讓博里林溫柯的領導地位更加穩固——直到救助者和他之間因報酬問題產生分歧。給他多少錢財可以商量，但國王的寶座，免談。爭吵變得越來越尖銳。博里林溫柯繼續參加所有的會議，但往自己身上集聚權利時卻更加小心謹慎。如果能更大限度地實現他的野心，他甚至都準備好要倒戈投向國王這方。如果追隨者出賣他，他自身的安全就會受到威脅。所以他必須有證據，於是他四處遊說，讓人們在一張權力宣言上簽名，而這張宣言實際上就是招供自己犯了叛國罪。在他到達萊斯達爾綏里之前，許多領導人已經上當受騙，在宣言上簽了名。他們在初冬時節開會，有二十人左右參加，有一些人有權有勢，但所有的人都有頭腦、有能力。在狹小而令人窒息的客廳裡，他們做出計畫，反覆討論，提出質疑。在那個爐火旺盛的屋子裡，人們表達了崇高的願望，預見了偉大的事業。

冬夜，在屋子外面的籬笆旁，一頭體型巨大的白色馴鹿在睡覺。牠雖然套著雪橇的軛具，但頭向後仰，歪在身子一側，平靜、無憂無慮。屋中是認真執著的思想者，屋外是無憂無慮、像公牛一般的沉睡者，這兩者相比，哪個看起來更能決定國家命運？國王羅帳中坐的是蓄鬚長者組成的顧問班子，在伯利恒河邊上是毫無心事、扔石頭玩的放羊小孩，這兩者相比，哪個更像與以色列生死攸關的人呢？

在萊斯達爾綏里發生的事情一如在其他地方：人們被博里林溫柯滔滔不絕的花言巧語所欺騙，把自己的頭放入絞索中，把自己的生命和國家交到他手中，還把這個賣國求榮的惡魔看成了有愛國主義精神、勇於自我犧牲的天使。所有人？不，根本不是。斯韋格姆也在那兒。他既不會寫字也不認識字——這是他沒簽字的原因。他雖然看不懂書上的字，卻能看出人心裡想的事。在會議結束的時候，他小聲地問阿克塞爾・坦伯格：「那張紙上有他自己的名字嗎？」阿克塞爾吃了一驚，說：「沒有。」斯韋格姆便道：「我不信任那人。尼斯圖恩的人得知道這事。」馬上就要在那裡舉行特別重要的會議，但怎樣才能讓他們知道消息是個難題。博里林溫柯馬上就要乘快馬出發去那裡。

斯韋格姆看到拴在籬笆上的斯圖巴克時，眼睛裡光芒一閃。博里林溫柯一躍跳上他的雪橇，飛也似的出發了，他可眞是個精力充沛的傢伙。

斯韋格姆解下軛具上的鈴鐺，鬆開馴鹿，步入船形雪橇。抖了一下唯一的一根韁繩，吆喝了一聲，然後也轉身奔向了尼斯圖恩。雖然快馬早早就出發了，但他們開始翻向東邊的小山時，斯韋格姆不得不慢下來，以便不超過他們。他壓著馴鹿的速度，一直等到博里林溫柯他們翻過萬里斯圖恩的樹林。然後他沒走大路，改走結了冰的河面。這是一條繞遠的路，但也是唯一一條能讓他們趕在博里林溫柯之前到尼斯圖恩的路。

軋軋，劈啪——軋軋，劈啪——軋軋，劈啪——軋軋。這聲音是斯圖巴克伸展的雪鞋發出的聲音，牠均勻的呼吸像諾德蘭路過哈當厄峽。與此同時，在他們的左上方，博里林溫柯的馬匹正竭盡全力奔馳在平坦的路上，他們在下方能聽見馬的鑾鈴聲和馬夫的高喊聲。

大路較近且平坦，河谷繞遠且崎嶇；但四小時後，當博里林溫柯到尼斯圖恩時，他在人群中發現他在萊斯達爾綏里見過的一個人。其實什麼也逃不過他的眼睛，但他裝作沒看見。

在尼斯圖恩，連一個簽名的人都沒有。有人已經警告過他們了。問題十分嚴重；在關鍵時刻可能是毀滅性的。他考慮再三之後，越來越懷疑斯韋格姆，那個萊斯達爾綏里連自己名字都不會寫的老傻瓜。但他怎麼能比他的快馬還快呢？

那晚尼斯圖恩有一場舞會；舞會能很好地遮掩會議；在舞會上，博里林溫柯聽說了那頭白馴鹿的故事。

尼斯圖恩之行敗局已定，這可多虧了那頭白馴鹿的速度。博里林溫柯必須在

消息到達貝根之前到那兒，否則就會前功盡棄。只有一種方法能確保他自己趕在別人之前到那裡。也許消息已經從萊斯達爾綏里傳出去了。但即使這樣，只要他能駕白馴鹿的雪橇去，也能來得及趕到貝根，拯救自己，即使以全挪威爲代價也在所不惜。他不能被拒絕。他不是那種在關鍵時刻就退縮的男人，這次他要使出渾身解數來博得斯韋格姆的同意。

當斯韋格姆來畜欄裡牽牠的時候，斯圖巴克正在靜靜地睡覺。牠從容不迫地站了起來，尾巴捲曲緊貼著後背，後腿先站了起來，先伸一條腿，又伸另一條。然後又把乾草從巨大鹿角上抖掉，好像它們是一把樹枝。最後跟著斯韋格姆緊拉的韁繩走了出來。他又睏又慢，博里林溫柯不耐煩地踢了牠一腳，白馴鹿打了個響鼻表示不滿，斯韋格姆嚴肅地警告他不要這樣做；但博里林溫柯對這些警告不屑一顧。韁繩上叮叮作響的鈴鐺已經又被拴了回去，但博里林溫柯想把牠們都去掉。他想悄無聲息地去那裡。斯韋格姆心愛的馴鹿到哪裡，他就堅決跟到哪裡，所以博里林溫柯讓他坐馬拉的雪橇隨後出發。馬夫接到他主人的暗示，讓他耽擱

時間。

身上有被誤導群眾簽名的文件，這些文件足可以致他們於死地；心中帶著惡魔般的目的和實現這目的的能力；手中攥著挪威的命運，博里林溫柯在白馴鹿拉的雪橇上坐穩當後，在黎明走上了他的不歸路。

正如斯韋格姆警告過的那樣，白馴鹿一開始搿的幾個撅子把博里林溫柯扔到船型雪橇的後面。這可把他氣壞了，但看到馬拉雪橇被遠遠地落在後面時，他又把這口氣嚥了下去。他抖了抖韁繩，叫嚷著，這頭公鹿踏著愉快活躍的長步子疾馳。牠寬闊的蹄子每大踏步跑一下就響兩聲。在這霜凍清晨，白馴鹿以牠慣常的速度奔跑之時，平直的鼻孔噴射出兩股白氣。船形雪橇的前端在雪地上紮出兩條長長的車轍，車轍的盡頭，紛飛的雪屑籠罩著駕車人和雪橇，和馴鹿一起變成一片白色。有著公牛般眼睛的馴鹿之王享受著運動的快樂和勝利的喜悅，閃耀著興奮的光芒，馬掛鑾鈴的聲音逐漸消失在後方。

雖然是個老手，但博里林溫柯仍然禁不住喜形於色，這頭棒極了的馴鹿雖然昨晚不聽話，但現在正用牠的速度幫助他實現夢想；他本來就希望他能在馬拉雪橇之前幾小時到達貝根，如果可能的話。

他們走上坡路時就像走下坡路那樣快，趕車人的精神也隨著激動人心的速度而高漲。在船形馬車前端下的雪不斷呻吟，飛馳馴鹿蹄子下咯吱咯吱踏雪的聲音像是在磨牙。然後他們到了從尼斯圖恩山延伸到達勒卡爾的平臺。他們一大早旋風般駛過這個平臺時，小卡爾不經意地從窗戶往外瞧，看到一頭大白馴鹿拉著一輛白色的船形雪橇，上面還有一個白色的趕車人，整個就像神話故事中的巨人。他高興得又拍手又叫嚷：「好啊，好啊！」

但小孩的祖父瞥見這悄無聲息的白色奇蹟時，卻感到毛骨悚然。趕忙點燃了他放在窗旁的蠟燭，直到天光大亮。剛才看到的肯定是尤通黑門的馴鹿。

不管別人怎麼想，這頭馴鹿繼續飛馳，趕車人也繼續抖著韁繩，心裡一直想著貝根。他用鬆鬆的鞭梢抽打著白色馴鹿，馴鹿打了三個響鼻，撂了三個蹶子，跑得更快了。當他們經過迪爾斯克的時候，巨人坐在邊上，霧籠罩著他的頭，這表示暴風雪就要來了。馴鹿知道這一點。他用力嗅了嗅，焦慮地望了望天空，甚至連速度都慢了一些。博里林溫柯衝著這頭飛奔的牲口大聲叫罵著，雖然沒有其他任何牲畜能跑得比牠更快了，但牠還是可以跑得再快一些的。他一下、兩下、三下抽著馴鹿，越抽越狠。所以船形雪橇就像蒸汽機裡裝滿燃料的小艇一樣飛馳，但馴鹿的眼睛裡開始充血；博里林溫柯很難控制住雪橇了。一英里一英里的距離很快縮短，直到看見了斯韋格姆的小橋。暴風雪開始刮了起來，但精靈還在那裡。沒人知道他從哪裡來，但他就在那裡，在楔石上蹦跳著，還唱著歌：「挪威的命運，挪威的幸運；源於躲藏著的精靈和奔馳著的馴鹿。」

他們順著蜿蜒的大路而下，在掠過拐彎處時都向外撇得厲害。聽到橋上的聲音時，馴鹿把耳朵向後貼著，速度也慢了下來。

博里林溫柯不知道聲音是從何處傳來，他瘋狂的鞭打這頭公鹿。血紅的光芒閃過這雙公牛般的眼睛。牠憤怒地打著響鼻，搖晃著巨大的鹿角，但牠沒有停下來報復這鞭打。牠有更深刻的復仇方式。牠像以前一樣飛奔，但從那一刻起，博

里林溫柯就再也不能控制牠了。公鹿能聽到的唯一聲音已被拋到身後。在到達橋之前，他們向一邊拐過去，偏離了主路。船形雪橇翻了，但自己又正了過來，要不是皮帶繫得緊，博里林溫柯可能早就被甩出雪橇摔死了。不會這樣的；好像挪威的每一個詛咒都有目的地聚集在這個雪橇上。橋上的精靈輕輕跳上斯圖巴克的頭，抓住鹿角。他一邊跳一邊唱著古老的歌：「哈！噢，終於有一天，挪威的詛咒消失了！」博里林溫柯怒火中燒，卻又嚇得魂不附體。斯圖巴克撂著蹶子駛過更坎坷的雪路時，博里林溫柯越發使勁地抽打牠，還徒勞地想控制牠。

他被恐懼沖昏了頭，最後竟拔出刀子戳向飛奔的鹿腿，但鹿一蹄子就把刀踢飛了。他們在大路上的速度和現在比起來簡直慢多了：不再是大步快跑，而是瘋狂地撂著蹶子跑，五大步那麼遠的距離一顛。受盡折磨的博里林溫柯被綁在雪橇上，在自己的陰謀中孤立無援又束手無策，尖叫著，咒罵著，祈禱著。斯圖巴克眼睛通紅，瘋狂地噴氣，奔馳在高低不平的上山路上，奔馳在通往暴風驟雪的崎嶇的霍費爾德。牠在山上攀升，像海燕飛上洶湧的波濤；牠在平地上掠過，像暴

風雨掠過海岸。牠順著那條從萬德水壩的凹處延伸的小路飛馳，那條牠還在蹣跚學步時媽媽帶牠走過的小路。牠順著那條走了五年的熟悉老路，白翅膀的燕子繞過那裡；佈滿黑色岩石卻閃著雪白光芒的山，直插雲霄。

繼續向上奔跑，像暴風雪來臨之前狂風先送來的雪花環；像旋風刮過敘勒汀德的肩膀，刮過托爾豪蒙布拉的膝蓋，還有那個坐在入口處的巨人。

牠們奔跑的速度無與倫比，無論人還是獸都無法跟上，向上——向上——向上——再向上；沒有人看到牠們，但一隻烏鴉從後面猛撲下來，以其他烏鴉沒有的方式飛著。小精靈——在萬德水壩上唱歌的同一個小精靈——正在跳舞，在鹿角之間唱歌：「好運，挪威的好運，和飛奔的白色馴鹿聯繫在一起。」

掠過特溫德豪哥之後，牠們像荒原上的飛雲般消失了，消失在黑暗的遠方，消失在尤通黑門的方向，邪惡幽靈的巢穴，積雪終年不化的地方。牠們留下的所有痕跡和蹤跡都被飛旋的雪花所掩蓋，牠們最終的結果無人知曉。

挪威的人民彷彿從惡夢中驚醒。他們國家遭受毀滅的趨勢被扭轉；沒有死

亡，因爲沒有證據；告密者的衝突也就此結束。

唯一能證明那次奔馳確實存在過的眞憑實據就是一串銀鈴——斯韋格姆從馴鹿脖子上摘下來的那串銀鈴，勝利之鈴，每一個都代表一次勝利。當老人明白一切之後，他歎了一口氣，在細繩上掛了最後一個鈴鐺，也是最大的一個。

從此以後，再也沒有人聽說或看見過那個幾乎出賣了自己國家的人，也沒人知道那頭曾拒絕前行的白色馴鹿的消息。但住在尤通黑門附近的人卻說，在暴風雪的夜晚，當雪花飛舞，風在樹林裡咆哮的時候，偶爾能看見一頭白色馴鹿以不可思議的速度掠過。牠體型巨大，雙眼充滿憤怒，拉著雪白的船形雪橇，雪橇上有一個白色的可憐蟲在高聲尖叫。在鹿的頭上，一個穿棕色衣服、長白鬍子的小精靈站在那裡，扶著鹿角，又鞠躬又高興地沖那人大笑，還唱著歌：「挪威的命運，和一頭白馴鹿——」人們說它唱的和斯韋格姆家在萬德水壩上的精靈唱的一樣。在那個時候，當白樺樹披上春裝，一頭體型巨大而目光溫和的紅色母鹿獨自來了，一頭行走緩慢而又莊嚴的白色小馴鹿來到牠身邊，和牠一起走遠了。

國家圖書館出版品預行編目資料

動物記2—動物英雄（Animals Heros）／歐尼斯特．湯普森．塞頓（Ernest Thompson Seton）著／王潔瑜 孫娜譯；
——初版.——臺中市：晨星，2004〔民93〕
面；　公分.——（自然公園；65）

ISBN 957-455-738-3(平裝)

874.59　　93015808

自然公園 65

動物記 2—動物英雄

作者 歐尼斯特．湯普森．塞頓
翻譯 王 潔 瑜 ／ 孫 娜
總編輯 林 美 蘭
文字編輯 楊 嘉 殷
美術編輯 李 靜 姿

發行人 陳 銘 民
發行所 晨星出版有限公司
台中市407工業區30路1號
TEL:(04)23595820　FAX:(04)23597123
E-mail:service@morningstar.com.tw
http://www.morningstar.com.tw
行政院新聞局局版台業字第2500號
法律顧問 甘 龍 強 律師
製作 知文企業（股）公司　TEL:(04)23581803
初版 西元2004年10月31日

總經銷 知己圖書股份有限公司
郵政劃撥：15060393
〈台北公司〉台北市106羅斯福路二段79號4F之9
TEL:(02)23672044　FAX:(02)23635741
〈台中公司〉台中市407工業區30路1號
TEL:(04)23595819　FAX:(04)23597123

定價 250 元
（缺頁或破損的書，請寄回更換）
ISBN 957-455-738-3
Published by Morning Star Publishing Inc.
Printed in Taiwan
版權所有．翻印必究

# ◆讀者回函卡◆

**讀者資料：**

姓名：＿＿＿＿＿＿＿＿ 性別：☐ 男 ☐ 女

生日： ／ ／ 身分證字號：＿＿＿＿＿＿＿＿

地址：☐☐☐＿＿＿＿＿＿＿＿＿＿＿＿＿＿＿＿

聯絡電話： （公司） （家中）

E-mail ＿＿＿＿＿＿＿＿＿＿＿＿＿＿＿＿

職業：☐學生 ☐教師 ☐內勤職員 ☐家庭主婦
☐ SOHO族 ☐ 企業主管 ☐ 服務業 ☐ 製造業
☐ 醫藥護理 ☐ 軍警 ☐ 資訊業 ☐ 銷售業務
☐ 其他＿＿＿＿＿＿＿＿

購買書名：動物記 2 動物英雄

**您從哪裡得知本書：** ☐ 書店 ☐ 報紙廣告 ☐ 雜誌廣告 ☐ 親友介紹
☐ 海報 ☐ 廣播 ☐ 其他：＿＿＿＿＿＿＿＿

**您對本書評價：** （請填代號 1. 非常滿意 2. 滿意 3. 尚可 4. 再改進）

封面設計＿＿＿＿版面編排＿＿＿＿內容＿＿＿＿文／譯筆＿＿＿＿

**您的閱讀嗜好：**

☐ 哲學 ☐ 心理學 ☐ 宗教 ☐ 自然生態 ☐ 流行趨勢 ☐ 醫療保健
☐ 財經企管 ☐ 史地 ☐ 傳記 ☐ 文學 ☐ 散文 ☐ 原住民
☐ 小說 ☐ 親子叢書 ☐ 休閒旅遊 ☐ 其他＿＿＿＿＿＿＿＿

**信用卡訂購單（要購書的讀者請填以下資料）**

| 書　　名 | 數　量 | 金　額 | 書　　名 | 數　量 | 金　額 |
|---|---|---|---|---|---|
| | | | | | |
| | | | | | |
| | | | | | |
| | | | | | |

☐VISA ☐JCB ☐萬事達卡 ☐運通卡 ☐聯合信用卡

- 卡號：＿＿＿＿＿＿＿＿ •信用卡有效期限：＿＿＿＿年＿＿＿＿月
- 訂購總金額：＿＿＿＿＿＿元 •身分證字號：＿＿＿＿＿＿＿＿
- 持卡人簽名：＿＿＿＿＿＿＿＿ （與信用卡簽名同）
- 訂購日期：＿＿＿＿年＿＿＿＿月＿＿＿＿日

填妥本單請直接郵寄回本社或傳真(04)23597123

請填妥後對折裝訂，直接投郵即可，免貼郵票。

| 廣告回函 |
| --- |
| 台灣中區郵政管理局 |
| 登記證第267號 |
| 免貼郵票 |

407

台中市工業區30路1號

# 晨星出版有限公司

請沿虛線摺下裝訂，謝謝！

## 更方便的購書方式：

(1) **信用卡訂閱**　填妥「信用卡訂購單」，傳眞至本公司。

或　填妥「信用卡訂購單」，郵寄至本公司。

(2) **郵政劃撥**　帳戶：知己圖書股份有限公司　帳號：15060393

在通信欄中塡明叢書編號、書名、定價及總金額即可。

(3) **通　　信**　塡妥訂購人資料，連同支票寄回。

◉如需更詳細的書目，可來電或來函索取。

◉購買單本以上9折優待，5本以上85折優待，10本以上8折優待。

◉訂購3本以下如需掛號請另付掛號費30元。

◉服務專線：(04)23595819-231　FAX：(04)23597123

E-mail:itmt@morningstar.com.tw

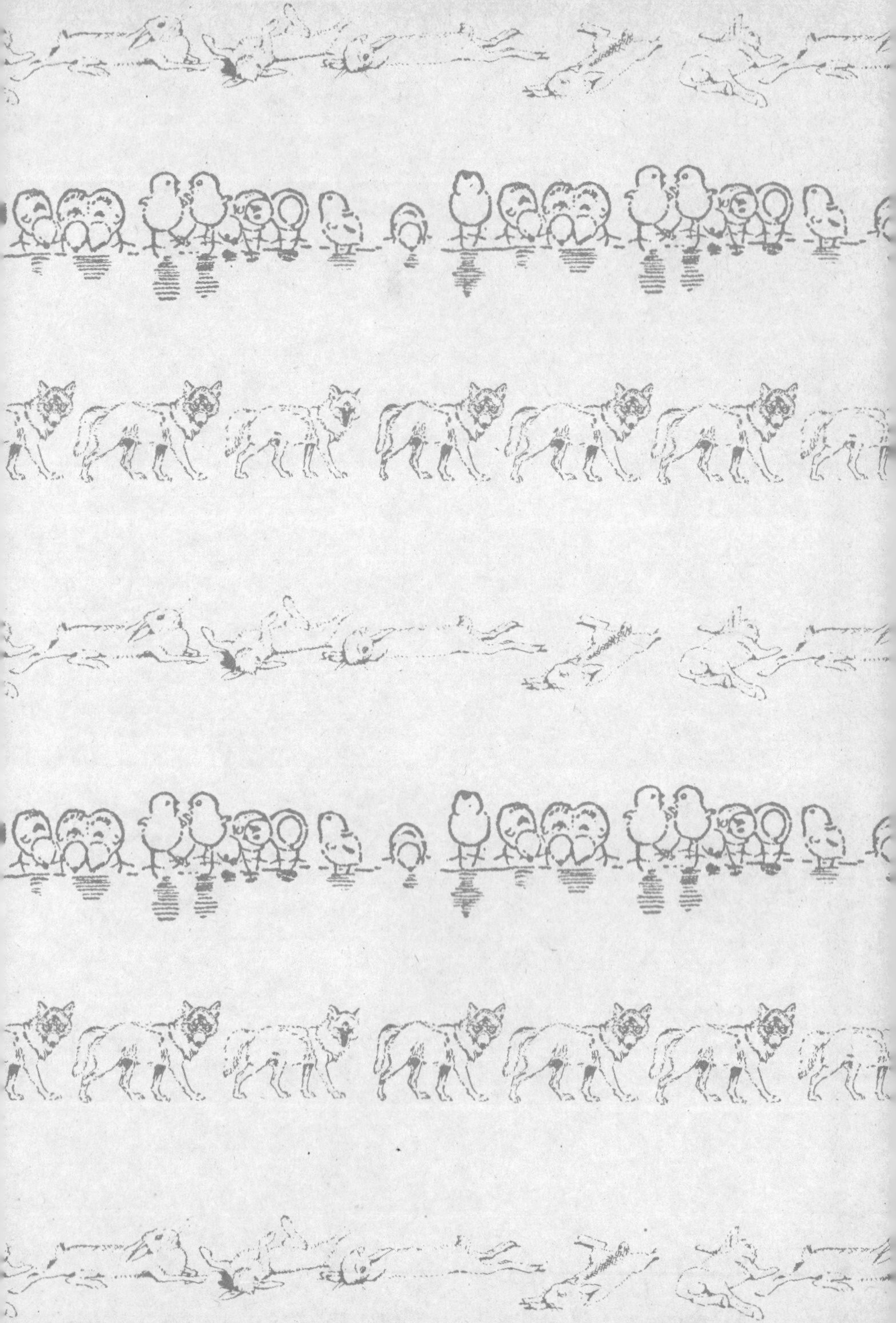